北 乔◎著

走火

中国文史出版社

图书在版编目（CIP）数据

走火 / 北乔著. -- 北京：中国文史出版社，
2022.10
（锐势力·名家小说集）
ISBN 978-7-5205-3843-5

Ⅰ. ①走… Ⅱ. ①北… Ⅲ. ①短篇小说－小说集－中
国－当代 Ⅳ. ①I247.7

中国版本图书馆 CIP 数据核字(2022)第 187950 号

责任编辑：全秋生

出版发行：中国文史出版社
地　　址：北京市海淀区西八里庄路 69 号　　邮编：100142
电　　话：010－81136602　　81136603　　81136606　（发行部）
传　　真：010－81136655
印　　装：北京温林源印刷有限公司
经　　销：全国新华书店
开　　本：787 毫米×1092 毫米　　1/16
印　　张：18.25　　字数：280 千字
版　　次：2023 年 1 月北京第 1 版
印　　次：2023 年 1 月第 1 次印刷
定　　价：68.00 元

目 录
CONTENTS

1　　发　射

过　河　17

31　会说话的雪山

火　力　49

65　立正　稍息

瞄　准　83

113　木马不是马

目　标　125

139   兵家常事

伤 疤   149

161   石头在歌唱

碎 片   183

193   通 条

午后的阳光   213

223   阳光下的故事

营 门   235

245   准 星

走 火   263

281   跋

发射

方强没想到，仅仅是一句话，就让他如坠寒窟。浑身熟透的激情，瞬间进入枯萎状态。

话出自泡兵之口。

泡兵和方强同在一个菜市练摊儿，同属菜贩子之流。高中毕业闲在家里发慌，方强干起了卖菜的行当。泡兵和方强不一样，他在野战部队干了四年，退伍后，工作安排了，可他嫌厂里效益不好，主动要求下岗挤入贩菜的行列。过了早上卖菜高峰期，泡兵就和方强聊部队的事，唾液横飞，天花乱坠，说的都是兵们之间的趣事。刚开始，方强不好意思问泡兵真名，日子久了，见泡兵的话题总离不开兵，便戏称他泡兵。泡兵非但不生气，反而乐了，摇头晃脑地说这名字有意思。方强弄不明白，自己随口说出的，而且多少带有点讽刺意味的外号，泡兵居然接受得很愉快。泡兵，泡兵，泡兵像是在念叨情人的名字，时不时啧啧嘴，脸上呈现出一种品之不尽的表情。不是名字有意思，是泡兵本人有意思。方强想，这当过兵的就不一样。

耳朵里生起了老茧，心里头塞满的都是当兵的故事，塞得严严实实。当兵这么有意思，不如自己也去体会体会。方强在不知不觉之中滋生了参军的念头。

说话的地点是菜市场。泡兵的摊子前。

穿着一身警服，头戴作训帽，帽徽、领花、肩章一无所有。新兵就

3

是这副打扮。方强直进菜市场，眼前闪过来来回回的买菜的，暴着青筋吆喝着卖菜的。吵吵嚷嚷的，起什么劲？方强开始厌恶起自己曾经醉迷的场景。迈着自己认为十分标准的军人步子（实际上这步子介于军人和他自己之间的那种，说穿了，什么也不是），方强把自己想象成个凯旋的英雄。本来嘛。老远看见自己的菜摊子已经有了新来的，他咕哝一句，卖菜，真没意思。

泡兵高兴地迎上来，搓着手左看看右瞧瞧，这武警服装是比咱大部队的来得精神，上眼。我看看，料子是不是一样。方强一闪身，躲过泡兵的手，去，刚穿上的，别碰脏了，待会儿送行大会上，我还得上台发言呢！泡兵手一缩，又搓起手来，哟，哟！怎么了？泡兵有点不高兴，方强看得出来。不高兴，好，气气你，方强整了整衣服。一身的警服很合身，板板正正，没整头。方强知道，不过整一整，而且动作幅度尽可能得大，暗示这警服不是谁想穿就能穿上的。你泡兵以前是兵，现在不是，我方强以前不是兵，可现在是了，从现在开始，你是卖菜的，我可是堂堂的武警战士。关系发生了质的变化。

别卖弄，穿上这身警服，明眼人一看，你还是一个卖菜的，和我一样，菜贩子一个。

泡兵沉默了许久，冒出这么一句。

就是这句话，把方强的兴奋、自豪一下子刮得无影无踪。

扎着子弹袋，肩背八一式自动步枪，上监房哨的方强一不经意抬头，夜空的月亮很圆很亮。在和明月进行了片刻的无声交流之后，他想起泡兵的这句话。起初他认为是泡兵有意气他的，那时自己也不好反驳，没有授衔，他底气不足，现在想来，泡兵一言击中要害。已经是老兵的方强，终于明白了泡兵话中的含义。这泡兵，到底是当过兵，方强陡然佩

4

服起泡兵来。

不想了，上着哨呢，不能分心。方强大拇指顶了顶早已绷紧的枪背带，向三号监房走去。

立——正！

压进枪膛的子弹，瞬间受到撞针的击打，浓缩爆满至极限的张力，冲出临界点，一声迫不及待的山吼之后，呼啸而出。这啸声悠长似乎会伸向无限。徒然间，却又悄无声息。这种停止，绝无拖泥带水的痕迹，如同食指扣动扳机的那一刹那。没有过渡，自然出人意料。

处于轻微放松状态的方强，瞬间由柔软到坚挺。两脚靠拢，双腿绷直，浑身的每一个细胞都是硬邦邦的。

这口令不可小看，方强在此之前，从没想过口令能有什么。口令，只不过是扯着嗓子吼出几个字，和常人说话没什么两样。

口令刺进双耳，刺进内心深处，拉直了所有的思绪。口令，够味。

方强的心里，升腾起学喊口令的欲望。

练口令，方强是有基础的。当兵前吆喝卖菜，他音量高而亮，没有一点杂质。凭着这副嗓门，他每天都比别人多卖许多菜。班长的嗓门嘶嘶哑哑的，听他说话让人喘不过气来。他的口令都这么棒，我方强要是喊口令，那还不登峰造极。方强对自己颇有信心。

没有挂衔的方强，还是个入伍才一天的新兵。是新兵就没有放肆的权利。整整三个月，方强在心里把口令默念了成千上万次。有几次，差点脱口而出。

下到中队，方强发现老班长的口令更够味。新兵连的班长，根本没法和老班长比。差一大截子呢。新兵怕老班长喊口令，可方强觉得听老班长的口令过瘾。

早操的内容是爬山。上了山顶，班长们扯着嗓子练口令，兵们自个练摆臂，练踢腿。

不行，熬不住了。

立——正。

憋了三个月的方强，气出丹田，脸涨得通红。

老班长扭头眉头一挑，你喊的？

是，请班长多指点，方强竖得很挺。

没味儿，这不叫口令，口令得有口令的味道，你以前是卖菜的吧？老班长没给方强面子。

方强愣了。口令还有味道？这也太离谱了？卖菜！老班长怎么知道我是卖菜的？这事我对谁也没说过呀？老班长的一句话，让方强的脑细胞伤亡惨重。不过，他没敢说出口，他还是新兵。

老班长看出了方强的心理活动，一拍方强的肩膀，别不相信，日子久了你自然会明白，你现在要紧的不是练口令，而是习武学艺，把自己锻炼成一名真正的军人。琢磨来琢磨去，没开一点窍，方强只得照老班长说的去做。

几乎是在一夜之间，军训成了热门话题。地方领导倾心警营一日活动，企业公司员工、学校里的学生都要参加军训。时间长短，他们不在乎，看重的是过过兵瘾。中队驻地附近的第三中学凭着近水楼台先得月的优势，抢先来到中队请求支援支援。光看来头，就显得过于隆重：校长、党委书记、教导主任等，在校的领导倾巢出动。就这阵势，校长还说有一名副校长不在家，虽然领导没来全，但我们的心绝对地真诚，百分之一百地真诚。

在这之前，中队在驻地百姓中的印象并不是太好。在他们眼里，武警总是和坏人打交道，上哨看坏人，外出抓坏人。没事做的时候，聚在训练场上喊喊杀杀，就连早上跑步都得大喊大叫。老百姓不知道喊番号是咋回事，只知道吵着人睡不成懒觉。夹在百姓缝里，兵们也有点气短，三十来个人，几十条枪，除去上哨做饭出差探家的，剩下的全体出动，也只是个小分队，哪像人家大部队整团整师地行动，那才叫威风呢！

校长的慈眉善目，一脸的求援信号，兵们心里直叫，山不转水转，咱这武警也成了香饽饽。头疼的是中队干部。外出帮助军训是好事，展示展示武警的形象，沟通好关系，从哪方面讲都是有百益而无一害，但这种差事自中队组建以来是头一回碰到。既然是头一回，压力可就大了，这第一炮打得咋样，至关重要。兵们是人人争着要去，可到底派谁去，这事有点伤脑筋。兵出门，兵的个体已不存在，取而代之的是一个中队乃至整个武警部队的形象。一颗子弹能否射中靶心，枪械的性能固然重要，但射手是决定性因素。兵们是中队一颗颗待发的子弹，射手就是中队军政主官。中队长和指导员闷在队部里一个下午，烟头铺了一地。中队那几十个兵被他们筛过来筛过去，筛过去又筛过来，来来去去，去去来来，所有的方案都如同口里吐出的烟雾，刚开始还有点形，一转眼就化为乌有。

拉枪机推子弹上膛，一扣扳机，弹头飞出枪口，至于能否遵循射手的意愿，不好说。被两位主官精挑细选反复权衡的三发子弹是方强、陈林军和赵大海。这三位都是老兵中的精华，堪称中队最具兵的形象的三剑客。名单一宣布，兵们就开始对这三剑客评头论足打分。方强出乎意料地只得六十分勉强及格。一米六五左右的个头，尚在"三等残废"的行列，这一到学生面前，太掉咱们中队的价儿了。是咱们中队没人，还是照顾老兵的面子？咱们去不去无所谓，关键是中队的形象，武警部队的高大形象，可不能就这么随随便便地糟蹋。

淹在兵们唾沫里的方强，心安理得。这枪，没子弹时还抵不上一根烧火棍。枪，之所以是枪，是因为有子弹，而且能将子弹发射出去才称之为

7

枪。没弹不行，不能发射不行，发射不到靶子上也不行。我们这些兵，也是杆枪。方强对兵们说这番没头没脑的话时，一脸深沉。这种深沉，在兵们的眼里凝结成的是故弄玄虚。这方强，还没说他胖，他就喘了！这兵当老了，浑身都是老滋老味的。不满归不满，中队的决定没人能更改。铁的纪律，区区血肉之躯怎能对抗？

方强是军训小组的组长，陈林军和赵大海自然就是组员了。一个小个头两个大个子把三个班的学生牵到了操场上。方强这个班的学生刚开始没在意方强。都是高一的学生，大多数男生的块头比方强大。男生们嘻嘻哈哈全然没把方强放在眼里，女生们叽叽喳喳地戏称方强是只可爱的小羊。

站在队列前的方强，没有像陈林军和赵大海那样急着喊口令。一言不发，目光在男女生脸上扫射。一个来回下来，学生们开始没有先前那样放肆了，有的手脚都不知道该怎样放了。一声口令发射出去，三四十号学生，没一个不腿肚子抽筋的。

课间休息时，男生围着方强坐着，羡慕的目光，把方强围得滴水不漏。一句句既畏惧又钦佩的话语投向方强。女生们也自个围成一圈，她们时不时地向方强抛来很是复杂的眼神。一个胆大的女生开始不顾脸面大声发布对方强这位教官的赞誉之辞，惹得别的女生笑她开始生情。笑的人，心里的情生得更厉害。往往都是这样。

有个名叫华倩的女生，偷偷地塞给方强一张纸条，方强是想当场打开高声朗读的，但华倩漂亮的眼睛里盈满哀求。方强打消让她出丑的念头。

尊敬的教官，从小我就崇拜军人，军人是我心中最真最美最令我怦然心动的偶像。但对军人我并不是很了解。在这之前，我一直压抑着自己走进军人心灵世界的冲动。我知道，有许多美妙神秘的东西一旦被看得清清楚楚，真真切切，便会堕入平常，那份纯美也会被无情地打碎。你的到来，让我第一次大胆地面对军人，而且离你那么近，你纠正我的动作时，你那呼吸声我都清晰地感受到。认识你，我最初的畏惧消失了。从你身上，我更强烈地感受到了军人独具个性的人格力量。你把我彻底征服了，虽然我是不易被征服的人。我喜欢听你的口令。口令常常让我打怵，但我醉迷这种强烈震撼心灵、欢悦神经的声音。我也不知我该怎么说，就让我真诚地说一句我爱你，我爱你这样的军人。我不能骗自己。

十天的军训，说快也真快。

该是撤回的时候了。男生们拉着方强的手，使劲地握。女孩的心眼多。许多女生都问方强以后能不能打电话给他。不让接电话，那写信总可以吧。信又不让写，那干脆我们去看你。方强被吓得脸有点变色。华倩没有送方强。她躲在一个墙角，远远看着。方强其实早已发现了华倩，但装着没看见。

学校给中队敲锣打鼓送来了锦旗。校长说，这次军训，由于中队的大力支持，十分成功，你们派出的三名战士太出色了，短短的十天，就把我们那帮学生给制服了。现在咱们学校里，你们这三名战士的影响力，已经超过了刘德华、成龙了。尤其是方强，男生说他是兵中的上乘之兵，是当代军人的楷模，女生则说他是真正的男子汉，比高仓健还高仓健。

指导员私下里对中队长说，没想到我们发出的子弹，引来的是飞箭，这下子给我们的思想教育和管理工作都带来了挑战。中队长不在乎，你看，你的职业病又犯了，多大事，不就是几个毛学生。指导员说，这方强，还真有点能耐，也不知道他凭啥门子本事镇住了那帮学生。中队长说，兵嘛！方强这小子骨子里就是当兵的料，你别看现在的社会瞧不起咱当兵的，可真要是一个地地道道的兵横在他们面前，多少还是有点那个的。指导员说，你说的什么？中队长说，我什么也没说。

方强进班时，新兵高坤正在写信封。高坤入伍前谈了个小对象，情书

9

是三天一封。一天看收到的情书，一天构思内容，主题始终是一个爱。剩下的一天打草稿，誊写。属于自己的那么一点点业余时间，高坤用起来紧紧张张的。写完信封，高坤拿着刚授衔时拍的一张全身照欣赏。照片里的他，呈立正姿势，正儿八经地行军礼。很奇怪，新兵授衔后，戴帽扎腰带，一身戎装，都要拍几张照片。而这之中找杆枪做道具，来一张挂枪的，再来一张敬礼的，这两张几乎人人都照。

高坤摸了一张照片，天天追着要张照片，没办法，还是寄一张吧。

方强连照片都没看，你感觉拍得咋样？

高坤说，精神饱满，阳刚十足，英俊潇洒，一个光荣的武警战士跃然纸上。他说到激动之处，站了起来，模仿照片中的动作，给方强敬了礼。

方强做了鬼脸，别臭美了，用不了一年，你再看这张照片，保管你没这些词儿了。

高坤没吭声。他不是不敢和老兵争论，他心里在琢磨。小对象盯着要照片，他一直没寄，就是感觉自己的照片中好像少了些什么，但又拿不准是不是自己的审美观不行，现在被方强一说，他确定是少了些什么。少什么呢？他说不上来。

方强心里想看照片的那根筋被勾了起来。他从抽屉里翻出影集。这本影集是他到新兵连之后买的，里面是当兵以来各个时期的照片。翻着这些照片，他总感觉到回到了拍照片的那天。回味当兵的岁月，对他来说，总是一种享受。高坤凑上来，要看方强当新兵时的照片。方强没阻拦。一张姿势和自己一样的照片，映入高坤眼帘。

傻乎乎的，高坤笑着说，你这身警服怎么看都像是借来的道具。

方强没恼，你别说，当初面对这张照片，我的感觉和刚才你看你的那张照片一样。当然，现在我再看，也觉得这张照片呆板，根本不像个武警战士，相信以后，你看你新兵时拍的照片，也会这样的。

高坤若有所思地说，看样子，新兵都是傻乎乎的。你看，你前天拍的这张照片，这才叫神气。超标准的兵的形象，够味。

方强说，是啊，我也在想，这人变化不大，可为啥拍出的照片就大不相同呢？

高坤说，瞧你，这有啥不明白的，兵当时间长了，老练了呗！

方强皱了皱眉头，恐怕不止这些。

高坤头一伸，那还有什么？

方强身子往后一仰，双手抱头，这也正是我想知道的。

高坤有滋有味地看影集里的照片。方强的照片还真不少，记录的事儿也不少。每看一张，高坤就评上几句，有时还就一些拍照的细节仔细询问。这哪是在看照片，是在浏览一个士兵成长的历程。照片多，照片后头的故事更多。

这是一张方强佩带中士警衔的标准照。

咦，不对了，高坤突然大叫起来，这张肯定是假货。

方强瞟了一眼，不动声色。他当然知道这张照片的来历。在新兵连还没授衔时，他向班长借来大檐帽和警衔、领花，过了一下中士瘾。后来，为了怕别人说闲话，他就把照片放在了影集的后半部分。高坤的眼还真尖，一眼就看穿了真伪。

哪能？他淡淡地说，不至于吧？

高坤一拍胸脯，我敢打赌，你拍这张照片时还是个新兵。

方强笑着说，你有什么证据？

高坤不好意思地笑了，证据没有，我也不知道啥原因，一看就断定那时你还是新兵。

方强沉思片刻之后说，看来新兵和老兵就是不一样，这就好像什么枪发射什么子弹一样。

11

高坤疑惑的目光聚在方强的脸上，你这话可真是高深莫测，我听不懂。

方强把自己的目光迎了上去，其实，我也不懂，也只算是雾里看花吧。

一新一老两个兵，在探讨一个既司空见惯又难以捉摸的问题，也真难为他们了。

风光了一回的方强，尚没有来得及细细品味这风光之中的内容，便栽了个跟头。这还是他自找的。

中队以往搞捕歼战术训练，都是在训练场上干练动作。跃进、卧倒、排队形，顶多也就是学学利用地形地物什么的。这一天，中队长不知哪根筋兴奋了，要求搞一次带实战背景的捕歼越狱逃犯的训练。在指定的范围之内，假设敌人逃跑藏匿，小分队组织搜索捕歼。这是个刺激的训练，兵们乐不可支，踊跃报名参战。倒是假想敌没人愿意扮演，反面角色是一直令人作呕的，兵们更是如此。方强主动要求装逃犯。

高坤劝他，这活你干不了，你的下场保准是被活捉。

方强不服气，这你就小看我了，你们想抓到我，哼，恐怕还嫩着点儿。

高坤下巴一抬，你，我还不了解，演兵，你不用演，装逃犯，你一准没戏。你等着瞧吧。

找来一套旧衣服，硬是把自己搞得蓬头垢面的，方强开始逃跑。

出了中队营门，方强没有往大街上走。他这副行头，走到哪儿，不被武警抓住也会有见义勇为的群众挺身而出，最起码也得报警。出了县城，方强来到一个小村庄。中队规定的时间是四个小时。时间一到，只要方强没被发现，就算完成任务了。方强从村头荡到村尾，继续沿着一条不宽不窄人不多也不少的山路向山后的另一个村子逃窜。他每半个小时要向中队汇报一次逃跑路线，当然，只是方向性的。捕歼小分队只是知道他在往哪个方向跑，其余的就靠自己发挥了。

翻过山头，方强感到嗓门生火，口渴。刚好眼前就有一个茶棚。方强上前向看茶棚的老大娘要了一碗水，咕咚下肚。他本想付钱的，但转念一想，自己是坏人，得装得像点，钱嘛，回头补上。老大娘也没要钱，对他笑了笑，没言语。此地不可久留，方强准备继续上路。老大娘不愿意了，拽住了他。怎么，没给钱你就不让我走？方强佯装恶狠狠地说。老大娘也不生气，孩子，坐下和大娘唠唠家常。这话方强受不住，他只好心不在焉地和老大娘说这谈那。他心里急，可又没辙。

坏事！捕奸小分队追上来了，方强被一下子逮个正着。

老大娘见兵们荷枪实弹的，忙起身护着方强，你们干什么？

一兵说，大娘，他是坏人，我们抓他回去。

老大娘脸一沉，瞎说，这娃好着呢，你们是兵，他也是兵，你们就放他一回吧。

方强愣了，敢情老大娘把我当逃兵了。

老大娘又对方强说，孩子，这当兵是苦了点，可不能跑，大娘一眼就瞅出你是个兵，所以才拉着你怕你乱跑。

兵们看老大娘误解了，忙向她解释这是训练。好说歹说，老大娘才信了。

看着方强和兵们走了，她自言自语道，这兵的事真怪，好好的装什么坏人？

方强垂头丧气地回到了中队，高坤迎了上来，我没说错吧，你不行。

方强说，都怪那老大娘。没等高坤再问，他把遇到的一切都告诉了高坤。

你说，老大娘怎么一眼就能认出我是一个兵的呢？方强向高坤请教。

高坤傲了，早说了，这能你逞不起来，不过，你自个儿的事，你自个儿去想，我是不会告诉你的。说完他洋洋得意地走开了。

远处，有一穿警服的走来。由于距离太远看不清是谁，但方强一瞧那身影，就知道是中队长。果然是中队长。中队长听了方强的抱怨后说，你任务虽然没完成，但这也不是坏事，应该说是好事，难得的好事。

　　哨位，是方强心驰神往的地方。

　　在一般兵的眼里，待在看守所里看犯人，没多大出息。当兵三年，一杆钢枪伴着，一年到头和犯人打交道，能有多大出息？这比昂首阔步行进在大街小巷巡逻差远了。简直没法比。犯人大多数不敢跑，三年下来，能摊上一次，已经是奢望。空有一身抱负，一身功夫，捞不到施展，还不把人憋死。方强不这样想。犯人都是笼子里的老虎，别看待在监房里老实巴交，那是有威猛凛凛的武警在日夜看押。没人看，笼子不上锁，这帮家伙还不一个个逃之夭夭。老虎出了笼，害人呐。平静的哨位，平静地上哨，其实都不平静。安然的表象之下，潜伏的是随时喷发的火焰。这是一种危险的游戏，虽然这种危险大多数时间都呈隐性状态。再说了，大伙都不去上哨，谁去？总得有人去。我去。方强是怀着兴奋不已的心情下到中队的。

　　新兵下中队，一般有个适应期，这实质上和地方上的岗前培训差不多。先是操练上哨动作，学习值勤理论。扛枪上哨的事儿，暂时别想。想也是白想。过了两三个礼拜的时间，老兵才带着你上哨。不带枪，不算正式哨兵，这叫跟班。编外的。一个月下来，新兵才能和老兵搭配，正式走上哨位。

　　犯人最喜欢新兵上哨，新兵啥都不懂，他们这些老号有了活跃气氛的话题。方强上哨已经一个多月，犯人还是拿他开玩笑。带他的老兵说，这上哨的姿势、动作、表情要冷峻，让犯人从心底下对你发寒，这叫震慑力。方强信老兵的话。老兵一上哨，犯人不敢正眼瞧他。其实，老兵也没骂过犯人，更没打过。犯人说老兵的眼神是把剜人心的刀，真要和他对视，魂都没了。老兵上哨时在六号监室窗口站了足足有十分钟。十分钟后，一犯人主动交代了他想逃跑的企图，并交出了一根钢锉条。在老兵的上哨生涯中，他曾以类似的方式使六名犯人败下阵。

14

这老兵真神。老兵叫张成。当方强成了老兵时，张成已退伍到了公安局，干起了刑警。

长途汽车颠簸在崎岖不平的山路上，如同一叶小舟，时而爬上浪尖，时而跌入波谷。车成了醉汉。旅客刚开始还三三两两说笑，晃荡久了，脑子被搅糊了，便纷纷进入了梦乡。

方强探家。探家的方强，换了一身便装。这是高坤替他出的主意。穿着警服，掺在百姓堆里，过于显眼。不好，还是和人民群众打成一片好。方强没有"鹤立鸡群"的习惯，便无条件地采纳了高坤的建议。

方强的边上，坐着一位漂亮的女孩。方强是想和她说说话解解闷的。可那个女孩冷得很，不给他任何机会。这一路上不说话，也不能把我方强怎么样，你轻视我，不跟我聊，我才不会瞎凑趣。咱方强，孬好也是见过世面的。方强在经过一番心理聊慰后，借助车子的摇摆，悠然地打起盹儿。

女孩的惊叫，让方强瞬时进入临战状态。这时的车里，已是一片混乱。旅客个个缩着身子，车内散发着恐惧的气息。两名歹徒，手持匕首的歹徒不知何时上的车。一个人堵在车门，一个人的右手正在女孩的身上瞎摸，左手的匕首寒光闪闪。摸完了首饰钞票，再摸，就是揩油了。

方强两腿发力，从座位上弹起来。没准备的歹徒后退了半步，双方发生了短时间的僵持。胆大点的旅客，微伸着头等着辉煌的时刻。

歹徒手中的匕首在空中划了个圈，眼露凶光，你找死？方强没说话。他站得并不是很直，两手垂着，没有握成拳。歹徒的个头比他高，他头稍抬仰视着。

车门口的歹徒咆哮着，大哥等什么，不行把他做了。方强面前的歹徒，看着面前的这小子，手里的匕首抓得死紧。车厢里一切都凝固了。

两个歹徒站在方强面前，犹如一堵高大厚实的墙。驾驶员也不由地停下了车。

这个时间，其实并不长。

两个歹徒想把目光拽离，但只能是徒劳。他们感觉到自己的灵魂已经出了窍。以至于匕首落地，他们都未发觉。

身后的两个小伙子，见歹徒手里没了凶器，跃起来扑向歹徒。他们是拼尽了全力，要把歹徒摁倒在地的。当他们的双手刚要碰到歹徒时，他们才发现歹徒软得像海绵。扑下的身子，要不是没歹徒垫着，兴许还能摔伤。

到了一派出所门口，车停下了。民警上车押歹徒。戴上手铐的歹徒终于回过神来。一位看了看方强，脸色依旧煞白。一位前脚下了车，突然扭过头来冲方强说，你这兵，不是人，你他妈的是神！

过

河

中队值班员嘴噘得像鸡屁股一样，一吹哨子，下课！训练场上顿时中止一切操练。许多兵都说下课哨比上课哨悦耳动听，乔波却认为上课哨比下课哨悦耳动听。当然这些都比不上紧急集合的哨音刺激过瘾。在他步入老年耳朵真成了摆设时，唯独能听见紧急集合的哨音。

兵们笑他屄毛眉毛分不清，对音乐的鉴赏力太差。

乔波反驳说，狗屁鉴赏力，还不是你们肉里的心脑里的筋在做怪。

兵们就说你应该当队长干指导员。

乔波不高兴了，你们这是在骂队长指导员，你们才分不清屄毛眉毛呢。

班长刘庆来走了过来，什么屄毛眉毛？你们才当几天兵？告诉你们在部队最容易犯的也是最不能犯的就是这错误。

兵们刚下中队才个把月，和班长嘻嘻哈哈的功能还没发育好。第一年新兵，第二年中不溜秋，第三年才能以老自居。别说班长，就是和老兵也得规规矩矩的。

乔波想起了余华写的《许三观卖血记》便笑着说，我们在讨论为什么屄毛出得比眉毛晚，长得倒比眉毛长？

刘庆来脸一嗔，谁说的？

乔波说，是余华。

刘庆来盘问道，余华？这小子是哪个班哪个中队的？新兵蛋子没大没小的。这还要讨论，这话就是冲着你们现在的兵说的，看看你们像不像新兵的样子就知道了。下课了，整个营区都处于稍息状态，乔波做的第一件事就是上厕所。一路上已有不少兵向厕所行进，把武装带当海带拎在手里甩来甩去，松松垮垮走路的是老兵，扎着武装带别别扭扭齐步走的是新兵。乔波看不惯老兵随意改变武装带的用途，像围巾一样往脖子上一挂，中间一折拽得像皮鞭一样噼叭响。他不这样。当兵三年，他的那根武装带不是扎在腰间就是按规定放在床上，后来退伍回家了，他把武装带连同警服一齐放进了箱底。

乔波从厕所出来时，训练场上的兵已圈成一堆一堆的。老兵们随意组合，但这种随意只限于在老兵之间，就跟河水井水纯净水一样。新兵则是油，只能以班为单位。乔波喜欢听老兵吹牛讲故事开玩笑，便常常往老兵堆里扎。水怎么啦？油怎么啦？不就味儿颜色浓度不一样吗？一滴油掉进了一缸水里还不跟一泡尿撒在河里似的。不同的是，再怎么那肉眼几乎看不出的油花一定还浮在上面。乔波不管这么多。

来来，抽支孬烟，乔波像钓鱼前抛点饵一样散上一圈烟后，便挨个儿地点火。打火机火苗不稳定，他先离得远一点打着等到火苗不跳舞了，才用双手围着递到老兵的烟跟前。每点完一次，他灭了火苗再重新打火重新观察重新用双手围着火苗递到另一老兵的烟前。

小新兵挺心细的嘛！长得五大三粗的，动作柔得像个娘们，有一手哇！不错，通信员的好苗子！

乔波完成点烟的动作喜滋滋地挨着老兵坐下，像老兵一样盘着腿叼着烟。

叫赵成的老兵胳膊一捅乔波，哎！你怎么也不谦虚谦虚？

乔波含着笑说，你们说得不错哇！

赵成开导他，那你也得谦虚谦虚。

乔波不明白，为什么？

赵成说，你是新兵呗！

乔波猛吸一口烟吞进肚里后又慢悠悠地吐出来，条令上也没这个规定嘛！

老兵们就说，瞧瞧，现在的新兵真不得了哎！这话有了些火药味，涉及的问题也过于敏感，乔波扭头佯装掸烟灰，使老兵的话成了扔在沙滩上的一粒石子。在他成了老兵后，一次一老兵以同样的口气在说一名新兵时，新兵的腮帮子鼓得像大款的钱包，他看不下去了，新兵怎么啦？都是兵，谁都能了不得。那老兵陌生地望着乔波，你这兵怎么当的？越当越倒缩了，一点老兵样子都没有，说完目光狠狠地剜了剜那新兵走了。正是下午四五点钟的时候，老兵身后的影子拖得很长很长，乔波抬起脚狠命地跺下去，脚掌在地上像碾蚂蚁一样死劲地碾老兵的头，刚冒出嫩芽的小草烂成绿汁，头部现出一个流着绿血碗口大的伤疤。可那头依然若无其事地移走了。

老兵转移话题比他们紧急集合的速度还快，嘴皮一动，就进入了属于他们自己的谈话内容。一下巴上长了个小黄鱼眼珠大的"猴子"的老兵咧着满嘴黄牙说，听说现在出了一种什么粉子，对，叫一洗白，洗一次就能让牙齿白光光的嘞。乔波知道这兵叫郑布山，老兵们私下里都叫他不三不四。其实，这绰号和他的人品没一点瓜葛。乔波是新兵，但他和别的新兵在许多方面有区别。譬如说别的新兵一分到中队，彼此间互相打听名字，后来才慢慢留心了解老兵的名字。乔波正好反过来了，老兵的名字、绰号什么的一个个都透熟时，有许多新兵的名字他还叫不上来。郑布山前两天探家回来，像刚吃了满汉全席似的拿着女朋友的照片当名片到处乱窜，见了谁都晃一下不等别人细看又收了回去，咧着满嘴黄牙说，怎么样？有水准吧！乔波猜想照片上的那位一定长得不赖，也想一睹芳容。郑布山嘴一撇，新兵蛋子，哪有你看的份儿？！尽管如此，乔波以目光的快速准确捕捉到了，长得一般化，上不了什么档次。他想不通谈了个对象有什么了不起，就那模样到处现世也不嫌丢人。到了第二天，郑布山嚷着要请假出去把"猴子"冷冻掉，说是堂堂的武装战士脸上长"猴子"影响警容，有损在人民群众中的高大形象。探家前老兵说他的"猴子"有碍尊容，他得意地用两手指捏揉"猴子"说，你想长还长不出呢！这是我的门牌号码，男子汉长得没点特色，还算什么男人？那神情好像"猴子"只有是他能长也只配他才能长的"金疙瘩"。"猴子"之事八字还没一撇，今天又倒腾起洗牙来。

人称恋爱专家的郭修贤说是不是和你那位进入实质性阶段时，她嫌你这狗牙有碍视觉美和味觉美进入不了状态？这倒也是啊，吻起来没情调，这吻的质量自然会大打折扣。

郑布山不生气，伸出舌头舔了舔黄牙说，才不是呢。

郭修贤说，我不信，要不然你给大伙现场转播一回。

郑布山说有新兵同志在，别把人家带坏了，免了吧。

乔波心想，拿我做挡箭牌，新同志怎么了？你把新同志的生活水准也贬得太低了，不就是接吻，这味我早尝过了，体会比你们深刻多了。

赵成把话题重新转到了洗牙上，一洗白那玩意儿我知道，不能使，腐蚀太厉害。知道不？牙齿之所以坚硬，只因为表层有釉质，一旦破坏了，就跟沙袋似的，看着结实，袋子一破，沙子就散了。

眼看要付诸实施的洗牙行动，遭到赵成的致命打击，郑布山自然不罢休，你这哪儿来的歪门邪道，牙齿和沙袋哪儿到哪儿？扯淡！

有了争论的焦点，老兵们像划分战斗小组一样分成了两派，甭管懂不懂，个个好似昂头的小公鸡唾沫横飞。乔波听着心急，说得好好的吵什么？不行，我不能眼看他们的争论升级，那样太伤战友之间的感情了，他想起了抽屉里那本体育教师送给的《人体学》的书，上面有牙齿构造方面的知识，赵成派的观点是正确的，牙齿的表层如果被腐蚀掉了，牙就彻底坏了。不过也得看那一洗白是不是对表层有腐蚀的副作用。乔波认为自己的发言入情入理，既表明了自己的立场，又让双方都能接受。

郑布山眼一瞪，熊新兵蛋子，你懂个屌，咱们这是有关高科技知识的

22

探讨研究，你插什么话？臭我满嘴坏牙，小心我让你满地找牙。

乔波委屈地解释说，我有这方面的书，书上是这么写的，不信待会儿我拿给你们看。

赵成气不打一处来，看你个蛋，没大没小的，起哪门子劲？没事到一边去脱下裤子数数你长出几根屁毛。

接下来，老兵们统统放弃了刚才那拼个你死我活非要争出个高低的舌战，一齐把枪口对准了乔波，你一言我一句，乔波成了大伙儿眼睛嘴巴的靶子。幸好这时上课哨响了，老兵们起身拍拍屁股一个个像什么事也没发生过一样向各自的班集合点走去。与此同时，听到哨音的乔波浑身一激灵，跳起来冲向班集合点。刚才的一切连同大家吐出的烟圈全消失了，只有那烟蒂卧在草地上。

老兵们对乔波这新兵的态度捉摸不定，既时时处处排斥他，又经常热情地接受他的加入，有时候好几天乔波没到他们圈子里去，有的老兵会说怎么有时日没见乔波那新兵来啊？还有些老兵无意实质上是有意地碰上乔波，东扯几句西扯几句，最后心满意足地离开时还不忘说一句，怎么这么巧？遇上的新兵都是你。郭修贤就是其中之一。

一天，乔波一个人窝在营区角落里的沙袋场对着沙袋练侧踹，这动作他一直没掌握要领。郭修贤手插在口袋里耷拉着脑袋过来了，你怎么在这儿？乔波心想，和我装蒙，我不在这儿你能来吗？

郭修贤关心地问道，谈对象了吧？乔波说，算谈了吧。

郭修贤又关心地问道，进展顺利吧！

乔波说，一般化。

乔波知道郭修贤的恋爱又跑靶了，这几天正在失恋的旋涡里挣扎呢，他看着也怪难受的，总想找机会劝劝，只可惜机会光靠找并不行。现在好了，机会送上门了。他顺着郭修贤的话运用自己的恋爱经验开始从外围艺

23

术地点化郭修贤，两个人聊得很投机。说到兴头上，郭修贤甩给乔波一支烟。乔波接过后又送了回去，哪能抽你的？来，抽我的。郭修贤笑着说，见外了吧，都是兄弟，抽我的，乔波也不再客气了，点着烟抽了一口，开始直奔主题，其实女人和这烟一样，抽没了再换一支，费不了多大劲，现在谈恋爱的像神枪手那样首发命中的没了，搞搞游击战术反而好。

郭修贤这才转过弯来，原来这小子知道我失恋了，他不高兴了，你这新兵蛋子教育起我来了。说完，扔下半截子烟面带怒气地走了。

乔波望着郭修贤已明显轻松的背影，笑着摇摇头，转身又练起侧踹。

时间这家伙有意思，等待时，它像个蠕动的蜗牛吭哧吭哧，回忆时，倒成了出膛的子弹呼啸而过，有美丽的弧线，但仅存于想象之中。乔波在日记上写下这段话时，肩上的警衔已由列兵的一道杠换成上等兵的两道杠。

泡在老兵里的乔波，一不经意步入第二年，成了在老兵面前是新兵在新兵面前是老兵的角色，用部队的话说叫半老不新。乔波暗想，这叫法颇有哲学味道。兵当到这分儿，就跟鱼下锅一会儿半生不熟一样。这时候的乔波仿佛是河水，拍拍这岸摸摸那岸，这岸的老兵和那岸的新兵隔河相望。后来，在数百次千次的回忆军旅生活时，这一段日子是最有意思的也是最没有意思的。

不过，现在乔波并没有体会到，他只觉着这一年和老兵新兵都处得不错，还没等嚼点什么来，他已进入第三年成了一名老兵，私下里被兵们称之为老乔的老兵。当然，刚到的新兵不敢这么叫他。一新兵见他过来忙立正，班长好。事实上，像乔波这样的不是班长副班长的老兵让新兵们的称呼上大伤脑筋，直呼其名，没大没小的，显得不尊重，叫乔班长，可他只是老兵，不太合适，权衡来权衡去还是取后者，不合适总比不尊重强嘛！别的老兵遇到这种情况时，总是哼哼哈哈地滑过去，乔波不领这个情。别熏我，我姓乔名波，叫我乔波。

说完还友好地拍拍新兵肩上，没事的，叫乔波比叫什么我都高兴。

乔波能叫上每一个新兵的名字，不像其他老兵喂喂地像唤牲口，这让新兵们很激动，激动之后就有了想和乔波接触的冲动，但是想想人家是老兵最后还是不敢落实到行动上。不过新兵在一起总爱谈论乔波，说他这老兵没有老兵的架子。乔波听到后说，老兵新兵还不都是兵，部队讲的是官兵平等，咱们兵与兵之间还能有啥说的。说归这么说，新兵的脑子像通条一样转不过弯来，只是认为乔波比别的老兵谦虚。眼前的新兵，让乔波禁不住想起自己当新兵的那会儿，想想就像当初爱扎老兵堆一样尽往新兵堆里扎。操课间隙，他来到一个新兵班，班长首先跟他打招呼，哟，老乔来了。新兵们闻声起立正，班长好。乔波手一摆，别这么严肃，你们这样是赶我走，坐下吧，他说着也不管地上脏不脏右脚在左脚后交叉身子一下屁股就着地了。有新兵递烟给他，他接过来自己点，你们也抽呀。有的新兵说不会抽，有的新兵干脆不吭气。乔波笑了，噢。我明白，你们现在抽烟还处于地下活动阶段，来来，我教你们一招，想抽烟，先给你们班长上支点着了，你们再抽，班长也就放任自流喽。班长嗔怪道，你这个老乔哇，连这事也捅给新同志。乔波说，没事，抽烟只问烟瘾大小，不问兵龄长短。这苦你不是没吃过，忘了？在新兵大队时你偷偷地躲在厕所里过烟瘾，那时怎么想的？新兵班班长和乔波是同年兵，当新兵的那点事瞒得住别人，瞒不了乔波，他怕乔波再揭他的老底降低自己在新兵中的威信，便说，大伙儿别让老乔为这点事心烦。来来，会抽烟的放开抽。过后，他找到乔波的班长王春林，有机会说说乔波，都老兵了，还和新兵一起瞎掺和。

王春林比乔波晚一年，但这并不影响他对乔波的管理。上任后的第一次班务会，他清清嗓子征求乔波的意见，老乔，你先说两句话？乔波说，你是班长，该你说呗。王春林摸不透乔波在想些啥，不过，他想什么都是可以理解的，第三年的老兵了，遇上个第二年的班长，心理上总有些不平衡。王春林自我介绍一番，谈了谈就职后的打算。

乔波坐那儿阴沉着脸，木木地盯着王春林，王春林心里起了毛不敢再说下去了，便讨好乔波，老乔你说两句？

乔波开口了，别老乔老乔的，这是班务会，你是班长，叫我乔波。

王春林更紧张，老，不，乔——波，你说两句？

乔波更生气了，班长，班里数你最大，你命令我就行，我是你手下的兵，再老也和大伙一样听从你的吩咐，你这样做，表面上是尊重我，实际上是不相信我的觉悟，今天大伙儿都在，我表个态，我乔波是普通一兵，服从班长管理是我的本分，我要是口服心不服，就他妈的是龟孙子王八蛋。

班务会结束后，乔波又和王春林单独谈了半个多小时。王春林埋怨自己错怪了乔波，以前听老兵们说，乔波这兵军事素质好，为人也不错，就是有些油不拉叽的，现在看来，这种看法对乔波是不公平的。

老乔，谢谢你！王春林紧紧握住乔波的手。

乔波厚实的手掌上一层厚厚的茧子，这让王春林想起了家乡那石碾子。

乔波说，看看又来了，我乔波就这脾气，这道道琢磨不过来，这兵才是白当了呢，噢，对了，以后在其他人面前，你还是叫我乔波吧。

有乔波这样的兵，王春林这班长当得特别顺手。班里的高君平曾经和王春林竞争班长，没料到不但没有成功，反而被分到了王春林的班里。本来和王春林的关系还挺好，这一败下阵来，自然有些怨恨牢骚。分配给他的卫生区他不打扫，交给他的任务他不是草草完事就是变着法子推托，对王春林的工作横挑鼻子竖挑眼。队列训练，明明刚才还在到处乱溜，这会儿说脚疼，也不管王春林什么态度，找块砖头坐在那儿跷起二郎腿。王春林了解他的心思，有心说说，又怕生出其他事端，较起劲来自己收不了场。

乔波看不下去了，高君平，哪有你这样的男人这样的兵？班长当不上就当狗熊了！

高君平头一歪，你是哪路神仙，管起我来了，班长都不问，你操什么心？

乔波手一叉腰，再怎么着我比你多当一年兵，班长治不住你，不等于我治不住你，我不是班长，什么招都能使，不信你瞧着吧。

高君平敢和班长捣蛋，却不敢和乔波硬来，磨蹭了一会儿重新回到了队列，没看我是在系鞋带，多事！

下课了，乔波向他道歉，君平，刚才怪我不好，脾气大了点。

高君平一看乔波的表情不像是在说假话，反而弄得一头雾水。

新兵程新单杠动作特别差，别的新兵四练习已是杠上如飞燕了，他二练习还上不去。班长说，上不去，就吊着吧。晚上出完小操，班长说，你一个人给我在操场上撑俯卧撑，不多，撑够了五百个再回来。兵们都走了，程新在空旷的训练场上上下起伏。三十个刚到，就起不来了。双手撑地，双膝跪着呼吸似牛喘。

乔波出现了，实在撑不动歇会儿再撑，这也不是一日之功。

程新说，我，我不累。

说完，又撑起来。有老兵来了，撑不动也得撑。

乔波说，胡扯，不累，鬼才信呢，来，坐下来歇会儿。

程新说，班长的指标我还没有完成呢。

乔波说，没事的，这会儿你班长早上牌场了，正咋咋呼呼地过牌瘾呢，哪还顾得上你。

程新说，班长不在，我也得练，又不是替班长练的，我是为自己。

乔波说，不错，有了这想法，不愁训练上不去。

程新说，谢谢鼓励。

乔波说，这么客气干嘛。

程新心想，你是老兵耶，我要是和你不客气，你还不骂我没大没小。

乔波问道，到了中队还适应吗？

程新说，还好。

乔波说，刚开始都有个从不适应到适应的过程，当初我也是这样的。乔波就开始和程新说他刚到中队的故事。

程新边听边想，这老兵和我说这些干啥，我和他又没什么特殊的关系。乔波说完了新兵生活又说中队目前的情况，说完了这些，乔波说，有什么事和我说一声，能帮的我肯定帮。

程新搞不清乔波葫芦里卖的什么药，别的老兵不是不理我们就是训我们，眼前的乔波却这么坦率这么热情这么真诚。莫非他有什么事要找我帮忙，即使这样，也不要兜这么大的圈儿，你老兵的一句话，咱这新兵哪敢不听？乔波越说，程新心里越紧张，到后来，他待不下去找个借口就溜了，躲到一个漆黑的角落里撑完了规定次数的俯卧撑才回到班里。他边撑边四周观察，生怕乔波再找来。

本来，王春林是不准备找乔波谈有关如何处理老兵与新兵关系的问题的，他从内心佩服乔波这种无所顾忌的做法，自己想想如此，但前怕狼后怕虎，只好把想法深埋于心底。找，也是迫于无奈。星期六晚上中队自由活动，俱乐部里几个班长和老兵鬼哭狼嚎地唱着卡拉OK，数十个新兵眼巴巴地坐在小马扎上。乔波夺过话筒说，光你们死嚷，人家新兵还唱不唱了？说完，他把话筒递给了一新兵。新兵不敢接。乔波说，唱，今天我高兴，我要你们每人唱一首给我听。不知是谁带头鼓起了掌，片刻新兵个个拍手叫好，班长、老兵一见乔波这举动，个个灰溜溜地走了。有新兵怕回去被班长训，拿起小马扎也要走，乔波堵在门口，一个也不准走。那些新兵向班长投去哀求的目光。班长就说，唱吧，唱吧，唱够了再下去。不管怎样，班长是同意了。乔波坐在那儿摇头晃脑地听新兵唱歌，俱乐部里的气氛，陡然热烈起来。新兵们是尽兴了，班长、老兵窝着一肚子火找到王春林，要求煞煞乔波的威风。他们说，乔波这小子不知安的哪门子心，咱们和新兵在上面搞活动，本来气氛很融洽，他一去，挑拨我们之间的关系，教唆新兵犯错误，你身为班长得好好管管，要不然我们联名向中队领导告状，到时候别怪我们不给你面子。王春林说，好，好，也太不像话了，惹得各位肝火旺烧，这还得了，我一定训训这小子。这几个班长、老兵的兵龄都比王春林长，平常，王春林是能躲则躲，今天没法躲了，他赔着笑不停地发烟。

王春林特意到小卖部买了包红塔山，他从来舍不得抽这么好的烟，即便是找领导汇报思想也没有这么破费过。乔波从俱乐部出来时，笑得很满足很陶醉。王春林迎了上去，老乔，找你聊聊。俩人来到训练场，王春林知道在这儿聊，乔波是最喜欢不过的了。

王春林当着乔波的面拆开烟弹出一支，来。

乔波接过烟说，哟嗬，今天改善生活了！

王春林说，专门为咱们聊天买的。

乔波说，那这烟我不敢抽了。

王春林说，抽吧，咱俩谁跟谁呀！你乔波不是这样的哟，是不是怕假烟？

乔波笑了笑不再推辞，掏出打火机先替王春林点着后才为自己点。

王春林说，老乔啊，真不知怎么和你说？

乔波说，说呗，怎么说都行，你还不知我啊？

王春林说，其实也没什么，就是，就是你和新兵之间的相处，这个，这个……

乔波说，说嘛，是不是我犯错误了？

王春林说，也不是，只是有些班长、老兵对你有些意见，说你和新兵没大没小，有点儿，有点儿太宠新兵了。

乔波说，什么新兵、老兵，都是兵，为什么要分三六九等？

王春林说，新兵毕竟是新兵，老兵和新兵总是有区别的。

乔波说，什么区别？不就是兵龄长短的事？！咱们当新兵时，不都看不惯这一套。

王春林说，老兵毕竟是老兵，对新兵保持一点距离比较好，过分平等了，也不是那回事儿对吧？

乔波说，哪回事儿？歌里不是唱战友战友亲如兄弟吗？亲兄弟就不该分三六九等。

王春林说，没有了这界限，新兵的尾巴还不翘上天，老兵在部队时间长了，也算作是种资本，新兵老兵随便搅和在一起，总归不好。

乔波说，那你说，咱们谁是老兵谁是新兵？

王春林没有再说话，他的观点本来就和乔波是一样的，还能说什么，烟被抽得吱吱响，火光在烟头处闪动，他把目光抛向了浸染在夜色中的训练场。月光下的训练场，白天被兵们摸爬滚打掀起的尘土已重回大地，雄性的喊杀声已随风飘逝。然而明天，尘土、汗水、呐喊连同那绿色的身影，又会随着第一缕阳光洒满训练场的每一个角落。

会说话的雪山

两个兵出了门，拐过两个弯，来到两座墓前，蹲下来用手擦拭着碑上的积雪，嘴里念念有词。这两座墓一般大，碑一般高。过了三四分钟，他们竖起大衣领，向山上的一个哨所走去。半小时后，有两个兵从山上走下，棉帽、大衣沾满了雪。他们走得不算慢，山坡很陡，大衣的下摆只是直直地摆动，一看就知道被冻得硬邦邦的了。他们来到两座墓前，蹲下来用手擦拭着碑上的积雪，嘴里念念有词。

　　这两个兵进屋时，姜林正弯着腰在床上揉来揉去，床发出吱吱呀呀的声音，不看他手里的被子，还以为他是在和面呢！屋子里没有开灯，却亮堂得很，窗外更是白茫茫的一片，远处是一片白茫茫的高高低低形态各异的雪山。几个兵在他身后，有的坐着，有的倚墙斜站着，有的双手托着下巴实实在在地蹲着，目光全都指向他。天寒地冻的，姜林的额头渗出了豆大的汗珠，后背的内衣好像也是湿乎乎的，还有些痒滋滋麻兮兮的。他不知道这被要叠到什么时候，不知道叠得咋样，老同志们才能放他过关。他有些怕这儿的兵，个个好像都是怪怪的。他一想到那声长啸，就像有把刀带着呼声劈了过来。那是在他来的路上，还有一座山头才到哨卡时听到的。不是狮吼，不是虎啸，甚至不是从喉咙之类的器官发出的，应该是一种凶猛的动物狂奔撕裂空气的声音。除了强大的穿透力，似乎还夹杂着大杂烩般的情绪。

　　一老兵推开姜林，动作幅度不大，但暗藏的劲不算小，姜林闪了一下退到了一边。老兵呼地撩开像面包一样的被子，姜林只觉得有股臊腥腥的味钻进了鼻孔，有点呛人。在味儿还没散尽时，一床四四方方的被子已坐在了床上。

老兵又回到了原来的位置，"说说你为啥来的吧！"声音嗡嗡的，如同手指敲击木桶的声响。老兵们仍旧保持着原来的姿势，但麻木僵直的目光顿时变得柔和飘逸起来。

姜林一下忘了刚才手是放在哪里的，更不知道现在手该放在何处，心里直恨长了一双手。最好的方法是双手自然垂下贴于裤缝，也就是标准的队列动作。可这样太新兵了。他也是第二年兵了，在这么多兵面前重回新兵模样，这以后的日子还怎么过？他那上墙的影子与靠墙站的那兵离得很近很近，近得让姜林感到窒息，舌头早已如同窗外屋檐下的冰凌不能动弹。太静了，他听到了每个人的呼吸声，有粗有细有高有低长短不一，恰似一曲缓慢悠长而又不失青春的乐曲。

说什么好呢？怎么说呢？他是见过世面的。他比许多同来的兵要幸运得多，新兵连一结束，就被分到了总队机关当公务员。这当然是顶好的差事了。工作干得不错，可他这人嘴碎，眼睛睁着时嘴就闲不下来，就跟老烟鬼烟不离嘴一样。他成天像嚼豆子似的把各式各样的话头嚼个不停，他有无穷无尽的话头，就是同一个话头，也能说出一串串不同的话。兵们有的喜欢他这种溜溜的嘴皮，有的则相反，大大小小的干部倒是没一个不对他感冒的。对那些不喜欢他的兵，他会找上一切可以找到的机会和他们干上一场嘴仗，赢家自然是他了。当然，他也有他的原则，与首长有关的事，他比谁的嘴都紧。人长得精神，又能说会道，他引起了女兵们的注意，结果是出了点他这个年龄他这样的兵不该出的事。这下子机关大院留不得他了，随着一道纸命令，他来到了这处于雪山半腰一年里有八个月封山的哨所。

来了一个多星期，姜林感觉不错。座座雪山，好似一个个形态各异婀娜俏丽温存雅致的冰雪美人。看看蓝蓝的天，望望白白的佳人，他就给每一座雪山取了一个念起来温柔听起来温柔想起来温柔的名字，后来，他对兵们说出了这些名字，还说："白色，也温柔嘛！"不过，现在，他还只是默念，至多在无人的时候，让一个个名字从唇边轻轻滑过，感觉就是一片雪花落在唇上化为水在蠕动。在这一个多星期里，他只是在与雪山默默地对话，而不同任何人主动说话，别人问一句，他答一句，绝对的简洁，多半个字也不会。

姜林来的头一天，班长赵刚成显得十分兴奋，其他的兵也是流露出一种相似的期盼。这些天下来，兵们对姜林不感兴趣了，一个梦化为乌有。姜林常常站在屋檐下眺望那座座洁白晶亮的冰体，一看就是老一会儿。这天，赵刚成在姜林前头蹲下来，手在雪地上胡乱画，"你倒是蛮适合待在这儿的"。姜林的目光软软地搭在盯着赵刚成的后脑勺上，须臾，又移至远方。其实，并没有远近之分，近处是白，远处是白。不过，有时他会看到一片蓝色，不是天空，而是一片无垠的海水。

赵刚成抓起一团雪扔出去，"真不知道你这样的闷蛋怎么能进机关的？操！"雪团在地上蹦了几下停住了，比原来的大了不少。

"这儿的雪多一点少一点，一个鸟样！"

赵刚成一脚踢出去，姜林的面前下起了雪雨，如无数的柳絮在畅快地轻舞飞扬，从急促到悠然，舞步轻盈，一身的银光闪闪晃晃，仿佛在喃喃呢语，又好似在摇曳一首久远神秘的歌谣。姜林痴痴地欣赏着，赵刚成却走开了，只留下喀嚓嚓喀嚓嚓的踏雪声，姜林耳边传来了泡沫划过玻璃的声响，浑身不禁打起了颤，空中的雪变得模糊不清了，蓝蓝的天空被染得花白，好像一个顽皮孩子的大花脸。

一个长得五大三粗的兵，一天到晚玩雕刻这样的细活儿，总让人觉得

35

不是那么回事。刘东亮身高一米八多，壮得跟头牛似的，一只手抵上了姜林的两只手那么大，小锤子小锛子小杵子在他手里，显得小巧玲珑。他没事的时候就侍弄一块半人高的石头，叮叮当当兹兹拉拉声不断。一年多下来了，石头还是石头，没人知道他想雕个什么玩意儿。开始兵们还时不时地盘问，他眼盯着石头，"弄个活的！"手不停，好像很专注的样子。到后来，兵们就不打听了。不过，兵们对铁器与石头撞击的声音怪在意的，待在一旁细细地品，都觉得这是一首绝妙的乐曲。

这天，有兵又怀着审美心理对这乐曲啧啧称道，姜林听不下去，在机关那时的小尾巴露出来了："狗屁！你有没有点音乐细胞？这叫噪音，懂吗？他妈的是噪音。"他脸朝着大伙眼却瞟向刘亮东，左嘴角上吊着，双手叉在腰间，一条腿不住地晃悠。

"我真搞不懂，一个大男儿，做点什么不好，和石头较上了，没劲。实在没事做，吹吹牛不也是蛮好。操，一帮新兵蛋子！全被这成片的山圈成傻子了。"这回，他索性将矛头刺向了刘亮东。

兵们蹭地围住了姜林，刘亮东摔下手里的家什冲了过来。姜林头嗡地就爆了，要不是硬挺着，准会瘫成一堆稀泥。

赵刚成打了个响指："那你说说什么叫音乐。"

不说是不行了，说就说，要蒙你们这帮家伙，还不是小菜，姜林拉开了架子，把自己知道的听来的瞎猜的统统搅和在一块儿，说了些什么，他自己都搞不清，只老觉着自个儿脚下是片云，飘飘忽忽的。满口的唾沫星在阳光和雪光的映照下晶莹透亮，趾高气扬的声音在空中游荡，雪地上留下了他来来回回踱步的痕迹，一条白里泛黑的小路横在兵们面前。真是爽啊，才来的那些天装孙子干嘛呢？就这号人了，这张嘴吃了大亏，被发配到这种鬼地方。再怎么着就这样了，谁还能把我怎样？姜林像队前点名的干部，又像一个深晓乐理的音乐教授，精神焕发，表情傲慢，语气自信，话如行云流水大江东去。他的眼前心里哪有这几个兵，就连高耸入云傲然挺立放射迷人光芒的雪山也已遁去。

"音乐是什么，就是声音。没有声音，当然就没有音乐了。所以说，音乐是声音，可不是所有的声音都是音乐，就像人是两条腿，但两条腿的不一定是人。人，也有一条腿的，我们家邻居的二大爷一生下来就是一条腿。别看他是一条腿，活得怪滋润的，到现在还在。音乐是好听的声音，当然也有不好听的，比如哀乐什么的，多数的是好听的声音。这世上本来就没有什么绝对的东西，你们说是吧！音乐这东西，得有乐器弹奏，没乐器，就没有音乐，和没娘就没孩子一个样。现在科技先进了，可以培植试管婴儿了，但说到底，他还是有母亲的。乐器的种类太多了，但你刘亮东的小锤子什么的算不上，那是劳动工具。要是你那是音乐，这天下就没有什么声音不是音乐，那音乐还有什么劲。所以说，音乐就是用乐器弹奏出来的优美动听的声音。只能说到这儿了，再往下说，可就深奥了，你们听不懂的。"

姜林摆完了谱，赵刚成不冷不热地说："鸟兵，脸上就长了张嘴。"

兵们脸上一片迷惘，用一种说不清的眼神瞧着姜林，仿佛还在语言的迷宫里七拐八弯为出路犯愁。刘亮东在那块还什么都不是的石头上踢了好几脚，要不是嫌石头硬，他会多来几下，会多用点劲。

脸皮一旦拉下了，姜林可就没遮掩了，把在机关的那点德性暴露得一览无余，没有他看得惯的，没有什么他不说上几句的。当然，最要紧的还是把一肚子的怨气牢骚放出去，他可不想憋出毛病来。逮着了机会，哪怕就是撒泡尿的工夫，他都要发泄几句，甭管兵们听不听爱不爱听。他的原则是，能说一点是一点多说一点好一点，管你怎么想，我舒服爽气就行。

"有口才，没错啊！"汪小根不大相信，"能有没完没了话说，那是本事。这人有了本事，还能不好？"他是个不怎么开口的兵，爱翻几本没封皮的书，书页像老人的脸皱巴巴没有一丝光泽，有些已经脱落下来了。书在手里，他能坐上两三个钟头不挪屁股。这几本书，他早就看烂了，好书成了烂书，里面的内容也看得烂熟。

"破书，有啥看头？"姜林揉了揉冻得通红的鼻子。这地方空气新鲜，但寒冰冰的，吸在鼻里像无数的绣花针在乱戳。

汪小根轻轻地抚着书："还能干啥？"

"这鬼地方，我真是倒了八辈子霉了。人人都有倒霉的时候，但我这霉倒太大太窝囊。机关里有许多的兵和干部表现比我差多了，可他们没一个倒霉的，偏偏轮到我头上了。"

"……"

"我要是知道是谁搞我的，非得让他不得安身。从机关天堂跌到这白色地狱，靠！"

"我们都是分到这儿的。"

"这又怎么了？我在机关待得好好的，没想到落了这样的下场。不是命不好，八抬大轿请我，我也不来。这儿，就不是人来的地儿。靠！"

"机关怎么个好法，你倒说说。"

"说？三年也说不完。"

"好啊，那就慢慢说吧！"汪小根把书丢在了一边，挨着姜林坐下了，从上衣袋里摸出支烟点着吸了两口后递给姜林。姜林晓得在这儿，烟可是奇缺，不像在机关时，不是好烟不上嘴，就是好烟，也得看看是谁发的。围着首长转，还愁没烟？姜林接过烟，虽然表情动作都有些不自然，但吸起来还挺惬意。他张嘴想吐个漂亮的烟圈的，可试了好几次都没成，出口的烟像浓雾。这里的兵全会抽烟，全会吐烟圈，能让圆圆溜溜或奇形怪状的烟圈在空中走队列。最绝的是赵刚成，要来什么样的，就能弄什么样，那嘴简直就是百变的模具。汪小根拿过烟猛吸一口，先是吐出五个一样的圆形，接着一线烟穿了过去。前面的渐渐扩散变大变淡，最后无影无踪。是飘入了天空还是潜进了雪地，就没人知道了。

姜林一把夺过烟摔在地上，脚碾了又碾："你毛还没长全呢，抽什么烟？这烟是你能抽的吗？喊！我得上哨去了，今天是我头一回上哨。"

姜林的第一班哨是和赵刚成一班，赵刚成在前头走，姜林在后面跟着。出了门，拐了两个弯，迎面而来的是两座墓。姜林一吓，定神一看，碑上没有字。"把碑擦一擦，"赵刚成蹲下来，"来了个新兵，今天头回上哨，这小子嘴不赖，以后有空叫他和你们多聊聊。这会儿，让他和你们先认识认识。姜林，自我介绍一下。"

姜林愣了愣，还是像班务会上一样做了番简短的自我介绍。

"好了，我们上哨去了。"赵刚成做了个挥手的动作。

走在路上，姜林问："什么人的？"

赵刚成说："一个兵一条狗。"

姜林问："怎么了？"

赵刚成问："还能怎么了？对了，以后你每个周日的下午到那儿和他们说上半小时话。"

姜林问："为什么？"

赵刚成火了，"你有没有脑子，人家待在那儿闷不闷？闷！"

外头的雪下得贼大贼狠，刘亮东像失控的马车一头闯进屋里，带进来的雪洒了姜林一身，脖子里钻进了不少，如同数不清的细蛇在狂奔疯游。

"你轻点儿。"他一只手伸进后背挠个不停，满脸的不高兴。

刘亮东已脱下了大衣正一个劲儿穷抖，听到这话，嗓门粗得吓人，"什么？怎么啦！"大衣在手里就跟件小马褂，脸上红里透紫，两眼恶狠狠气汹汹虎视眈眈地瞪着姜林。姜林就感觉背后的蛇钻进了心里，一条又一条，

39

比着在咬心头嫩肉。在刘亮东面前，他站不稳，这铁塔随时都有可能把自己砸扁。离远点。他绕开刘亮东坐到了学习桌旁。

汪小根下巴磕在左手背上，右手里的笔慢腾腾地动着。这是他一天中除了睡觉，保持得最长的姿势。他好像有写不完的东西，写信、记日记、练字，不，这些都是次要的，重要的是写完一页再写一页。这里的兵，每人都有一样业余爱好，看起来还挺专注入神用心的。他们不问结果，在乎的只是过程。几张学习桌是挨在一起的，姜林双手像拍鼓样敲打桌子，嘭嘭声不绝于耳，汪小根的桌子也跟着颤动。汪小根不高兴地抬眼瞅了瞅姜林，又埋下头写那些自己也说不清的字。姜林来了劲，一屁股坐在桌上又是晃又是拍，整得桌子成了活物。汪小根昂着头，脸上的一块肉动个不停："我在写东西哪！"

"你写你的。"姜林的劲头更大，一张张桌子欢快地抖着。

"我在写东西哪！"

"唉，我说，你人有毛病啊怎的，你写你的嘛，关我鸟事？今天的天太冷了，我得活动活动。"

"你让我咋写？"

"你咋写碍我蛋疼？写？你能写出什么名堂来？"

汪小根不写了，腾地站起来隔着桌子与姜林开始唇枪舌剑。事后，他怎么也没搞明白，自己居然能说出那么多的话，比一年来的总和还要多。姜林兴奋地拉开架子和汪小根对阵，脏话国骂丢了，玩起了他最拿手的绕舌头。他从桌上下来，一脚踩在板凳上，一手掐腰，一手在空中画画圈圈戳戳点点。兵们也不上去劝劝，只是撒开手头上的事，津津有味地观战。到了吃饭时间，他们俩不得不休战，兵们觉得意犹味尽。

饭后，姜林骂骂咧咧接哨去了，兵们自然而然地聚在一起谈论起姜汪二人的吵架盛况，热烈程度远远超过了班务会上的发言，就连赵刚成也兴致勃勃地加入了。窗外大雪满天地寒天冻，室内却是热气腾腾热闹非常。

大家对姜林似乎没有多少好感，都说这小子不地道，痞子兵一个，那嘴抹的油太多，常常没大没小的，以为在机关干过的，就觉着高人一等，舌头像剑见谁都不分青红皂地狠刺。兵们认为，应该多和他较量，千万不能让他说遍天下无对手。

兵们好久没有这样兴高采烈地聊天了，晚上的时间哧溜一下就过去了。这夜里，兵们睡得好香好香。

刘亮东的雕刻工作，虽然因为姜林的到来受了不少的影响，但并没有停下来。兵们已经没时间看着听着刘亮东在那块石头上磨洋工了，姜林那张嘴粘住了他们。姜林手舞足蹈神气活现的样子，让刘亮东渐渐觉得和石头对话已没什么必要。这样一来，往日是沉迷其中，现在只是象征性地来一下半下。那天，姜林以少有的严肃态度和刘亮东说起了雕刻："不是我说你，这玩意儿摸了一年多了，想弄成个什么还没头绪，你还不如这石头呢！要我说，弄个漂亮的妹妹，让大伙早早晚晚地过过眼福，挺不赖的，不过，你恐怕没这能耐。"

刘亮东说："妹妹？漂亮？上山几年了，女的长什么样，我都不记得了。"

"那有什么难的！"姜林以机关里的女兵特别是和他最要好的也是导致他到哨卡的那女兵为原型，开始向刘亮东灌输青春美丽少女的有关知识。

这可是个令兵们大开胃口的话题，没谁不爱听的，听的时候也全然不顾自身形象了，个个嘴都不由自主地咂巴咂巴。

赵刚成说："小子，你思想长毛了？"

姜林不以为然："长毛？我早长齐了。不过，自从到了这儿又开始发枯了。这鬼地方草都不生，想长毛也没门喽！"

兵们呵呵大笑。

姜林一本正经地说："我真替你们担心，在山上这么久，一年到头又这么死冷，是不是把某些神经和小伙子的小芽芽给冻坏了？唉！这儿真不适合男人特有功能的茁壮成长。这男人就不是男人了。男人不是男人，那就完蛋了。"

兵们又呵呵大笑。

上山四个多月，姜林这张嘴依然干劲不减斗志昂扬威风凛凛。他认为最风光最出彩的还是斗嘴。不是吵架是斗嘴，吵架是什么概念？不，他自认为没和谁吵架，只是斗一斗嘴上功夫罢了。在他的嘴下，谁也休想逃过，谁也不饶。鸡毛蒜皮大的事，他都要挑起战事，心情好时爱斗，心情不好时还是爱斗，斗它个没完没了斗它个飞沙走石斗它个天昏地暗永无宁日。兵们当然不甘示弱，一个人拿不下，几个一起上来个车轮大战，过后还会研究研究战术，顺便回味回味令人激昂的战斗过程。汪小根对纸笔的依赖成了过去，一门心思练舌头。

这样一来，小小的沉寂的哨卡从沉睡中苏醒，阳性的叫喊声欢笑声从早到晚一日复一日。兵们的脸上活泛起来，话多了，走路快了。

赵刚成说："你小子长了一张铁嘴，不过，锈斑不少。"

姜林说："哪里哪里，还是你班长大人的嗓门堪称一流。咦……好久没听你仰天长啸了。"

赵刚成原来几乎每早每晚都要对着群山拉开嗓门穷喊几声，姜林到哨卡的第二天才知道在路上听到的啸声是哨卡的最高首长班长大人的。知道了，就发觉这啸声特别有意思，至于有什么意思，他到现在也没整明白。不过，他认定，这样的啸声只有长年在雪山中的人才能发得出。

"不需要了！"赵刚成抓起一把雪，"你没发现这雪有点甜吗？"

姜林说："你不知道，那天我在路上听到你的啸声吓得要死，我不知道要不是天太冷，我会不会尿裤子。"

赵刚成吃过点雪："想想，有这么多白白的雪山陪着，也不错。"

"你是不是想把山喊醒？"

赵刚成扭头看着姜林，像是面对一个陌生人："什么？山能被喊醒。"

"我想能，"姜林想了想，"雪崩，不就是山活了吗？"

"你不想活了？"

"哪能，我是说，这雪山总不能长年累月呆睡吧，该动动。雪崩怎么了？总比一年到头不哼声好。"

赵刚成挑了挑眉毛："你哪来这么歪的念头的？"

"不是，我晚上经常听到雪山们在说悄悄话。"

"瞎扯，你以为什么东西什么人都和你一样。"

姜林不像在机关时那么嚣张了，这里的谁都可以得罪，可不能把班长惹火了。这里是雪山上的哨卡，和机关大不同。

天是越来越冷了，雪倾泻而下，整个世界就是雪的世界，没了地面天空雪山。兵们坐在捂得严严实实的屋里，只听得下雪的声音，就像一支部队在急行军。夜里有兵定时清除门外的雪，要不然早晨起床连门都出不去。

面对死冷死冷的天，姜林成天骂机关的那帮家伙，那女兵也少不了被骂。骂了几天，他突然感到山里的生活就像雪山一样——单色调。这样一想，他什么也不想说了，懒得动嘴皮。有兵找上门来，他无心应战。这个活跃分子陡然老实了，老实得令兵们措手不及，老实得有些过头，仿佛已开始冬眠的蛇。

姜林跟汪小根借书，汪小根说："都是烂书，你也看？"

姜林有气无力地说："啰唆，借本书又不是割你的肉。"

他居然有模有样看起了书，一字不落地看，边看还摇头晃脑的。

43

汪小根用手指在他有些粗糙的额头上贴了贴："你病了？"

"你才有病了，"姜林拨开讨厌的手指："你巴不得我有病你能有什么好处？"

汪小根关切地说："真要病了，得吃药，要不然麻烦大了，出不了山可不好。"

姜林用劲把手书塞到汪小根怀里："你有完没完？"

走到门口，姜林又要回了书。

到了晚上，大伙都听汪小根说姜林可能病了，来了一个问候的，姜林骂一个。是真骂。整整一个星期，姜林没怎么说话，对谁全是爱理不理。兵们试图和他搭腔，屡遭失败后只好放弃。一个捧着书的姜林出现在兵们面前，书在手里，不一定看，许多时候，他只是捧着书发呆。

姜林出了异样，兵们有了重回过去的趋势。

赵刚成望着姜林近似麻木的表情，反而平静了，以前的姜林走了，过些日子，一个新的姜林将会出现。这不稀罕，来这儿的兵，都走过这样的路。不同的是，姜林的话多些。相同的是，话再多也有断流的时候。

大雪下了七天六夜后，终于偃旗息鼓了。这天早上，当一缕红色的阳光射进屋里，姜林翻下床边穿衣服边往门外冲。到了一块空旷地带，他亮开嗓门重重地嚎了一声。声音把空气撕得粉碎，撕出了地面山林天空这儿一切一切的寂静。他觉得有一股热流窜进喉咙灌进心里，好热好烫，舒畅得如同是炎热的夏天跳进了凉丝丝的水里。

赵刚成听到了这啸声，心头一阵发紧。这啸声和自己的太相像了。兵们则以为是赵刚成的杰作，个个也惊诧不已。班长有些日子没这样了。出门一瞧，是姜林，兵们就更惊讶了，暗地里嘀咕，搞不好要出事了。

姜林的身后有一个三角队形，赵刚成在前，几个兵在后头。他们默默地注视着姜林的背影。这时，太阳已羞涩地爬上了山头，像一个出浴的少女光彩照人。山顶上有一道光晕，似万千精灵在翩翩起舞，雪山变得妩媚可人。姜林身后的影子拉得很长很长，有一小半盖在了赵刚成的身上。姜林回头一看，兵们傻愣愣地盯着他，心里有种说不出的滋味。

"看什么看？我又不是大姑娘？"姜林还是原来的姜林。

这又让赵刚成大吃一惊："你没事吧？"

姜林嘴角挂着一丝笑："我有事？我能有什么事？你们是不是巴不得我再出点事儿？我已经走霉运了，再走一次，我可没地方去了。你们看我干吗？去去去……"

姜林嘴噘得老高回到了屋里，取出压在枕头下的书："小根，你的破书，还你了，向你借时还当宝贝，小气鬼。"

汪小根有点委屈："不是借你了嘛！"

"你以为我真想看啊，是试试你的，这样的书，请我看，我也嫌烂。在机关的时候，比你这好的书多得是，首长还特意送了我好几本，都是从他书架上现取下来签了字的。是签了字的，你访访看，有几个享受过这待遇。就那样的书，我还爱看不看嘞。"

刘亮东午饭有刷牙的习惯，雷打不动。

姜林看不下去："你说你吧，中午刷什么牙？早晚就行了，多了这不必要的一次，得多花多少钱？我们都是当兵的，钱不多。你算过没有，我们一支牙膏用一个月，你只能用二十天，一年下来，你比我们多用四支。想想，我的同志哥，现在还有多少失学儿童。你见过那张小女孩的照片吗？那大大的眼里的东西你看不懂？要是我们大家都省点，她和那些小孩就能读书了。再说，不是钱的问题，是节约的观念不强。勤俭节约，可是中华民族的传统美德。不能丢！一丢，我们还是中国人吗？现在的传统我们已经丢了不少了，不能再丢了。"

一年一度的年终总结评比到了，哨卡有一个优秀士兵的名额。照老规矩，无记名投票。结果令所有的人大感意外，姜林得票最多。姜林的感觉简直就是五雷轰顶，怎么会这样的？赵刚成说："大伙选了你，你得说两句。"

姜林敲了敲脑门，干咳了两声："兄弟们是在开玩笑吧，千万别这样，我吃不消的。其实我到这儿心理上比你们想象的要脆弱得多，从小就是这样，想改也改不掉。就像我这张嘴样，想闲也闲住。半年多下来，一定让大家生了不少耳屎。虽说生点耳屎不影响听力，经常掏一掏就没事了，但掏多了对耳朵没好处。要是不小心，搞破耳膜就惨了。我是说，我的表现真不好，没干多少活儿，对条令条例和各项规章制度也没好好地遵守，这优秀士兵我当不起。不当吧，又辜负了大家的一片厚望。大家让我难做了，唉，人一生下来就有做不完的难事，就连美国总统不也天天陷在难事里……"

赵刚成第一次打断姜林的话，因为下面还有事。姜林不情愿地坐下来，兵们的表情和目光也软了下来。

在姜林上哨的时候刘亮东拿起已有了些灰尘的雕刻家伙，又和石头粘在了一块儿。灰色的石头在阳光和雪光的映照下，泛着温柔的光泽，刘亮东锤子锛子在空中跳跃，欢快的声音此起彼落，传得很远很远。

这一天，刘亮东领着姜林看他的杰作。刘亮东像掀幕布样拂去石头上的雪，这雪有夜里下的，也有刘亮东特意盖上去的。石头变成了雕像，一张大嘴占据了整个石头。

姜林看了又看："怎么就一张嘴？"

刘亮东晃晃手里的小锤子："有张嘴，不就什么全有了。"

姜林看了看石头，扬起脸望着雪山："你这是什么雕刻，哪有大自然雕出的雪山有看头！我们都认为雪山是纯白，其实细看就明白了，它像个大麻脸，灰的黑的多的是，只不过远了就幻成了一片白色。还有，我从飞机上看过雪山，真是一片白色的波涛汹涌的大海……"

一阵轰隆隆的巨响铺天盖地而来，似是千军万马在驰骋，又像是巨浪翻滚。兵们全都跑出来了，循着声音眺望。是雪崩！但见白浪滚滚，腾起冲天的浪头，从山头凶猛而下，像一个发怒的巨人。兵们只觉得脚下微微抖动，犹如一颗心在跳动。

姜林说："雪山说话了，雪山也有说话的时候。我说的吧，山睡够了就会醒的。我得告诉他们俩去。"

赵刚成说："多余，人家全听见了！"

姜林没理会，走得飞快。

火

力

没事看什么朝霞，看看，这不该做从没做过的事，就不能做。戒，破了，就会出事。宣汝南从目光转向朝霞的那一刻起，心里就有种不祥的东西滋生。他总认为从天而降的麻烦，与他改变自己的嗜好大有干系。迷信也好，固执也罢。他宣汝南，堂堂的中队长，认定了这个死理。

　　宣汝南喜欢看夕阳西下，这在支队十来个中队是众所周知的。傍晚时分，在微风中选一制高点，宣汝南目送夕阳西下。西下的夕阳，昭示着一种力量，裸露出一份震撼肺腑的辉煌。生命的旅程走至终点，面对不可抗拒的湮灭，迸发一片火红，让染血的瞬间永恒。他偏爱夕阳的壮烈。这夕阳要是一名军人，绝对是个真格的军人。军人的生命就该和夕阳一般，不迷恋平淡，只求书写一个血色的感叹号。相比之下，朝阳却过于张狂，自己尚未横空出世，便抛洒满天的血腥。残暴、嚣张，不看也罢。有人反驳，他不买账，朝霞就是没夕阳根正叶红，没听民谚说的"朝霞不出门，晚霞行千里"吗？想想，不就是这理儿。

　　破天荒地看朝霞，是因为宣汝南这天早上被一泡尿憋醒了。放跑了尿，也尿走了睡意。他早早来到早操集合场地。漫无目标的目光实在是找不到聚焦点，只好瞄准朝霞。时间不长，一个长点射的工夫。不好，一股异味从胸中腾起，他赶紧把目光拽回。晚了！

　　早操的口令软弱无力。所有的精气神都被抽空。一丝不剩。油条稀饭咸鸡蛋。平日里，咧开大嘴直往里塞，可今个儿死咽也不下去。宣汝南好像扛了块大石头，恍恍惚惚的。

中队在搞擒敌拳训练，宣汝南一身迷彩服站在一旁，漠然注视着。

队长，电话，支队的，文书人在队部门口，把声音送给了宣汝南。话语不多，信息却是丰富全面，叫的是队长，没旁人的事儿。之所以叫队长，是因为有电话找。当然，这"支队的"三字意味深长，一是以示区别，上级来的电话，表明档次级别；二是支队专找你的，你队长得接；三是既然是支队的，大小都是机关领导，队长，你得快点，至少是跑步前进。部队的通信员、文书在传达信息时，天生有种浓缩精华的非凡才能。

电话是参谋长打来的。机关司政后，中队干部最不愿接司令部的电话。政治处来的好事多，大到晋职的命令签了，小到放你回家一二十天，热乎热乎。后勤处的实惠多，财神嘛！司令部可就不行了，公差勤务，都是要求你尽义务的。参谋长来电话，说明义务的重要性更高更强。凡事都有三六九等，这不在乎机关的大小，只要是机关，这种区别划分得不差毫厘，宣汝南拿起电话一听是参谋长的声音，就瞪了文书一眼。文书又学到了一样东西，下次接电话，得问清是支队哪位领导。

接完电话，宣汝南就彻底醒悟了。这该死的朝霞，一看还真有事端。不信也不行。

司马松是个兵。上等兵。二年度兵的最低警衔。可知名度在支队范围内不亚于支队长政委。名头响着呢。

新兵连三个月，别的兵的鉴定都是良好以上，有那么十来个还靠工作积极勤快、打靶子弹长眼得了个嘉奖。司马松与众不同，捞了个处分。自己要的。新训快结束的那段时间里，兵们和班长熟了，一些明令禁止的纪律，也因感情浓烈而开始发软。喝酒就是一例。在部队战士不允许沾酒，新兵蛋子自然是不上加不。几个年岁不大酒瘾挺足的新兵，买来酒菜拽着班长拣一僻静之处端两杯。司马松想不通，班长不但不管违纪之事，而且自己也掺和。平常慷慨激昂，一到关键时候却同流合污，这叫什么班长？司马松不会喝酒。不会喝酒的司马松，在一个星期天趁班长又在喝酒之时，偷偷地溜出去，在新兵连附近的小镇上晃荡了一个下午，傍晚时分才回到班里。神不知鬼不觉。可司马松心里不踏实，虽说是负气外出，但私自外出是违反纪律的，他开始自责起来。自责的结果是，他主动向班长告发了自己的违纪之举。班长没有做出任何反应。司马松想想也对，喝酒是违纪，私自外出也是违纪，抵了。不承想，第二天早操后，新兵连长宣布给司马松行政警告处分一次。来得突然，来得有点不可理喻，但司马松还是认了，错在自己，受处分，该！

　　好兵，各中队争着要，司马松这样的兵，大家都自觉地发扬风格，不争不抢。倒是警通中队的那位白白瘦瘦的中队长一语惊人，你们不要，我要，这小子没用，他老子有用，不就是一个兵，不行我养着，一个中队，养个把人多大事。司马松的父亲是家乡的县委组织部长。警通中队中队长和司马松是老乡，他正闹着要转业呢。

　　司马松下到中队，瘦队长对他是关怀备至。可越这样，司马松越看不起他，到后来干脆不鸟他。司马松有他的理由，我受过处分，不是个好兵，你不批评教育我，却一味哄我捧我，这不是诚心让我越滑越深！这种畸形的官兵关系，最终掀起了一场不大不小的风波。和司马松同班的一个新兵不知哪根筋出错，早上压床板不出操。班长再发威，也不顶事，瘦队长咆哮了二十分钟，也是水过无痕，末了只得使杀手锏。站着的瘦队长，当场给躺着的新兵下达了处分的命令。司马松不愿意。这天，司马松也没出操，没什么原因，不想出操而已。队长没找他的事，却抓住新兵不放，专拣软的捏，贱。他看不下去。出口为新兵辩护。瘦队长刚开始还忍得住，可司马松的话越说越难听，他忍不下去了。第一次训斥司马松。司马松轻蔑一笑，你这回嘴硬了，早干什么去了，出去出去。说完，他下床把瘦队长往门外推。一帮兵操是不出了，趴在窗台上看热闹。瘦队长顿感脸上无光，一把推开司马松的手。哟，你还跟我动手，司马松一个勾拳直击瘦队长的下巴。瘦队长嘴里冒血，司马松由一个处分背着变成挑着两个处分。从此，司马松在支队无人不知，无人不晓。尤其是干部。一个兵，动手打干部还得了，反了！有些干部要是不顾及身份，早就出手把司马松揍趴下了。

司马松调到我们中队来？宣汝南从参谋长的口气中听出没有一点商量的余地，也就没像买青菜一般讨价还价。

宣汝南所在的七中队，是连续三年的先进中队。这种老是支队龙头老大的局势，惹得别的中队干部眼热得喷火。先进，分兵的时候支队搞倾斜，立功嘉奖入党的指标高于其他中队百分之二十以上。兵好，又有足够的驱动力，这种先进谁当不了？一些中队干部常常在背后或半公开场合发牢骚，心里恨恨地盼望着宣汝南落马摔跤。宣汝南没法知道参谋长把司马松这样不可救药的孬兵调到七中队是出于什么目的。两年兵没当满，处分已落了两个。这样的兵个人前途一片黑暗不必说，要是把中队搅得一团糟，可不是玩的。宣汝南的眼前浮现出他被一兵绊倒的落魄相，那帮中队干部幸灾乐祸拍手称快的情景。

妈的，这参谋长是成心和我过不去，宣汝南骂完了，找到指导员章尔声商量对策。参谋长，不敢对他怎样，司马松就不同了。宣汝南的意见是在司马松来队时先给他一个下马威，狠狠震震这破鞋般的兵。杀灭了气焰，然后集中优势力量好好地摆平，不让这小子捅一点漏子。如若心慈手软，一颗老鼠屎坏了一锅汤，上对不起支队领导，下愧对战士。章尔声不同意。他用了一个多小时的工夫，说服宣汝南取消下马威的计划，而按照他的意图来实施。

那就试试吧，不过，我担心这不管用，宣汝南说不过章尔声，只好撤退，由章尔声唱主角。

司马松下午报到，章尔声上午就带着车到警通中队去接。这是一种待遇。兵员调动，历来都是调出单位送。章尔声反其道而行之。章尔声帮着司马松跑前跑后拿东西，角色变换惊人，指导员成了上等兵的公务员。瘦队长看着发愣。他当然不会明白。

车子刚进七中队的大门，营院里顿时锣鼓喧天，兵们在宣汝南的带领下，沿路排成两列。满脸的笑意，热烈的掌声。司马松下车时，还神气十足，昂首挺胸，迈着八字步走，任由章尔声拿着东西跟在后头。欢迎首长，欢迎英雄，顶多也就是这个场面。司马松摆出架子先跟宣汝南握手，再跟兵握手。没握到一个班的人数，他撑不住了，一把夺过章尔声手中的东西，飞快地跑进了班里。

一切都出乎司马松的意料。来前，他已做好了挨整的准备。可从列队欢迎，到中队组织欢迎会，班长开班务会欢迎一直到进入正常工作，前前后后一个多礼拜下来，没人给他脸色看，没人揭他的短。在七中队，他和所有的兵一样，没什么分别，好像他不是新来，没受过处分，就是七中队原装的健康成长的兵。

司马松摸不着头脑，悄悄溜进章尔声的宿舍里，汇报自己入伍以来的表现，诉说心中的不解。章尔声听得仔细，脸上始终保持着微笑。该说的都说了，没词儿，司马松在等章尔声发话。章尔声温和而淡淡地说，过去的，不谈，我们只是从你一踏进七中队大门算起。章尔声什么道理也没讲，可司马松听得舒服。平淡而精炼的话语，让他的心里涌起了波澜，得掐了破罐子破摔的念头，从头开始当个好兵。

送走了司马松，章尔声长长地舒了一口气。首战告捷。不过，他清楚，这只是首战而已。由于他对司马松的内心并不十分了解，还是存有许多担忧。这种兵稍有疏忽，兴许就会旧病复发。

没有弹头的空炮弹，在距枪口两米之内还是有一定的杀伤力的。

从警通中队到七中队，首先是任务的转变。警通中队，负责机关的警卫通信工作。司马松是哨兵，一天在大门口站上两小时，见了干部敬礼，遇到兵们查外出证，碰上地方老百姓周密地盘问。事杂，但都是芝麻大的事。七中队担负看守所看押勤务，一班哨也是两小时，不过，却是看犯人和犯罪嫌疑人。

刚上哨时，司马松肩枪流动观察，都是正儿八经地齐步走。来来回回，都和带班员一个样。在监区内流动一个来回，是有时间限制的。哨兵和带班员也是两个人同时流动，相互有个照应，相互间又能监督。

这样的上哨形式不好，司马松开始厌恶这种像机器人步行加扫描的执勤。他撇下带班员一个人单遛，时不时还猫个腰藏在窗户下。好好地走，猛然回转一溜小跑，回到刚才观察的窗口。带班员说这样上哨不符合执勤规定，他不听。

一个带班员说，两个带班员说，说的带班员在增加，司马松非但不听，反而有恃无恐，越来越离谱。

几个带班员把司马松的上哨动作反映到了宣汝南那儿，司马松上哨严重违反执勤规定，不按照执勤动作流动，不注意自身形象，这哪像武警战士在执勤？偷鸡摸狗的模样，我们看起来恶心，让犯人讥讽我们武警，我们原先的威慑力在渐渐地减弱。他说得倒好听，说我们方式太陈旧不安全，机械地流动容易让犯人掌握规律，贼精的犯人一旦掌握了我们的规律，就会见缝插针地干坏事，自杀、逃跑之类的事故说不准什么时候就会发生。笑话！咱们中队都连续三十年安全执勤无事故，怎么他司马松一来，就有了缝，这种执勤动作好端端地延续了几十年，他司马松凭什么要改？

听到"司马松"三个字，宣汝南头皮就发痒。但因为司马松初来乍到，尾巴夹得应该很紧，是不是中队战士带着变色镜看他？宣汝南第一回忍着

56

性子听带班员们告状。带班员们大多是班长，这些班长们合起来向宣汝南反映某一战士的不是，在七中队早已绝迹。今天死灰复燃。添油加醋地说了一通，几个带班员就等着宣汝南把司马松找来狠狠地训一顿。他们没想到，如果他们不添油加醋，宣汝南也许会这么做。这会儿，宣汝南现出少有的冷静，好了，我先同司马松谈谈再说。

莫非我们队长也怵司马松？带班员离开队部后，对宣汝南有了隐隐约约的评价，外强中干。

宣汝南和司马松断断续续地谈了半个月，越谈越投机，后来干脆和司马松一同上哨。

也就是在半个月后，宣汝南在军人大会上宣布改革上哨的形式。双向同步流动，常规巡查，重点监视，回马枪式逆巡，隐身式监听，一个个新词的出现，让兵们应接不暇。

没过多长时间，支队派来工作组，在中队驻了一周，随后支队执勤改革现场会在七中队召开，在全支队推广中队的执勤改革成果。

七中队又出了一次风头。

参谋长问，这是谁打的头炮？宣汝南说，群众结晶，大家都有份。他本想说是司马松的功劳，但怕参谋长不相信反而会适得其反。是啊，打死了，也没人相信，司马松这样的兵，会有如此的改革创新思想。

又一批新兵下中队，司马松成了一名什么也不是的老兵。看到新兵，他仿佛又回到自己当新兵的岁月。一个老兵，如若没有什么顾虑，很容易和新兵处好关系。不是班长副班长没架子可摆，自己干多少是多少，没有非分之想，新兵也不会成为自己获取个人进步的竞争对手。司马松一身轻，放得开，一个月没下来，新兵们都喜欢上了司马松。新兵们一致认为他是中队唯一能沟通交流的老兵，其他的老兵或多或少都有点那个，面熟耳热就是心没法子贴得很紧。新兵古同特别爱和司马松在一起。看着司马松人好，大小工作也积极，古同问司马松，你怎么没弄个副班长当当？像你这样的，当班长也绰绰有余。司马松知道古同和所有的新兵一样，不知道他的过去。不但是新兵，在中队所有兵中似乎都已淡忘了。唯有档案里白纸黑字红印清清楚楚。司马松不好意思和古同明摆，略带神秘地说，我肩上挑着东西呢！至于什么东西，司马松没说，不想不愿说，也不好意思说出口。古同替司马松不服气，你这样的不当班长，我们班长倒能当班长，这不公平！

古同的班长相连俊和司马松是同年兵，属于由战士跳过副班长直接晋升班长的。相连俊的训练成绩在中队无人能比，但训练方法兵们有点不敢恭维，动作能上去的，没多大损失，像古同这样对动作屡教屡犯的兵，常常吃点小苦头。动机是好的，恨铁不成钢，下手也不狠，只是在纠正动作时，稍稍有点出格。但古同不管这么多，在部队都是阶级兄弟，不是说兄弟情战友情嘛，你班长说也行，纠正动作也成，气不过了发发脾气也未尝不可，动手动脚就不是那么回事了。说轻了，不尊重新同志，言重了，触犯了不许打骂体罚战士（变相的也不行）的纪律。古同把苦水倒给了司马松。司马松咬咬牙，打战士说明他无能，我想个法子提醒提醒他。司马松原想和相连俊好好谈谈的，但一想自己的身份和过去，就打消了这个念头。

队列训练时，古同的老毛病又犯了，挺胸收腹抬头的立正姿势，总是不能到位。相连俊习惯地抬起右手开始纠正动作，以往都是手背拍古同后背，然后转移至前用右掌击胸，顺势上举敲下巴。动作流畅，敏捷，相连俊自我感觉良好。可今天不行了。他的右背刚拍打下，就感到一阵钻心地疼。接着是左手抓住鲜血直流的右手，哇哇直嚷。

队列场上的兵，不知道出了什么事，都把目光扔了过来。

司马松没动，他知道是怎么回事。

古同吓得赶紧掏出白手绢替相连俊包扎，嘴里直说对不起。

对不起顶个屁用，把上衣脱了给我看是啥东西，你这新兵蛋子算计起我来，胆子不小，相连俊脸上的肌肉直抽搐。

古同慢慢地脱去上衣警服，一块有十六开纸那么大的白色胶布缝在棉袄上，胶布上沾了不少图钉。

相连俊一看，火冒三丈，这谁干的？

古同怯怯地说，我干的。他不会出卖司马松。

相连俊手指古同，你干的？你没这胆，说，到底是谁干的？

古同低着头，不说话。

司马松走上前，我干的，怎么样？

相连俊拳头握得咯嘣响，你这是故意伤害。

司马松看看古同的背，又看看相连俊，尔后下巴一抬，伤害？你的手背咋会碰到人家的后背？动手打战士，你还是先自我检讨吧！

相连俊嘴巴闭合了好几下，没嘣出一个字。

这一切都被远处观望的宣汝南尽收眼底，听进耳里。这司马松，宣汝南琢磨了半天，没能自己给自己接下后半句。好了，继续训练，相班长到卫生员那儿包扎一下，事情回头再说，宣汝南的一句轻描淡写就把双方的火气给扑灭了。

兵整班长，这不是小事，尤其对班长们，是天大的事。司马松的行动，引起绝大多数班长的不满和愤怒。晚上，宣汝南和章尔声刚坐下来准备研究研究这事该如何处理，相连俊打头，五六个班长一齐冲进了队部。

章尔声反应快，好好，来了不少，把其他几名班长和班副都叫来，咱们刚好开个队务会。

人员到齐后，宣汝南让相连俊把白天的事从头到尾详详细细地汇报了一遍。宣汝南身子在椅子上晃了又晃，以新的角度坐稳了。他说，本来，我和指导员想研究一下再开会的，现在不行了，还是大家先各自发表自己的高见吧。不要保留！

班长们正愁没发泄的机会，一听宣汝南这话，发言空前地踊跃。

司马松这兵太过分了，用这办法来伤害相班长，不但违纪，而且违法，战友之间，不能允许如此恶毒残忍的做法。

就是啊，这样下去，让我们这些当班长的怎么去带班管兵？有看法有意见可以反映嘛。和相班长个别交流也行，直接向中队告状也行，司马松这种方法带来的反面影响太大，会助长兵们对我们这些班长甚至对中队干部的反抗情绪。

把相班长的手刺得血淋淋的，情、理、法都不容，这不是对待战友的手段，简直是仇敌之间的复仇。

司马松的班长是唯一站着发言的，他说，我说句公道话，这事不能全怪司马松，不错，司马松的举动是错误的，应该受到处理，但我们也想想，如果我们不对新战士动手动脚，司马松也不会想出这一招，相班长的手也不会受伤，我看这事，司马松和相班长都不对，都有责任。

相连俊一直没有开口，他了解班长们的心态，让他们说，比他亲自说更有力量，反正自己是受害者，这一点上明摆着的。司马松班长的话，让他坐不住了，话不能这么说，自己的兵犯错误，不能包庇。这司马松本来就不是好料子，这样的兵不能留，应该把他往死里整，要不然班长的威信往哪儿搁？相连俊说话时，有意识地把缠满纱布的右手举得高高的。

啪！宣汝南一拍桌子，桌子的茶杯盖嗖地弹了起来，翻了几个跟头掉在地上，摔得粉碎。铁青着脸的宣汝南在拍桌子的同时，由坐姿旋即成立姿。

章尔声知道宣汝南的脾气。宣汝南是听了相连俊的话，顿时怒从心头起。章尔声隔着桌子一按宣汝南的肩膀，老宣，你坐下。

宣汝南看了看章尔声，又刺了相连俊一眼。坐了下来，动作很是勉强。

事情的处理结果是，相连俊和司马松分别在军人大会上做检查。

两个人的检查写得都不长。不同的是相连俊的检查透着一股怨气，司马松的检查满纸是愧意。只是最后一句话怦然心动，平地生雷。司马松读完检查后加了一句，以后再有班长欺负战士的事，我还得问。

替兵出气，让班长出丑，不疼不痒地各打五十大板，司马松再度成为中队的热点人物。

一个兵跃出平平常常的地平线，他的一言一行连同一个喷嚏都会被众人监控。你好，我得挑你的毛病寻你的短处，你坏，我得继续行动让你更臭。当然，司马松的情况有些特别。尽管如此，中队上上下下都把司马松当作了精度射击的瞄准点之一，至于出于什么目的，有什么企图，盼望什么结果出现，没谁能理个清楚。

照理，这样的兵不好当了。可司马松不皱眉头，该干啥干啥。这不是说他很坦然，他心里也觉得对相连俊太过火了。凭良心说，相连俊这班长当得不赖，要素质有素质，要能力有能力。对兵们，除了性子上来弄几下外，应该说挺关心的。就是古同这样的兵，他还主动做擒敌配手，任由古同死摔。七中队的班长，都是好样的，只是每人都有那么一点的小毛病。这也难怪，人嘛，哪能跟个东西一样没个性？当班长，也难哪。思前想后，司马松趁和相连俊一同上哨的机会，真心诚意地向相连俊赔不是。相连俊开始不稀罕。猫咬老鼠你讨了便宜现在来卖乖，算啥？但司马松句句发自肺腑，表情异常地虔诚。相连俊想想，自司马松来七中队后，各方面的表现挺不错的，不像原先传闻的那样令人厌，心渐渐地被司马松的话焐热了。

有了这一次的谈话，相连俊和司马松的关系反而变得亲密起来。一些班长责问相连俊，司马松那小子又使了什么坏点子，让你鬼迷心窍了？相连俊倒爽快，别这说，我看司马松心眼不坏，大家出来当兵都不容易，都是有缘才聚到一块儿的，得饶人处且饶人，况且，我相连俊是错在司马松之前。班长们不解，晕蒙蒙地望着相连俊，目光成了通条。

相连俊和司马松有一共同的爱好，举杠铃抓哑铃，玩命地改造肌肉的造型。不过，两个人的训练方法有天壤之别。相连俊的杠铃哑铃的重量都不大，一小时的训练时间，他推杠铃一百多下，用哑铃扩胸少说也有一百次，其他乱七八糟的动作也是一味地追求次数。肌肉不见长，见长的是次数。司马松一天只练二十分钟，搞几下还得歇歇。杠铃哑铃都属重量级。相连俊纳闷，你这不是练肌肉是练力气，准备退伍之后卖苦力是吧？相连俊总认为司马松在搞健美方面是个外行。外行和内行是水与火的关系。自认为精通肌肉发育奥秘的相连俊，懒得开导司马松。道不同，不相为谋。这种事一旦说起来，各有各的理，不会有什么改变的可能。

司马松的肌肉整形运动，是在和相连俊的关系趋于缓和融洽之后才开始的。跟着相连俊一个周期下来，司马松异军突起，浑身的铁疙瘩初具规模。

相连俊摸摸司马松的胸大肌，你是不是吃了激素？他不能接受这一事实。这活儿他已经玩两年了，收效微微。司马松刚搞了两三个月，就立竿见影，他不得不怀疑这其中有诈。司马松笑嘻嘻地推开相连俊的手，干吗！我可不是你的梦中情人，摸我这儿哪门子劲，痒兮兮的。

相连俊被说得脸有些潮红，说什么，别不正经，和我说真的。

司马松说，说简单点的，要想长肌肉，得靠爆发力，你那耐力性的练法，只会让肌肉疲沓。强烈的刺激，虽说会有许多坏处，有着难以预料的破坏力和杀伤力，但只要运用得当，你自身的组织防卫机制无懈可击，或者能及时弥补，其最后的战果依然是好处大大的。

司马松滔滔不绝的理论，让相连俊听得目瞪口呆，脸上的表情有点傻乎乎的，我看你就是刺激。相连俊的这话，不但司马松听起来莫名其妙，他自己也觉得摸不着头脑。不过，肯定是有所指，指什么呢？

相连俊和司马松在大谈有关肌肉与刺激时，宣汝南和章尔声却在汇总司马松到七中队之后这一年的方方面面的表现。

章尔声和宣汝南这对搭档，彼此间磨合得很好，这在中队主官之中是鲜见的。一般而言，一个队长，一个指导员，各占一方，潜力都能得到最大限度地挖掘，一个强，一个弱，一资格老，一个嫩点儿，也好办，就怕两虎相争。签发票的一支笔，兵的荣誉进步谁说了算，等等，权力并不大，可争起来却是硝烟弥漫。他俩不是。在一个中队就是在一条船上，兴风作浪，到头来都会落水，他俩深谙此道。一个人划桨，轮流掌舵，怎么都行，为的是让一叶小舟乘风破浪，勇往直前。这样的一对主官，到了哪个单位，都会有一番作为。

有事没事，经常坐下来聊聊，互通有无，是他们的习惯。遇到重大的问题，各人摆各人的观点，看谁能说服谁。能说服，齐了。争了球，自己砍自己的手脚，憨蛋一个。宣汝南的观点是话粗理不粗。章尔声说起来有点儒雅，两主官一股绳，没什么难事摆不平的。

章尔声说，我估摸着，咱们中队的全面建设又要在支队拔头筹，把其他中队甩下一大截了。

宣汝南说，照这情形我们这个老先进又焕发了青春，还是一个十七八的小伙，气死那帮唾沫星横飞的家伙。

中队如此地长进，我总觉得与司马松这兵有瓜葛，自从他来到中队后，中队没有了往日的平静，但有许许多多在我们看起来习以为常的事，都被他拆得七零八落，有些简直血肉横飞，当时心痛，可事后一看，这小子总是对的。

谁说不是，就拿上次他给相连俊亮的那一招。班长在训练场总爱搞点小动作，为这事我不知说过多少次，也拿条令镇过他们，但不管用，嘿！这小子一出马，当场搞定。刚开始我还怕那帮班长又得合力玩点子，现在再一瞧，这些班长，一个个比以前更上路了，他妈的，都是一等一的好班长了。

　　司马松的做法我不敢恭维，但其影响力和实际功用，我不得不佩服。

　　是啊，当初，我一百个不情愿让他来，是因为我总担心他是个捣蛋型的原子弹，会把我们中队的先进炸成后进。现在一想，这小子是医生用于治病的一颗微型炸弹。爆炸时令人心悸，杀伤力也够强，但这种杀伤力，杀灭的是毒瘤。

　　我的意见，综合司马松这一年来的表现，基本上具备了加入党组织的条件，你看呢？

　　没错，这司马松当初是投错庙门了，要是一当兵就在我们七中队，那就好了。

　　不过，我担心报上支队不批，毕竟有两个处分在身呀！

　　敢？要是不批，咱们找支队首长理论理论去。

　　宣汝南抬起手又要拍桌子，章尔声赶紧伸手和他的高举就要下落的手攥在一起。

立正

稍息

王尔立这个班长是个不可等闲视之的角儿。

这样的兵，这样的班长，在部队属于珍稀动物，不太好伺候。待在身边是不小的心事，指不定什么时候就给你不留情面地放上一炮。粉身碎骨，没那么严重。炸得你的自尊体无完肤，把你那点丑事小动作剥得赤裸裸的，绝对没问题。不用，弃之可惜，哪个当干部的手底下没有几个班长身份的得力干将。到头来，硬着头皮用。这就叫拿着烫手，放下心疼。

新兵连没来新兵时，静如止水，没啥波澜。

王尔立一来，还没去连部报到，就来了一个惊人之举。惊人之处在于犯上。部队等级森严，为的是军令畅通。下级冒犯上级——通天。王尔立的犯上动作一经抛出着实替新兵班长们狠狠地出了口恶气，三个排长立马矮了半截子。结局更是出人意料，王尔立的犯上，居然赢得了连长的大加赞许。风波平息之后，王尔立跃上了一个新的高度。新兵班长们赋予了他在新兵连仅次于连长、指导员的第三把交椅。三个排长，一边休息，顶多只能在大堂听命。

没有命令，没有默许，新兵班长们自己就给自己做了主。这事儿，他们没有凑着脑袋合计，都是各人在自己心里打的谱儿。

兵们对自己的首领，无论是职务上，还是心理上，有独特的认同方式。对他们而言，只有两条路，服和不服。有本事有能耐或者只要有让他们敬佩的招数，他们是百分之二百地服。无论你职务高低，你手底下有了这帮兵，没有干不好的事。他们把命交给你，让你捏在手心里，心甘情愿地被你当作棋子摆布。这棋子是有生命的。不服，那就没戏了，你官再大，他们都不鸟你，至多是机械地、毫无创造地执行你的命令。打不打折扣，那就难说了。新兵连连长刘印深谙此道。这就是后来当他得知王尔立在新兵班长心中的位置和分量，不生气反而高兴的原因。

刘印了解王尔立，好像已经超过了解自己婆娘的程度。自己手底下出去的兵，肚脐眼的直径有多大，他的数据精确到毫米。五大三粗的刘印，天生长得一副军事干部相，人粗心不粗，刘印同时又具备了政工干部的素质。什么鸡巴政工干部，刘印常把这话挂在嘴上。说这话他没恶意，完全没有瞧不起的企图，他是看不惯政工干部那软沓沓的模样。军人，少了男子气，那叫什么军人。他把军人的威武看得比什么都重。不过，这仅限于在部队营区，到了家里，他刘印连长改任指导员，连长的位置拱手让给了婆娘。他和一支七九式微型冲锋枪一般高的儿子，是家里头的政委。

王尔立当新兵时，刘印是他的新兵排长。那时候的王尔立，在刘印眼里是个毛没长全、下巴上一溜光的新兵嫩蛋。王尔立文化程度是初中，据说毕业证还是托人搞的。刘印的水平和王尔立差不离。有了共同之处，刘印就注意上王尔立这兵。发展到喜欢的程度，是一次上课时王尔立不知天高地厚地找刘印的碴。讲射击学理论，刘印嘴皮一不留神，把毫米说成了厘米。纯属口误。他是有名的枪王，还不至于无知到这等程度。台下几百号人，有排长、班长，更多的是新兵。这时，王尔立一声报告，站了起来，排长，七点六二厘米都成炮口了，肯定是你讲错了。教室里先是鸦雀无声，接着是哄堂大笑，再接着是鸦雀无声。刘印的脸红得像猪肝。不过，他没发火。他纠正了自己的错误后，真诚地向王尔立表示了谢意，并表扬了他。

这才叫兵，刘印心里喜欢上王尔立。

在部队混个"老"字是极容易的事，比立正稍息都简单。有了两年的兵龄，在新兵、干部面前就是老兵。同年兵中不叫名字，不叫职务，张嘴就是老张老李。不像在地方，三十多岁了，老婆孩子都已茁壮成长，还被人称之为"小"呼来唤去。

王尔立是当之无愧的老兵。在排除志愿兵的士兵世界里，他这号兵也快成出土文物了。当兵六年，班长都干了四年。班龄、党龄都超过了一个士兵正常的服役年限。

军事素质，带兵经验，王尔立不缺，缺的就是文化。他宁愿呼哧呼哧地去跑五公里，也不肯坐在教室里做数学题目。看到那些符号，他的头就大。没文化考不上军校，直接提干他搭不上车。部队又舍不得把这么好的兵放回去，他们知道这叫人才流失。

王尔立对退伍没有明确的态度。在这方面，他特别好说话。尽管他知道，在地方一些公司头头眼里，他是块香饽饽。手伸得长的，都伸进了营区。现在的人胆也真大，挖人才都挖到了部队，你说说他们还有哪儿不敢去挖的？王尔立佩服这些人的勇气。

领导说，"王尔立，部队需要你，再留一年吧。"

王尔立说，"那就留一年吧。"

领导说，"有什么困难没有？"

王尔立说，"没有。"

领导说，"要是有就说出来，部队想办法给你解决。"

王尔立说，"没有，要是有，我自己也能解决。"

只要自己想留，还能有什么困难解决不了的？这方面的困难，王尔立从来不当回事。

退伍的事，王尔立也时常在心里盘算。像他这样的一个山里娃能到部队走一遭，在家乡足以光宗耀祖。当兵第二年入党，同年兵鼓着腮帮子红眼不说，在那几乎与世隔绝的小山村，更引起了不小的震动。全村就村支书是党员，用这种标准排座次，王尔立可算是村里的第二把手。他老爹知道这事儿，叼着个烟斗一口气儿围着村子转了三圈，见谁腰板都直挺。当兵第三年当了班长，喜得他老爹买了只鸡，请回来一大捆香。在烟雾缭绕中，他老爹告诉列祖列宗，到了他这辈，终于出了一个干部。兵当到这分儿上，还有啥不知足的。考学提干，没有那福分，强求不得，退伍就退伍吧。

每到退伍期间，王尔立都悄悄地做准备。他所在的中队干部也有难处。这么好的兵一走，中队塌下一半；不走，又没权留得长，只好留一年是一年。就这样三个年头过去了。王尔立等于又当了一回兵。

一年一度的退伍工作再次来临，王尔立在愁，中队干部也在愁。大家的心情都是一样的，不忍心，舍不得。王尔立不忍心拒绝中队干部纷纷要他留下来的好意，也舍不得脱去这身军装，重新回到老百姓的堆里。中队干部是舍不得放跑这个好兵，可又不忍心就这么一年一年地拖人家。

王尔立想归想，但有关走与留的态度只是扔给组织上一句话，一切服从命令。中队开了干部会，烟头铺了一地，最后决定由指导员马政做王尔立工作，再留最后一年。

马政找到王尔立时，王尔立正在训练场捶沙袋。嘭，嘭嘭，马政觉得心跳声快和这沙袋被打的声音差不多了。

王尔立，"怎么和沙袋过不去？"马政巧妙地利用了沙袋作为谈话的过渡。

王尔立见马政来了，赶紧收住已经砸向沙袋的右拳。

"报告指导员，我在练拳呢！"别看王尔立是老兵，可在干部面前他作为兵的原则一点都不含糊。包括发现、指出干部的错。

"你这身功夫都已炉火纯青了，是一等一的好手，我看就是三年不练，中队也没有人赶得上你。"马政本想说句瘦死的骆驼比马大的，但还是咽了回去。他怕王尔立不理解这话的含义，误会他，反而引发不必要的冲突，那对下一步的关键性谈话极为不利。

指导员，"这就是你的不对了，这当兵就是习武，就得拳不离手，平常你不是教导我们不怕吃苦、不能骄傲？"王尔立左手抱着右拳，掌稍稍用力，右拳的处处关节咯蹦乱响。

马政心里咯噔一下，和这小子说话不能玩虚的，实打实的好。

王尔立右肩一抖，右大臂带动右小臂，右拳一击沙袋，瞬即又原路返回。指导员，我这右直拳练了这么多年，老觉着拳路和着力点还是有问题。王尔立说这话时，一脸谦虚。

谈拳，马政虽是政工干部，但散手却是强项。王尔立的请教，使马政忘记了自己来的任务。他一甩膀子扒去了上装，开始和王尔立探讨起左左右和左右左的拳术动作来。

一阵忘乎所以地切磋。

这高手就是高手，马导，经你这一点拨，我这右直拳就称得上出神入化了。王尔立一高兴，称号就变了样。在部队，干部之间的称呼很简单，指导员称中队长为某队，中队长叫指导员是某导。省略的效果是尊重融洽。班长除了叫"某排"之处，平日里断然不敢对其他干部放肆。士兵享受干部待遇，那不乱套？

身上出了点汗，过了一下拳瘾，马政才想起自己肩负的使命。得了，别和王尔立绕圈子了，这小子不吃这一套，照直说，反而好。马政运用起对症下药、开门见山的谈心方式。

"中队研究了，想再留你一年，有啥想法？"

"定了吗？"

"没征求你的意见，不能算定。"

"我想退伍。"

"要是定了呢？"

"我服从。"

"中队的骨干还是接不上茬，再留一年吧。"

"光留我，也不是长久之计。"

"这不是没办法嘛！"

"我还是想走。"

"不瞒你，中队是定了想留你，当然你实在要走，也不勉强。"

"那我留。"

王尔立的表情没有什么变化，马政心里却是酸溜溜的。王尔立的态度让他感动。感动之余，有点揪心。应该给点希望给王尔立。马政拍拍王尔立的肩膀说：

"我们想想办法，争取为你争个提干的名额。能当上干部，对你是件好事。"

"你这话是骗我，还是在骂我，你不知道我过了这月就二十五了，早过了直接提干的硬杠杠了。我说留，没条件，就是留，再跟我假惺惺的，我现在就打背包走人。"

王尔立满脸的肉都在抽搐，直喘粗气。

好话反倒撞在枪口上，马政不知说什么才好。站在那儿，标准的新兵站相。

许久，马政憋足了气，大声说：

"刚才算我放屁，你给个话，中队决定留你，你留不留？"

"留！"

"真留？"

"真留！"

王尔立就留下了。

留得死心塌地，无怨无悔。

新兵连三个排长的姓，有点意思。

一排长姓傅，二排长姓贾，三排长姓戴。把姓和职务连在一起称呼，更有点意思。按照新兵班长的叫法是傅排、贾排、戴排。副的，假的，最后一个还是代理的，没一个货真价实的排长。这样的组合不是最差的。要是朱、杨、牛三个排长聚在一起，那就成了排骨大杂烩。味道自然好极了，兵们叫起来别有风味，听起来可就别扭喽。

三个排长都是刚毕业的学员，肩上的红牌儿还没到发黄加星的时候。出了校门没下基层直接到教导队，负责一年一度的预提班长集训。名为排长，履行的是班长的职责。自然而然地降了一职。不过，这属短期行为。

集训班一结束，好中选优留下一部分准班长担任组建的新兵连班长，算是提前进入班长角色，品尝当兵头将尾的滋味。不足部分再从各部队的优秀班长中抽调。傅、贾、戴三个人结束班长使命，正式走上排长岗位。

王尔立是不足部分的一员，他到新兵连报到时，其他班长均已到位。明天新兵就到队，容不得耽搁。王尔立到时，新兵连迎接新兵的一切工作都已准备就绪。

最后一个到的王尔立，担任的却是一班班长。一班是排头班。站队列时，排头除了班长就是全班个子最高的。在部队序列中，虽然在排列上没有明确的说法，但一班、一连、一团都是非同小可的，没点硬招，挤不上。

新兵连的设施比较简陋，一个排一个大屋，三十来张床放不下，当然关键是没有这么多床。打地铺是最好的解决方法。这地铺也有讲究，从下到上，依次是砖头、木板、稻草、垫被、床单。一个挨一个，以班为单位排成一溜。

王尔立进屋时，一排长傅一强正躺在床上跷着二郎腿翻一本杂志。杂志封面女郎那红红的大嘴，王尔立一看就想吐。两个班长坐在一角，翻着扑克牌比点数，输了的挨刮鼻子。这两组画面的地点，刚好呈对角线。在大屋里，没有比这更长的直线距离了。傅一强躺的是床而不是地铺。

问题就出在这儿。

兵们睡地铺，排长架着张床，鹤立鸡群，王尔立的眼被扎得生疼。

"你凭什么睡床？"王尔立没顾得上解下背上的被包，扔下手中提着的网兜，一手下去打落了傅一强手中的杂志。封面女郎的大嘴在和水泥地接吻。

这声断喝，震得两个班长手里的牌都掉了。他们站起来了，却都不敢上前。"战争"即将爆发，瞬间的沉默比什么都可怕。

傅一强和王尔立一样，是个火性子。不过，在王尔立面前，他火不起来。

"我是排长啊。"傅一强一下子从床上蹦起来。两个班长一看心想，这下子坏了，排长要和王尔立干架。

傅一强下了床，绕到王尔立身后动手替他解背包带，笑嘻嘻地说，"班长，发这么大的火干嘛，这又不是什么大不了的事。"

"排长？就你这德性的排长，算个屎！两年不见，你小子能耐大了。"王尔立一个转身，自己解背包。

王尔立有资格和傅一强这样说话。傅一强自打入伍第一天起直至考上军校离开部队前，都是他手下的兵。傅一强这排长，全靠他一手调教出来的。来新兵连前，他反复提醒自己，现在傅一强是排长了，自己是个班长，要听傅排长的指挥，不能再以班长自居。可和傅一强一打照面，他就把这一茬给忘了。

在王尔立面前，傅一强硬不起来。一个人在心理上不占上风，再有地位、权力、能耐打掩护，往往也是火力不足。傅一强谁都可以不怕，就怕王尔立。这怕，是一种感激和五体投地的敬重混合物。

"班长，咋还这么大的火气？"傅一强笑嘻嘻地说。和王尔立说话，他除了这种表情，就是只洗耳恭听的温顺小绵羊。没办法，王尔立在他心里是只虎。一只东北虎。

"别给我套近乎打马虎眼，告诉你，你这床一睡，身子骨是舒服，也找到了排长的感觉，可战士们就离你远了。一个屋里，就你一个人睡床，大伙儿都打地铺，你摆这样的谱没人会把心交给你。大伙儿都不把你当兄长看，你这排长当起来有啥劲？依我看，你把床拆了，睡地铺。"王尔立也觉得刚才那样对傅一强有点不妥，口气便有点软了。不过，最后那句话，硬邦邦地没有软劲。

傅一强不得不承认王尔立说得有点道理，但不相信会有王尔立说的这么玄乎。

"班长，没这么严重吧，傅一强一指床，不就是一张床，你可别小题大做。"

"小题大做？"王尔立眼一瞪，"嘴皮子我磨不过你，你说，这床你拆不拆？"

傅一强没回话，也没动。

王尔立动了。

三下五除二，王尔立动手把床板一掀，拆开铁架子，三个来回，就把散开的床扔出了门外。

看着这情形，傅一强的脸烧得像只紫茄子。

两个班长吓得直吐舌头，乖乖，这王尔立真是了得，敢摸排长的屁股。

王尔立双手来回擦了擦，一低头，瞧见了傅一强脚上的皮鞋。

"标致的老板鞋，油光发亮。天天泡在训练场上，你这鞋不合适，还是换上解放鞋吧，要是没有，我送你一双。"王尔立说完，出门向连部走去。

他还没报到呢。

贾排、戴排得到傅一强被一个兵整的消息后，火速赶来增援。

都是从一个学校毕业的，同属一个战壕里的战友，他俩不帮，谁帮？这种兵整官的苗头不把它扼杀，到头来，他们也会跟着遭殃。关系到排长尊严的事，他俩不能不管。明着是替傅一强讨一个公道，拉同门兄弟一把，说白了是为自己。他们要向兵们宣称，排长就是排长，其威严不容侵犯。没有这么一种想法，他们是不会来的。刚当排长，谁心里都在较劲，新兵连一结束，上级还不把三个人分出个一二三等来，这一分，影响以后的前程呢。换了别的事，他们巴不得，可这事非同小可。他们不能不来。

"怎么回事？"两位排长冲进屋里。

屋里的两位班长早已溜之大吉，这会儿，他们正扎在人堆里绘声绘色、添油加醋地渲染王尔立的英雄气概。

傅一强僵在那儿，没一点反应。

"现在的兵，真是不得了。"贾排说。

"熊兵，没大没小的，不能饶他！"戴排说。

"老傅，把床弄回来，看谁还敢动？"贾排说。

"咱们得找连领导评评理，要不然这小子会更狂。"戴排说。

"就是啊，这样下去，班长们都成老大了，我们算什么？"贾排说。

"他妈的，你们说够没有？"傅一强一跺脚，吼了一句。

贾排、戴排面面相觑。

"人家做得对，咱错了，没说的，排长要和士兵'五同'，王班长也是为我好，我看你们回去也把床拆了睡地铺吧。"傅一强说得诚恳。

"拆床？我不拆！"贾排说。

"咱孬好是个排长，怎能输给兵？"戴排说。

两排长悻悻而去。

贾排回到排里，一吆喝，"咱得向一排长学习，弟兄们，帮忙，给我把床拆了。"班长们一声欢呼，争得拆床，铺稻草时，特意给贾排多来了一层。

戴排回到排里，自己动手拆床。班长问，"排长咋的啦？"戴排脸一红，"床板硌人，还是地铺来得舒服。班长们一拥而上，把戴排抛向空中。"

晚饭后，贾排、戴排来到连部，向刘印告王尔立的状。

来之前，他俩动员傅一强参战。傅一强是当事人和受害者，更具有说服力。

傅一强没同意，"我正闹肚子，没法去，你们也别去，事情已经过去，我看就算了。"平日里虎虎生威的傅一强，转眼之间变得怕事。两排长丢下一句："你这软蛋，没出息！"便撇下傅一强径直向连部走去。

连部里就刘印一个人干坐着，两只大脚丫光溜溜地搁在办公桌上，日光灯一照煞白，活像两只剥了皮的大蛤蟆。比蛤蟆大多了。右手夹着悠悠冒烟的烟头，左手的食指正恶狠狠地掏鼻孔。闲着的时候，刘印就喜欢这样。

见两排长开了门，刘印不情愿地撤下脚丫子，左手拇指和食指做了几下弹的动作，而后在裤子上一擦。"战场"打扫结束，完事。

嗓门里打出一个野蛮的咳嗽之后，刘印在等两排长汇报。

事情的前后经过，原原本本，早就有兵向他打了小报告。那兵报告时，眉飞色舞。说完了，眼巴巴地看着刘印。刘印脸色跟没听见一样，啥也没说，依旧按自己的节奏吧嗒吧嗒地抽烟。

兵探不出信息，轻手轻脚带门而出。

两位排长你一言我一语地数落王尔立的不是，情绪激昂，义愤填膺。连部里，充斥着烟味和火药味的浓烈空气。

刘印昂着头在抽烟。

两排长说完，该说的都说了。包括添枝加叶的。

77

刘印在抽烟，昂着头。

从前至后，刘印的动作、表情一直没变。就连眉毛都没皱半下。

两排长由于过分激动，胸脯起伏不停。

刘印不表态，两排长是不会甘心的。

"连长，这王尔立不治不行，现在敢和排长起毛，指不定什么时候会和你顶起来。"贾排长认为刘印不说话，是他们烧的火不够旺。补上一句，不愁不旺。

刘印扔掉烟头冷冷地问，"傅一强怎么没来？"

戴排赶紧答道，"他肚子不好，正在厕所蹲着呢。"

贾排递给刘印一支阿诗玛，举着打火机凑到刘印跟前，"连长，你看，咱们怎么治治这小子？"

没这话，刘印不生气。

刘印腾地站了起来，"你们屁股上没屎，谁会嫌你们臭，先回去自己擦干净再说，我看谁敢动王尔立半根毫毛？"

刘印蹭蹭地扬长而去。

俩排长差点给震瘫了。

一轮明月挂在夜空。

傅一强和王尔立席地而坐。面对面盘着腿。两双解放鞋像四只小船，侧立着。

"你带解放鞋啦？"王尔立说。

"带了。"傅一强说。

"那咋不穿？"

"穿皮鞋显得神气。"

"在学校穿解放鞋吗？"

"穿，学校不让穿皮鞋。"

"现在穿解放鞋是啥滋味？"

"又找到兵的感觉了。"

傅一强折了根小草含在嘴里。

王尔立说："下午的事怪不怪我？"

傅一强说："开始不但怪，而且有点恨你。"

"为啥？"

"你不给我面子。"

"后来呢？"

"你说呢？"傅一强狡黠地反问道。

"我知道，不过，我要听你说。"

"什么意思！"

"没什么意思。"

"没什么意思？"

"有点意思。"

"你说吧。"

"真恨你，我还是傅一强吗？"

"说得也是。"

王尔立笑了。

傅一强也笑了。

王尔立右手食指、中指做了个夹的动作。

"有烟吗？"

"有。"

"来一支。"

"不对啊。"傅一强说，"以前我上烟你也不接，现在倒问我要烟抽，这世道是不是变了？"

王尔立一笑："是变了，以前我是你的上级，现在你是排长，我是班长。"

"送，你不要；不给，你倒伸手要。"

"此一时，彼一时嘛！"

傅一强从上衣左口袋里掏出一包"三五"，弹出两支，一支递给王尔立，一支叼在自己嘴上。

"'三五'，贵得很呢！"王尔立说。

"一包十五。"傅一强说。

"档次翻了好几倍啦。"王尔立扬着烟说。

"刚毕业，不能太寒酸，超前消费，时间不会太长。"

"我想也是，你家里也不宽裕，能省就省着点。"王尔立一边含着烟一边说。

"谁说不是，明天就换。"

傅一强斜伸右腿，右手从裤袋里掏出一次性打火机，替王尔立点燃烟，又给自己点上。

"烟，打火机，一上一下，一左一右，你这习惯没变。"

"你不也是吗？"

"是啊！"

王尔立猛吸一口，呛了一下。

"这外烟，他妈的真冲。"王尔立说。

"你这烟瘾小多了。"傅一强说。

"抽少了。"

"少抽，是好事。"

王尔立抬头看看月亮，一脸陶醉。

傅一强痴痴地望着月亮。

"今晚的月亮真圆。"傅一强说。

"月亮不好。"王尔立说。

"怎么，想未来的嫂子？"

"想，又能咋样！"王尔立叹了口气，接着又说，"你谈了吗？"

"还没呢！"

"谈一个吧！"

"不急！"

傅一强弹了弹烟灰。

"你们啥时候结婚？"他问。这喜酒他是非喝不可。

"我退伍了就办。"王尔立说。

"这么多年，人家还等着你？"

"不等我，等谁？"

"是不是打上了，你可没领持枪证！"

"你小子！"

王尔立一推傅一强，傅一强趁势倒在地上。还是躺着舒服。

王尔立也躺下了。四肢伸展，仰成大字形。

"明天新兵就要到队了。"王尔立说。

"是啊！"傅一强说。

"没啥难处吧？"

"有你在，我还能当个孬排长？"

明天，新兵连就会呼呼作响地刮起绿色旋风。

瞄

准

一

黄天鹏的块头不算大，骨架子能撑得住的只是一型二号的警服。往门口一堵，陡然显得壮实，生出了不大不小威风凛凛的气概。门神一个。右手抡着一把菜刀，锃亮。左手捏着半截子胡萝卜，那半截子刚刚被切成圆片躺在砧板上。腰间系着的那白围裙旧是旧了，但还是很干净，依然白得有些晃眼。

干什么来着？黄天鹏冲着被堵在门外的新兵问道。这话问得多余，炊事班长黄天鹏心里有数。

刚下中队的新兵，放下背包，屁还没有空放上半个，就忙着侦察。竖着耳朵听老兵们谈话，死命地压抑着想围上去搭讪的冲动，离得远听不清不打紧，关键是先从口音上辨别谁是老乡。心里头有了底，瞧准个机会进行一次单独的、正面的接触，兴许就能有个依靠。至少能稍稍减去一点流落异乡、举目无亲的感觉。这很重要。机灵的兵，知道怎样在老兵眼前表现，把第一印象美化至极点。替老兵洗衣服，早上起床把老兵的卫生区先解决掉，等等。路子宽，方法多，各有各的招。伙房，是新兵们谁都不会掉以轻心的瞄准点。业余时间，节假日，钻进伙房帮厨，不管干多干少，都能落个勤快的评价。享点口福，抹点油水，就不用说了。

新兵爱帮厨，黄天鹏却最烦帮厨的。他当新兵时，从不帮厨。谁的活谁干，炊事班做饭，战斗班训练执勤，天经地义。一茬新兵昨天到中队，

85

今天又是星期天，没来帮厨的才怪呢。黄天鹏手里的活不停，时不时地往门外瞧上一眼。一个新兵向伙房走来，黄天鹏一下子把身子挪到门口，亮出了一夫当关的架势。这新兵走到门口，才发现伙房不能长驱直入，默默地给自己下了个齐步立定的口令。新兵站在那儿不敢正眼看黄天鹏，全身上下除头低着外，绝对是板板正正的立正造型。

新兵没想到帮厨还得接受盘问，这事在新兵连他没碰过。新兵连的炊事班长一见帮厨的来了，笑脸相迎，喜不自禁。这中队的炊事班长倒好，甭说脸上不挂笑，隐隐之中还有点不高兴。听了黄天鹏的问话，新兵嘴角抽了抽，嚅嚅道，报告班长，我是来帮厨的。说完他拉起眼皮，悄悄地窥视黄天鹏的反应。

黄天鹏皱了皱眉头，右手的菜刀抓得更紧，生怕被人抢走似的。沉默片刻之后，他把新兵上上下下打量一番，活像是面对砧板上的一只鸡，琢磨着该从哪儿下刀。新兵心里直起毛，这班长怪，看样子对来帮厨的还要挑三拣四的。你叫什么名字？黄天鹏收回上下游动的目光，冷冷地问道，在哪个班？这个问题多少让新兵有点兴奋。帮厨嘛！忙活半天，连名都没留下，那多窝囊。看来这班长心挺细的，人还没进伙房，手没沾活，先让你把个人情况留下，不像在新兵连，炊事班长只让你干活，至于你姓甚名谁，不闻不问。现在回答这个问题，等于是在班长心里挂号，下回的队点名表扬，自然少不了。

报告班长，我叫牛磊，在二班。叫牛磊的新兵气出丹田，着实有股牛劲。说完这话牛磊估摸着该进门了，便侧着身子想进伙房。黄天鹏站在那儿一动不动，没有让开的意思。牛磊没敢把自己硬塞进去，只得又退回到原处。

你回去吧，黄天鹏口气淡淡的但有种不可抗拒的力量。老兵对新兵说话，再轻描淡写，气氛无论怎样宽松，在新兵而言，都不敢轻视，除非你忘记了自己是个新兵。搞错了自己的身份，演乱了角色，问题可就大了。

牛磊怎料到黄天鹏会下逐客令，一句你回去吧，犹如一记重拳，砸得他眼冒金星，脑瓜嗡嗡的。黄天鹏可不管自己出口的话的后果，转身欲向操作台走去。他得抓紧时间干活。

牛磊说，班长，我是来帮厨的。他把"帮厨"两个字说得特重，意思很明确，我来替你干活的又不是添乱抑或有其他不轨举动，你不该赶我走哇。牛磊脸色通红，眼里似乎都有了点湿润的感觉。

黄天鹏半转身侧着看牛磊，帮什么厨？这没得你干的活，你还是回去处理你的个人事务吧。这回，他没再次转身，他在等牛磊答话。黄天鹏心想，这兵有点难缠，一句话居然不能打发他走。不过，他没有与这新兵多费口舌的准备。他这人平生最喜短平快，要打持久战，那要看是什么事。这是什么事儿，根本就不是个事儿。你想帮厨，我不让你帮厨，你就得打消这念头，就得按我说的走人。简单。本来就不复杂。牛磊可就不这么想了。他认为是自己哪儿出了错，让炊事班长看着不顺眼。可自己到队还没有二十四小时，和黄天鹏也是第一次打照面。应该不会。可不是自己的错，那又该如何解释？刚到新兵连，班长在传授当兵的经验时，就把帮厨的意义说得很重大。三天两头下伙房，有事没事吊单杠，至少捞个班副当当。班长说这是当兵窍门。只要在部队，这一招准灵。班长的经验，是经过实践检验的，错不了。这会儿，牛磊愁死了。他见黄天鹏在看着自己，忙鼓起勇气说，班长，我没啥个人事务要处理，闲着也是闲着，让我干活吧。牛磊与其说是要求，还不如说是乞求。黄天鹏说，没事做是吧，那好，吊吊单杠去，把素质练好比什么都重要。牛磊张大嘴，好一阵子没吐出半个字。吊单杠？我来帮厨，你让我吊单杠，这中队的炊事班长也管训练的事？问，牛磊不敢问，他只能自己想。不过，想，他是想不通的，至少一时半会还想不通。班长，我帮会儿厨，再去出小操，牛磊扭头看了一眼单双杠，回过头来说，班长，你放心，工作训练之间的关系我会处理好的。黄天鹏有点不耐烦了，你这兵怎么搞的，你该干什么就干什么去，你给我听清楚了，本班长不需要人帮厨，谁也休想进伙房的门。牛磊吓得退了好几步。他直愣愣地站了好久，满怀委屈和不解走了。

让牛磊心理上能够平衡的是，后来好几个新兵兴冲冲去伙房帮厨，都是碰了一鼻子灰。几个人在一起一汇总，过程几乎分毫不差。兵们纷纷发牢骚，主题自然是黄天鹏。大伙都认为这炊事班长邪、坏。邪，是居然不让人替他干活；坏，是挡住了他们进步的门路。气出了，兵们心也宽了，不让帮厨，咱就不去，有什么了不得的。牛磊不这么想，他看准了的事，是不会轻易罢休的。想想上午的事，他开始恨起黄天鹏来。自己进了炊事班，党员、班长、三等功、优秀士兵一个人全给占了，还想怎么着？这家伙自私，也自卑。他知道进炊事班进步快，就不让我们去。你不让，我偏要去，我不但要去，而且日后要当炊事班长。几乎是在一念之间，牛磊安排好了自己日后的成长道路。先在战斗班干几个月，尔后下炊事班，考个三级厨师，当个班长，能转志愿兵拼着命也要去争，争不来退伍回家，有手艺不愁找不到份工作。

这一夜，受了气的牛磊，睡得反而踏实。

二

进炊事班，整天弄刀舞铲，和柴米油盐酱醋打交道，没劲！黄天鹏最讨厌这活。这种事理应由女人来操持。他甚至想，部队的炊事班，应该让清一色的女兵充填。堂堂的七尺男儿，到部队不操枪弄炮，摸爬滚打，驰骋沙场，就不该来当兵。窝在伙房里的男人，哪能算男人？即使算，也是被阉了的男人。阉了的男人，失去的不单单是那两个肉球球。多着呢！

看到炊事员心里就反胃的黄天鹏，到头来还是自己主动申请到的炊事班。

黄天鹏初中毕业之后进城打工，干了三年厨房活，一年打杂，两年掌勺。当兵时，口袋里揣着二级厨师证。他当兵的念头也很简单，挪个窝子，换个活法，到部队走一遭，活出个男人味来。也许是希望过高，也许和平年代的部队就该是这个样，总之，黄天鹏当了一年的兵，就悔意丛生。在新兵连时，听老兵说一中队是个机动中队，专门担负处置突发事件的任务。天下太平，想打仗，门也没有，唯有机动中队早晚也许能碰上一次动刀枪的机会。黄天鹏耳朵里灌满老兵那刀光剑影的火爆，血热得要熔化血管。三个月的新兵连生活，他把自己交给了训练场，为的就是分兵时能到一中队。快到分兵时，他本想找班长、排长、连长拉拉关系，走走后门。一打听，想去一中队的有，但要是有关系的，都把一中队撇在考虑之外。他心里舒坦了。

如梦以偿到了一中队，黄天鹏喜得三天没睡好觉。一年下来，他的训练素质上去了，可想象的美好却在逐步衰竭。训练只是一种体能上的宣泄放松，因没有血雨腥风的呼唤，愣是把人整成了训练动物。训练好，给你个嘉奖、三等功之类的，再好让你填份入党表，当个班长。别的兵知足，他一点都不在乎。

再耗下去也没戏，还不如上炊事班，发挥自己的特长，让大伙儿饱饱口福。黄天鹏把自己想当炊事员的想法告诉了副队长。副队长听了半晌没吭声，末了问了问，你没事吧？他的意思是这么一个训练尖子怎么会有下炊事班的想法，不太合常理。黄天鹏知道副队长会惊讶，在自己没形成决定之前，他比副队长还惊讶。副队长是分管后勤的，炊事班进些什么人，他能做主。但黄天鹏的事，他决定不了。队长常常在有意无意之中说起黄天鹏，说这个兵难得，日后是中队尖刀班的最佳人选。做不了主的副队长让黄天鹏去找队长。黄天鹏只得去找队长。队长汤洪海说，训练你是一把好手，烧饭做菜你怕不行吧？汤洪海原想将黄天鹏一军，就此打住，没想到，黄天鹏比他技高一筹。黄天鹏的二级厨师证到部队后一直没给谁亮相过，没谁知道他还是掌勺好手。

黄天鹏沉住气，给汤洪海设了一个圈套，队长，这炊事班的活没什么难的，让我试试看。汤洪海不屑一顾，得了，你黄天鹏要是能做上两个好菜，不，不不，让你烧顿饭不煳，别说让你下炊事班，就是提个炊事班副班长，我没说的，依我看，你别逞这个能，还是把力气用在训练上吧。黄天鹏说，队长，这可是你说的。说着，黄天鹏手往口袋里伸，二级厨师证装在兜里，来前，这张王牌，他就预备上了。他想拿出，但还是中途抽回了手。他接着说，队长，你这话算数吗？汤洪海一笑，笑话，我堂堂一个中队长和你这入伍刚一年的兵开什么玩笑。黄天鹏心里直乐，脸上却不动声色，那好，明天中午我来当回炊事员，算是应试。

到了这分儿，汤洪海只好应允。心里不情愿，但认为只是一场游戏，黄天鹏要么临阵脱逃，要么憋口气搞得一团糟。他答应得还是很爽快。

打了埋伏的黄天鹏着实让中队官兵大开眼界，个个惊得目瞪口呆。汤洪海是亲眼看着黄天鹏在伙房里倒腾的，但他不相信，一口咬定黄天鹏做了什么手脚。到了这时候，黄天鹏才掏出了那揣了许多日子的二级厨师证。汤洪海心里一百个反悔，但他没说出来。当着中队官兵的面，他一拍黄天鹏的肩膀，你小子，是个人才。

十天后，中队党支部任命黄天鹏为炊事班副班长。据说这中间还有个小插曲。支队参谋长接到请示报告后，才发现一中队还隐藏着个二级厨师，一个电话要到中队，要调黄天鹏到支队机关食堂。汤洪海哪能松口。知道风声的黄天鹏对汤洪海说，再咋着机关我也不去，这忙你队长得帮。至于汤洪海用什么招数对付参谋长的，没人知道，反正，黄天鹏留在了一中队。

<h1 style="text-align:center">三</h1>

新兵到队，按照惯例，都得搞个欢迎新战友联欢会。大伙儿自编自导自演自看，图的是个热闹，要的是个喜气。新兵上台靠点名，老兵上台靠起哄。干部里头，兵们是逮住汤洪海不放。原因很简单，汤洪海的嗓子是喊口令的专用工具，要让他唱个歌什么的，效果只有一个，让人笑破肚皮。不唱歌吧，舞台上的啥都不会。唱吧！硬着头皮唱。不唱，台下那帮兵不放过你。兵们心里清楚，能整队长的，也只有这种场合，让队长出点洋相，丢点丑，心里舒畅！汤洪海知道自己不吼几声，这台下不去。如此一来，汤洪海反而把联欢会推向了高潮，兵们乐得前仰后合。新兵开始是规规矩矩地坐着，捂着嘴偷笑，再接着也就不由自主地放肆起来。黄天鹏有节目，质量还蛮高。一个是哑剧，取材炊事员在伙房里的动作，经他一加工，妙趣横生。再一个是拳术。他表演拳术和别人不一样。别人是干打，他得要音乐伴奏。摇滚音乐。一趟下来，大伙不过瘾，嚷着再来一个。黄天鹏也不推辞，换个套路再来。

俱乐部里笑声飞扬，持续了一个半小时，兵们这才极不情愿地散去了。

汤洪海出门挨近黄天鹏，待会儿到我宿舍去一下，有事找你。黄天鹏嗯了一声，算是按指示办。他本想下楼到班里喝口水，揣包烟再去汤洪海宿舍的。从三楼刚下到二楼，他想，再下楼再上楼，无谓的重复，没必要，便停住了脚步。汤洪海的宿舍在二楼。可再一想，还是得下去，伙房里的灶压过煤，该去看看，别因疏忽让火窜上来，那明早就不能按时开饭了。这事可马虎不得。

黄天鹏从伙房里出来后，班里还是没去，直接上楼。汤洪海正抢着茶缸往嘴里送。这茶是联欢会前泡的。上等的龙井，专留着润嗓子的。一见黄天鹏进来，他放下茶缸说，我这房子是有门的。

黄天鹏嘻嘻一笑，我看见门了，不是推了吗？

推？汤洪海佯装生气地说，你这兵老了，规矩倒给忘了，报告，进队长的宿舍要喊报告的，经允许方可进入。

黄天鹏笑得更随便，嫂子不在，你这房里还能有啥秘密，不过，我接受批评，下次一定喊报告，今天就算了，再说，我还有重要的事件要报告呢！

什么事？是我找你有事，我没说，你反倒着急。

我这事比你的事急。

啥事？你说说看。

汤洪海在等黄天鹏说，黄天鹏却一个箭步冲到桌前，一把抢过茶缸，直往喉咙里倒。

你小子耍我！唉，唉，你怎么不把茶缸也吞下去？

黄天鹏拎起墙边的水壶倒水，那不行，这么好的茶叶，还能泡上好几回，你舍得我还心疼呢。

汤洪海点着一支烟后，把烟和打火机往桌上扔，想抽，自己动手。黄天鹏也不客气，照抽不误。一口烟下了肚，又开了口，你队长也不行，到了月末，这烟的档次也降了。

别贫嘴了，该我和你谈正事了。汤洪海一反刚才的表情，脸色变得庄重起来。他喜欢和黄天鹏这样的兵处。工作上一是一，二是二，不要你操心，不让你烦神，没旁人的时候，嘻嘻哈哈，说说笑笑，像哥儿俩。有人在，队长、班长的角度相当明了。不谈工作，开点玩笑，荤的，素的，半荤半素的，都行。话题转到正题上，两个字，严肃。

黄天鹏浑身一激灵，旋即意识到刚才的一切得暂告一段落，便老老实实地站着，洗耳恭听。

汤洪海一口茶下去，喉咙里发出一阵咕咕声音，咂了咂嘴说，新兵到伙房帮厨，你怎么横竖不让进门？

我以为是什么事呢，原来就这事，黄天鹏说，队长，你这消息真快噢，看来，现在的兵真是了不得。

别兜圈子给我打马虎眼，我要知道你为什么这么做。

没别的意思，这新兵刚到中队，到伙房帮啥厨，敲锣卖糖，各干一行，战斗班的兵就该训练去，上训练场才是。

新兵工作积极，想帮厨，也不是什么坏事。

不，至少暴露出两个问题。

什么问题？

黄天鹏拿起茶缸，喝一口行吗？汤洪海还没反应过来，他两口已经下了肚。他接着说，第一，说明我们炊事班战斗力不强，自己的本职都得靠别人帮忙，不成体统，让他们来帮厨，我这个炊事班长脸上无光。第二，说明新兵职责意识不强，不知道自己该干什么，把啥干好。把心思用在伙房，不去琢磨该怎样提高自己的训练成绩，这叫不务正业。

汤洪海一摆手，别和我一套一套的，帮厨是部队的传统，没什么不对，怎么一到你嘴里就变味了呢，我看，这事是你不对。

黄天鹏猛吸烟，吸着吸着不动了，一看已烧着烟嘴了，便在烟灰缸里按了按。他在想，怎么是我不对？

队长，这事咱说不到一块去，我走了，黄天鹏移步向外走去。

汤洪海坐着没动，只是说，你敢？！

黄天鹏真没敢再往前走半步。

好了，我也不和你争个高低，定个谁是谁非，今天的事到此结束，从明天开始，你不许再犯。汤洪海想想黄天鹏的话也有点道理，便做了点让步。

93

黄天鹏又回到了原来站的位置，不卑不亢地说，行，不过，我有个条件。

啥条件？

训练成绩处于中游以下的新兵，不能去帮厨。

这条件听起来有点新鲜。

不新鲜，训练上不去，把帮厨的时间省下来，出出小操，才是真的。

行，就依你说的办。

险情解除，俩人都松了一口气。

黄天鹏操起桌上的烟，给汤洪海上了一支，队长，刚才你怪吓人的。

吓人，你小子要是和我较劲，吓死你也不是不可能的事。

哪能？

这要看你喽！

黄天鹏打了岔，这烟档次虽不高，抽着还怪好。

那当然了，不花钱的烟，你捞个白抽，自然说好，汤洪海说，你黄天鹏到我这儿，没见你带过烟。好也好，孬也好，有得抽就不错了，你还想怎的？

一声悠扬的哨音，在营区里回荡，再过一会儿，兵们都会进入自己的梦乡。

四

黄天鹏到炊事班后，一年四季都是穿迷彩作训服。到伙房里干活时，戴上白帽子，扎上白围裙，套上白袖子，鞋不用换。迷彩鞋。伙房里的活累人不说，最主要的是脏活多。一天下来，端上桌的菜是色香味俱全，自己浑身上下油水厚厚一层。似乎是种惯例，炊事班的兵穿戴不讲究，尤以罩一套过时的军装或从街上买来的绿色工作服居多。兵们认为，进伙房是干活，穿上笔挺的警服算哪门子事。那迷彩服两年才一套。在地方上又是抢手货。这色彩式样从不过时，是许多地方小青年想穿而又穿不上的。眼热的，从军人服务社之类的所谓军服专卖店去弄一套，那也不是正宗的军用品。一般来说，兵们都有一套迷彩服压在箱底，留着退伍回乡时带走。

伙房里的活，虽说和家务活在内容上没什么两样，但部队的炊事员是个兵，是兵，就不能叫干活，应该是工作，这和在训练场摸爬摔打，在风风雨雨的巡逻线上昂首前进其本质上是一回事儿。黄天鹏从宾馆的厨房到中队的伙房，干的活大同小异，但他悟出了个自己在入伍前无法洞悉的道理，他认为这是一条真理。放之四海皆准的，他不敢说，但至少是条区域性的真理。走了一圈，又回到了起点，他心里不是个滋味，但他还留有着一点慰藉，再怎么说，自己还是个兵。相比起来，还不错。

为了防止干的活都和兵沾不上边时间长了忘记自己是个兵，黄天鹏对着装颇为挑剔。谁说后勤兵稀拉，纯粹是扯淡。要我说，稀不稀拉不在于你干什么，而在于你这兵是不是真正的兵。黄天鹏在干活前和干活后，都得站在中队的警容镜前精心地整理着装，不知底细的人，还以为他要接受首长的检阅，最起码也是上队列场吧，绝对想不到他是到伙房。

黄天鹏干起活来，那是没说的。伙食费低菜价高，做的又是大锅菜，没多少让他发挥的余地。唯有刀功，把那些平平常常的青菜萝卜土豆，整点造型，刺激刺激兵们的胃口，他有一套。

训练场上震天撼地的喊杀声，把伙房的空间灌得满满的。一个星期总有那么一两次，黄天鹏受不住这种冲击。妈的，什么机动中队，鸡巴中队也不如。心里在怒骂，手中的刀可就控制不住了，一个好端端的冬瓜，硬是给他剁成了糨糊。剁着剁着，总有没法子剁的时候，他就扔下刀，直奔单杠。跳起上杠，玩命地搞大回环。杠上动作质量高，姿势优美，富有充裕的美感。下杠动作不敢恭维。在杠上大倒立后，一个后空翻着地，这一段还有味道。双脚尚未立稳，就直挺挺地往沙坑里一倒，成大字状，没有个三五分钟，他不会起来。

炊事员不知道出了啥事，放下手里的活，蹲在门口看。看什么看，干活去，黄天鹏一个鲤鱼打挺起来后，拍拍屁股把炊事员赶进屋里，自己又重新操起菜刀干活。从平淡到火爆再到平淡，这一幕过去之后，他像啥也没发生过一样。

时间长了，次数多了，汤洪海就不愿意了。在中队，进行单双杠训练是有严格规定的，一个人上杠，底下得有两个保护的。兵们都不是专业的体操运动员，控制动作的能力不强，也没有多少自我保护意识，一失手从杠上摔下来的事常有。没有保护，摔疼了是小事，摔出事故，中队一年的工作可就泡汤了。训练难度要上，事故要下。这本身就是矛盾，尽管上头反复强调，评价一个单位的工作不能仅凭事故定乾坤。那只是说说而已，真有了事故，还是把你全身上下捋个精光。单杠大回环，原来的八练习，现在早就不搞了，最高才是五练习。你黄天鹏违反训练规程，一个人独自练这么高难度的动作，不是拿刀子往我心窝里捅吗？汤洪海在这点上不和黄天鹏打马虎眼。黄天鹏也不和汤洪海硬来，夸张地鞠躬作揖赔不是，这是最后一次，下回再也不敢了。说得动听，就差没指天发誓。可到了那个下回，他黄天鹏还是黄天鹏。如此反复，来个周期性循环。

黄天鹏的肆无忌惮，终于惹怒了汤洪海。

汤洪海决心要治一治黄天鹏，要是等他捅了娄子，那可是通天。对他，对黄天鹏本人，对中队，都是莫大的损失，到头来谁都扛不住。

要治黄天鹏，对汤洪海来说，是小来来。就凭着对黄天鹏的了解，想都不要想。人常说眉头一皱，计上心来，他不需要。皱眉头，会加快面部的皱纹形成，划不来。

队部里，汤洪海刚摆开阵势，要给黄天鹏当头一棒。桌上的电话早不响晚不响，在这最关键的时间铃声大作。电话是支队组织股打来的，通知黄天鹏参加支队第九届士兵代表大会，下午就得报到。

汤洪海放下电话，便宜你小子了，下去收拾收拾到支队报到参加士兵代表大会。

黄天鹏的眼睛亮，啊呀，你队长可真神了，怎么算得这么准，居然能把我开会的事推测得如此精确。了不得，不了得。

汤洪海没心思和黄天鹏贫嘴，我要会算，还轮到你现在嬉皮笑脸的，去去，抓紧准备去。

士兵代表大会开了整整一天半。

下午，黄天鹏出了支队大门，站在路边等中巴车。从支队到中队二十公里，中巴车也多，十多分钟一趟。

天空突然下起雨。暴雨。

远处，一辆中巴车过来。黄天鹏看看天突然改变了主意。

他不坐车了，跑回去。在这如柱的雨中，跑死了也带劲。

刚到中队大门，哨兵敬礼的手还没放下，黄天鹏就一头栽倒在地，不省人事。

汤洪海带了几个兵，像抬死猪一样地把黄天鹏抬到了中队卫生室。

擦身，换衣服，汤洪海小心地伺候着。刚松了一口气，黄天鹏开始说胡话。发高烧了，汤洪海又开始手忙脚乱。一个晚上，汤洪海没敢合眼。

早上兵们出操归来的番号声，把黄天鹏惊醒了。他见汤洪海坐在自己床边，还感到奇怪，咦，队长，你在这儿干啥？

你问我？我还没问你呢，有车不坐，你有毛病啊？

你不知道，那在大雨中奔跑，别提多畅快了。

还畅快呢？差点没把我吓死。

没事，我现在不是好好的嘛。

真没事？

真没事！

那好，有个事本来前两天我要找你，当然现在说也还不迟，支队招待所现在就差你这样的人，我向支队建议了，让你去，在那儿做事舒服，不穿警服，净和地方老百姓打交道，以后你还能转个志愿兵，这种好事，我想你是求之不得了。

你不是雪上加霜吗？

什么意思？

我这还躺在床上，你又不是不知道，我最怕离开中队，况且，再过上几个月，我就退伍了，你就饶了我吧。

不行呀，我这是为你好，再说，你小子越来越不听我的了。

噢，原来你是在整我。

没这话。

我知道你的意图，不就是那单杠大回环不能再做，没问题，这一回我正儿八经地向你保证，要是再有下一回，你再赶我走也不迟。

还得多加一条。

什么？

昨天下午的那种发神经之类的事都应该杜绝。否则，我不会再给你机会。黄天鹏凝视着汤洪海，队长，你这人真毒！想不到我的致命弱点你了如指掌。

汤洪海打趣道，芝麻大的事，还能蒙过我，这不叫毒，叫打蛇打七寸。

五

炊事班，人手不算多，一个班长两个炊事员加上一个给养员，四双手要管百十号人的嘴，不忙是假的。

这个星期轮到炊事员马大强值班。马大强是第二年度的兵，属于半老不新。到炊事班时间不长，半年。人少活多，谁要是提不起精神来，整个炊事班的工作都受严重影响。偏偏马大强发蔫了，值班的本来就得多干一份活儿，他倒好，就差躺倒不干。

黄天鹏瞧着马大强把锅刷了老大会儿，还在没完没了地刷，就知道不对劲。正是赶午饭的时候，黄天鹏又没工夫找马大强谈。这一谈，两个人的活都没人干了。黄天鹏装着不知道，吆喝马大强快点，他手脚也高速运动起来。总算按时开饭，黄天鹏长舒了一口气。

一切收拾停当，黄天鹏把马大强叫到了伙房后面的围墙下。

黄天鹏没和马大强绕弯子，大强，怎么啦？

班长，我不想在炊事班干了，马大强也没绕弯子，实话实说。

唉，好一个马大强，当初到炊事班，可是你主动要求，三番两次找我的呀，我当初死活不同意，要不是看你那股牛拉不回头的劲，我还不让你来呢，现在怎么了？要来是你，要走也是你，你在搞什么名堂？

此一时，彼一时嘛！

什么此一时，彼一时，别跟我来玄乎的，照你心里想的说。

马大强垂下头，我也不瞒你，当初我要下炊事班，是厌恶训练，不过，可不是吃不了那份苦，我马大强不是那种人，只是训练再好，也派不上用场，那练起来没劲。

黄天鹏心里一动，这小子怎么和我一个毛病，以前咋就不知道呢？

马大强抬头看了看黄天鹏，没有恼怒的迹象，是一副似听非听的模样，他不往下说了。

那现在呢？黄天鹏催道。

现在，我还想回战斗班。

为什么？

炊事班我不能待了，再这样下去我非发疯不可。这炊事班的活，到哪儿干不到，当兵三年，窝在伙房里我受不住，我想了，我还是上训练场，虽然无用武之地，可摔摔过瘾。

你是过瘾了，那炊事员这一行总得有人来干，要不然大伙吃什么，喝西北风啊？

那我不管。

好一个不管，你马大强的牛劲又上来了。这事现在我不能答复你，在你没离开炊事班前，你得好好做事，要不然，我可以明确地告诉你，你休想重回战斗班。我黄天鹏也有脾气，这你是知道的。黄天鹏心里窃喜，可话还是硬邦邦的，不容马大强说个"不"字。

马大强说，班长，我可以认真做事，可时间不能太长，太长了，我没办法让自己听你的，你得体谅我。

这马大强，起风就得下雨，性子也挺急的。黄天鹏一点不怪马大强有这种的想法，相反倒很欣赏。欣赏之余，他要考虑的是，让谁来接替马大强。

正当黄天鹏为找人选以便尽快让马大强回战斗班而大伤脑筋之时，牛磊给中队党支部递交了一份申请。这在无形之中，替黄天鹏来了个大脚解围。

自从下中队第一次帮厨，无缘无故地被黄天鹏不轻不重地臭了一顿后，牛磊再也没去帮厨。中队规定，训练成绩前十名的新兵才有帮厨的资格，他排第九，可他不去。伙房是铁下心要去的，但不是帮厨去，而是要真正成为炊事班的一员。为了这个计划，他潜心苦练军事技术，大小工作除帮厨外，着实干得有板有眼。想进炊事班，得有点资本。当资本积累到一定地步，就好办了。咬定青山不放松，咬，至关重要，但还要看怎么咬法。

六

　　部队有句俗话，一个炊事员，顶上半个指导员。这和辩证唯物主义的哲学不谋而合，物质决定意识，民以食为天。兵不同民，但吃不好，思想也会跑马。市场经济的大潮在中国大地汹涌澎湃之时，使军地之间形成了巨大的落差，专有名词是，军地反差。这种反差是多层次，多角度的，几乎涵盖了军人的整个生活领域。视奉献为本分的军人，对生活的要求并不高，干部图的是能养家糊口，稳定后方，不至于后院起火。兵们只图个吃饱不想家。

　　一中队有了黄天鹏这样的二级厨师，伙食水平在全支队是最高的，兵们吃饱的同时，吃得也比较好。毕竟，黄天鹏这二级厨师不是水货，有两把刷子。伙食好了，兵们被喂得嗷嗷叫，谁都不生懒。兵们说得有意思，就凭黄天鹏二级厨师这牌头，我们吃的菜起码也是四星级饭店的档次吧，不好好干，一脚把你踢出一中队，让你吃猪食去。话粗理也不壮，兵们私下里说说而已。

　　四年度的老兵，在兵堆里是元老。老兵就是老兵，老兵能顶半个干部用。集炊事班长、老兵一身的黄天鹏，兵们对他一半是敬，一半是畏。胆再大的兵，都不敢和黄天鹏操蛋。干部管教兵，只能婆婆嘴。话重了，兵们抬出官兵一致的传统做盾牌，告你对待战士没有兄长情慈母心。心里再火，你也不能动手。一动手，性质就完全变了。像黄天鹏这样的老兵，只要想管，怎么管都行。逮着刺头的兵，赏他两记耳光，也没什么大不了的。刺头的兵捂着腮帮子气歪歪惨兮兮地找到干部添油加醋地告状，干部像哄孩子一样安慰，嘴里大骂某某不是个玩意，怎么能打人呢？屁股一掉，心里又在骂，你这某某下手太轻，要打就狠狠打几下，对了，最好是打屁股没血没痕，不留证据。说要严肃处理，拖拖也就过去了。这些老兵都是中队思想小组的骨干力量，你好时，他给你春雨润心田；你横，他给你通不通三分钟。不通，也不鸟你。

黄天鹏不喜欢做战士的思想工作。他的观点是，一个兵在家十八年，父母老师都没把你调教好，到了部队三四年的时间，哪能让你脱胎换骨。他也知道这理有点偏激，所以并没有公之于众。兵到部队都有想头。只不过，想头不同，实施的方法也因人而异。兵，没有坏兵。既然兵不坏，还要做什么思想工作。当干部只要做一件事，拿条令给兵们画个圈儿就成。不出圈，不算犯规，不犯规不管你，出了圈，依条令打板子。兵都聪明，该怎么做不该怎么做，谁心里都有底，关键是你干部盯得紧点就行了。

干部和黄天鹏闲聊可以，谈心他不乐意。有什么事你干部命令就是了，我是兵，只有执行。有什么错，你指出，我不改你办我，这心有什么好谈的？我是兵，又不是普普通通的老百姓。

指导员安排黄天鹏找牛磊谈心，让牛磊做好在炊事班好好干的思想准备，黄天鹏答应得很干脆，就是没落到实处。

牛磊哼着小曲在拣菜，黄天鹏刚好有个闲空，他坐在一旁，捧个玻璃茶杯，边歇边喝水边细细端详牛磊的一举一动。

一个兵一到中队，就往伙房跑，他不是太虚，就是太实。无论是虚还是实，他的眼光一定很锐利，内心深处也一定埋伏着一个结实实的靶子。黄天鹏自第一次和牛磊遭遇之后，就有了这种想法。也就是从那时起，牛磊这名字进入了他的记忆库，牛磊这兵被他纳入了视线范围之内。渐渐地，他发觉牛磊很有个性。他对有个性的理解是褒义的。在中队，不，在整个社会，人人都想有个性，人人又都讨厌别人有个性。这种自相矛盾的背后，隐藏的是什么，他没有细细地追究过。说某人、某兵有个性，听起来是赞赏，其实，评价的人对你是一肚子意见，这种评价不是批评的批评，是比批评还可怕的那种评价。他不，他真心实意地欣赏牛磊的有个性。牛磊的个性在于，他心中有一个目标，他所有的举动都在以这一目标为中心，向外辐射，朝内是聚焦。不过，他没想到牛磊是以下炊事班当炊事员为制高点，他应该想到的。应该想到的，居然没想到，他也不意外。

牛磊哼的小曲很好听，好像不是随随便便哼的，有点儿投入，但绝对没有干扰到他手里的活儿。黄天鹏被小曲的韵味所感染，心里酥酥的。当炊事员，不是这家伙的制高点，充其量只是个起点。黄天鹏突然对牛磊有点恐惧起来。这兵，隐蔽的功夫到家了。他想，该用这个机会，对牛磊说点什么，算不算忠告，无所谓。

黄天鹏眉毛一扬，牛磊，出个题考考你。

考我？牛磊表示怀疑，考我什么？做菜，哪点最重要？黄天鹏提示说，这和当兵哪点最重要是一个答案。

牛磊想了想，说了个答案，没通过，他干脆丢下手里的菜，顾不上洗洗手，托起腮帮子死想。随着一个又一个答案被黄天鹏否定，他想不下去了，求黄天鹏别折腾他，把谜底给抖出来算了。黄天鹏没同意，这答案不是想出来的，是总结出来的，当然，这要看各人的机缘，你能不能破译，就看你的造化了。牛磊的胃口被吊得高高的。看着牛磊愁眉苦脸的模样，黄天鹏脸上泛出淡淡笑容。

牛磊使起了性子，和黄天鹏耍起了死磨硬缠的招式。黄天鹏快被赤化了，张开口正准备告诉牛磊答案。马大强从门口晃过。

黄天鹏起身往外奔，马大强，我找你有点事。有事是假，甩开牛磊的纠缠是真。躲过了这风头，就好办了。

等和马大强站在了一起，黄天鹏真想和他说点话了。

黄天鹏想了想说，怎么样，还适应吧？

马大强眼里一亮，我终于找到了我需要的东西。

黄天鹏有点惋惜地说，其实，你现在回到战斗班亏了，都快年底了，你要还在炊事班，弄个副班长当当十拿九稳，明年上半年就能解决组织问题了，你又是农村的，好好干，转个志愿兵多好，现在倒好，一切都得重新开始，唉！

黄天鹏脸色顿时沉了下来。马大强这兵不赖，有些事他已着手在中队干部跟前吹风。一个农村兵，当兵不容易，回去后谋生也不容易，马大强的这种做法的内在因素他钦佩不已，但付出的太多，他有点不忍心。

马大强嘴一咧，说这些干什么，做事，有时不能用值不值来衡量，亏不亏是面上的事，只要不后悔就心满意足了，有许多东西，是身外之物，有没有，是多是少都没什么意思。人嘛，说到底，还是人。

黄天鹏有点纳闷，这马大强怎么一下子变得这么大彻大悟？

马大强说了句我得走了，就风风火火跑开了。望着马大强爆满活力的背影，黄天鹏心头涌上了一股说不出的滋味。西下的太阳，把他的影子拉得很长很长，没有生命的影子和生机勃勃的背影，在他的脑海里交叠。

七

一年一度的退伍工作如期而至，不管你愿不愿意，全年的工作都压在了"退伍"两字上。搞得不好，关系大着呢，到了这节骨眼，兵和干部都头疼，想走的兵，怕中队拽着不让走；想留的兵，对中队留不留没底。中队干部更为难，想留的，他要走，从部队建设大局反复做留的工作；不想留的，他偏要留，又得从部队建设大局反复做走的工作。走与留的搅和，愣把原本静如明镜的中队掀起了层层波浪，浪下是不是有更为猛烈的暗流不好说，提防是不可避免的。这时候，要出事，都是大事。你就是无所谓，上头的左一个右一个红头文件，不是做好部队人心稳定的工作，就是加强管理，再转发几个往年发生的事故案件的通知，你没法沉住气，再轻松照样把你压趴下。

哪些兵能留，哪些兵不能留，哪些兵可留可不留，颇有章法。上头要求留骨干留党员，最好是骨干加党员集一身的兵。到了中队，可就作难了。这些兵再干一年，没什么能拴着的。本人又自感义务尽了，荣誉有了，晚走不如早走，往往留下来后都当了甩手掌柜，不添乱，也不肯出大力。那些身上一抹光的兵想留，再留一年，怎么都能有点甜头，可他们三年来都是不怎么样，情绪工作表现呈曲线运动，留下来，谁知道是福还是祸？

和往年不一样的是，今年一中队的老兵只有一个留的名额，其余的全部走人。一般而言，做走的工作比较容易些，这么大的一中队，留个把，也不难。

难不难，当然是相对的，这要看你想留谁，那人想不想留。

中队党支部一致认为留黄天鹏最合适，对中队对黄天鹏本人都有好处。第四年的兵，再留一年，不言而喻，等着转志愿兵。黄天鹏是农村兵，提不了干，剩下来最好的出路就是转志愿兵。

有了这个一致认为，党支部一班人浑身轻松，好像刚开始的退伍工作已到了尾声。

指导员和别的兵谈话，都是做思想工作，叫来黄天鹏他没这打算。他是把留当作好消息告诉黄天鹏的。岂料，黄天鹏不领情，死活不留。非要走不可，从下午谈到晚上，从晚上谈至深夜，今天谈，明天谈，指导员和黄天鹏泡了三天，嗓子直冒烟嘴里直打哈欠，黄天鹏还是不留。

担子落到了汤洪海身上，他和黄天鹏关系算得上铁。好好开导他，指导员交了差，回屋里呼呼大睡。累人。心累。

和黄天鹏谈心，汤洪海专门挑了地方。

器械训练场。

汤洪海一个人站在单杠下的沙坑里，他在等黄天鹏。

黄天鹏从远处走过来，站在汤洪海背后。汤洪海从脚步声知道是黄天鹏。听着熟悉的呼吸声，他想，黄天鹏眼正直勾勾地瞅着我呢。

队长，我得退伍。

汤洪海抬头看看单杠，仍旧背着对黄天鹏。稍后，他脚下生力，双手抓杠，吊了片刻，又下了杠。

这杠，你好长时间没摸了吧？

我和你保证过，打那以后，就没摸过。

我的话，你听？

基本上都听，但退伍的事我不能听。

汤洪海再次上杠，拉了两个臂，下了杠搓搓手。

摸杠的感觉真不错，你试试。

汤洪海往杠边移了移，给黄天鹏闪了个上杠的空。

不试了。

黄天鹏目光有些僵硬。僵硬的目光搭在单杠上。

退伍回去干啥？

干老本行。

想挣钱了？

不是？

那是想干什么？

不干老本行又能干什么？

黄天鹏心里翻滚着酸楚。

在中队也能干本行。

汤洪海终于和黄天鹏来了个面对面。

黄天鹏没把目光迎上去。

咱家附近的学校也有单双杠。

地方不一样，感觉不一样。

本来是不一样，现在一个样。

在部队干，不好？

不好。

不好？

没意思！

回家有意思？

也没意思！

那走干什么？

反正都是没意思，还是走好。

你想好了？

想好了。

考虑得远一些。

考虑过了。

凭你的技术和表现，再留一年转个志愿兵以后的路好走，许多兵想都想不来，你怎么看不上？

转了又能怎样？还是没意思。

没你这么想的。

别劝我，我得退伍。

定了？

定了！

再考虑考虑。

不了。

你呀，真没治，我还想让你帮我一把的，这下子完了。明年秋天，总队要举行建制中队军事比武，我们中队代表支队参赛，你要留下，咱们伙食就有保障了，你这一走，谁能顶上你，汤洪海走了，他不劝了。劝也没用，黄天鹏肚子里拱的什么虫子，他汤洪海看得见。走，就走呗！别无选择。

黄天鹏见汤洪海走了，脸上绽出了笑容。我操，他腾空抓杠，前势浪，后摆浪，一来一回，杠上大倒立。

一阵风吹过来，黄天鹏的眼迷住了，但他的双手一点也没松劲。

八

退伍时，中队锣鼓喧天，退伍的老战士披红戴花。喜庆的乐曲，喜庆的色彩，营造的是凄凄惨惨的氛围。这时候，想留的，想走的，都是同一个心境，割不断的绿色恋情把这帮铁打的汉子击垮了，难分难舍的悲怆，穿透了他们坚挺的胸膛。阳光很好，天空朗朗，可兵们的心空却阴沉沉的。

开动的面包车，载走了一半哀伤，抛下了一半哀伤。

黄天鹏没有走。

黄天鹏留下了。

九

一个好兵，执意要走，一块肉从汤洪海的心头割下，血淋淋的。一滴滴红色的液体在汤洪海眼前不停地下落的时候，黄天鹏出现了。他出现得正是时候。

黄天鹏的一句话使鲜血化成了甘泉，队长，我不走了。

如梦方醒的汤洪海不相信，不走了？

黄天鹏说，不走了。

汤洪海探问道，想通了？

黄天鹏不明白，想通什么？

汤洪海一言道破，干下去，转志愿兵。

黄天鹏摇摇头，不是。

汤洪海一愣，不是？那为啥留？

黄天鹏有点兴奋，参加大比武！

树梢上的月亮，大如玉盘。汤洪海来到阳台上，如痴地凝视着，他第一次发觉，月亮不仅仅皎洁纯美，还有着许多人们难以察觉的蕴藏。跟出来的黄天鹏喃喃地说，月亮真美。

两个警营男子汉凝眸月亮女神，很久，很久。

十

备战大比武是件苦差事。

训练动员时，兵们嗷嗷叫，群情激昂，连呼出来的气都带火药味。两星期没下来，兵们累得臭死，站着都能打呼噜。汤洪海不肯松劲，露出了军事干部狠毒的狰狞相，训练量天天见涨，要求一高再高。兵们手脚软了，嘴皮倒硬了。有的暗自埋怨，有的破口大骂。形式、火力各异，但靶子是一个，汤洪海。黄天鹏看不过去，趁着汤洪海上厕所的工夫，摆出了中队第一老兵的威严。站在队列前，黄天鹏的眼里生火，咱们是男人，别以为光有两个蛋就是男人，咱们是兵，别以为套着警服就是兵。他还想说下去，见汤洪海提着裤子从厕所里出来了，忙话锋一转，继续训练。兵们没有一个人动。他们被黄天鹏这两句没头没脑的话点中了穴位。

收拾停当的汤洪海一瞧兵们木呆呆的样子，一声狮吼，没听见吗？训

109

练去。兵们一个个被劈醒了，做鸟散状。半天的训练，兵们都魂不守舍，做动作时常有开小差的。下课后，汤洪海问黄天鹏和兵们说了些什么，黄天鹏意味深长地一笑，没回答。

到了第二天，出现在训练场上的兵，骨子里都是一股雄性。汤洪海再凶再狠，训练再野蛮，兵们个个轻露微笑，若无其事地玩命。兵们的一反常态汤洪海反而适应不了。黄天鹏你到底背着我耍了什么点子？汤洪海佯装气汹汹地质问。黄天鹏得意地说，兵之间的事，你不懂。汤洪海气得直咬牙。干气。

黄天鹏从炊事班跳到战斗班后，整天乐不可支。十个月炼狱般的训练，不算短，可他觉着也就是在炊事做顿饭的时间。这样一说，饭熟了等着开锅，黄天鹏和兵们也到了被拉上比武场遛遛的时候了。

尽管颇具夺冠实力的一中队有备而战，但面对虎视眈眈的各参赛队，还是如履薄冰，每一个课目都赢得极其地艰难，三天鏖战下来，一中队仅一分领先。揪心。剩下的两个课目，一个是单双杠，一个是五公里。这两项，一中队一强一弱，单双杠无人能比，五公里越野从赛前摸的情报看，顶多是个中流水平。

轮到黄天鹏上单杠，他是全队最后一个。大伙都是超水平发挥，积分遥遥领先。黄天鹏只要完成动作就行，上杠，拉臂放浪，黄天鹏轻松得很。单杠五练习，他的保留节目。一整套动作如行云流水，无可挑剔。他的下杠动作还没做，四个评委已有三个给他打了最高分。岂料，当他后抛至最高处即将松手下杠时，单杠突然断裂。巨大的惯性，将他摔出沙坑。幸好他自我保护意识强，只是右脚大拇指和右手臂骨折。

黄天鹏顾不得刺心地疼痛，迅速起身歪歪扭扭地走到杠前立正。器械场上一阵震耳的掌声。千载难遇的意外，前面的动作精彩绝伦，评委们一致给黄天鹏亮出了十二分。

全场最高分。虽不符合比武规程，但无人提出异议。

不过，下午的五公里越野，以全队最后名计时。因黄天鹏不能参赛，其他人再跑也没有用。比武总裁判总队参谋长提出了一个折中的方法，一中队的成绩以去年底总队考核的成绩为此次比武的成绩。

汤洪海和兵们还是全副武装地站在了起跑线。跑，还要死跑。这时，成绩已退居二线，兵们有了更高的目标。

发令枪已高高举起。

等一等，黄天鹏冲了上来。全副武装，打了石膏的右臂吊在胸前的黄天鹏，昂然地加入了队列。

这个黄天鹏，我中午的工作是白做了，汤洪海最担心的事还是发生了。

汤洪海一推黄天鹏，你给我下去。

黄天鹏声音不高但很有力度，队长，脚打过封闭了，没事。我黄天鹏当兵图的什么，一个射手趴在靶里成年累月瞄靶，为的是什么，我的心你还不知道？

别说了，汤洪海打断话，声嘶力竭吼道，下去！

黄天鹏眼珠凸现，胸膛剧烈地颤抖，他用左手把迷彩帽往脑后一拽，撤回的手握成拳头置在胸前。

队长，你就让我死一回吧。

成冲锋姿势的黄天鹏目光里溢满坚毅。

木马不是马

贺德友是冯建从新兵大队下到中队后认识的第一个老兵，也是他自入伍以来认识的第一个老兵。在冯建看来，干部班长顶多只抵半个老兵，没有职务、没有头衔的老兵才是真正意义上的老兵。若干年后，冯建每次回忆当兵的岁月，总把贺德友列为第一老兵。当然这第一的含义，已不仅限于第一个认识的了。

　　记忆的底片，历经岁月的冲刷已变得十分模糊。冯建遥想往事，总有隔着磨砂玻璃看风景的感觉，斑斑点点、断断续续，有的干脆就是一片空白。有许许多多朝夕相处的战友的名字长相连同许许多多的故事，遁进了岁月的黑洞，如同一卷漏光的胶片。贺德友是为数不多的清晰可见的一个。虽然贺德友退伍后，只给冯建写过一封信，那是他在南下深圳闯荡拥有了一家自己的公司后写的，冯建特意到家附近的营房倚着木马才拆信的。

　　一辆大客车把冯建他们拉出新兵大队营门，拉进一大队营门。两座营门构造相似，门边的岗亭也是相同的造型相同的墨绿色，好像是现代化的生产流水线的产物。但营门内的世界是完全不同的，从一个营门进另一个营门，就其视觉效果没多大差别，区别在于称之为感觉的那东西。

　　新兵到队是中队的一大喜事，营区的每一个人都像过节似的。三个月的苦难岁月终于熬到头了，离开新兵大队分到中队的这一天，是新兵自打入伍第一天就盼望的。中队干部望着又一批新生力量汇集麾下，空空的床铺满了，往日操场上稀稀疏疏几十个兵像盐碱地上的草，现在一声口令下去百十号兵森然列队，闲置了几个月的正副班长又有了吆喝的对象。最高兴的要数刚进入第二年的兵，辛辛苦苦忍气吞声承受了一年的新兵蛋子的重担，新兵一到，他们理所当然跨入准老兵的行列，走路时终于可以目视前方腰板也敢挺直了。

冯建下了车，还没活动活动因久坐发麻的腿脚，就听到班长杨一平吆喝，把东西放到班里去，要开饭了。

饭堂和新兵大队的饭堂差别太大。新兵大队的饭堂，只是一间空屋子，菜放在地上，一个班围成一圈，捧着碗蹲在那儿吃，好处是有，蹲累了起来活动活动可以增加食欲，但不管怎样，总让人联想到上厕所蹲坑的姿势。班长说我当新兵那会儿，是蹲在操场上吃饭，一阵风刮来，饭里菜里尽是灰尘，你们知足吧。中队的饭堂才叫饭堂呢，桌子板凳齐全，每张桌子上还摆着一个调味盒，有盐、味精、香油、辣酱。今天有喜事，菜比平常丰盛，八菜一汤，老兵新兵进门脸上都是赴宴的表情。冯建半碗没下肚，就听到有人说，妈的什么狗日的菜？小钢炮似的嗓门里掺进了气愤。冯建一吓，刚夹住的一块肉掉了，循声望去只见一兵双手叉腰对着伙房嚷道，里面有没有活的？话音刚落，一炊事员边用围裙擦手边走了过来，啥事？那兵用筷子夹起苍蝇，你他妈的给我吃下去。贺德友，你撒什么野！队部桌子那儿一上尉站起来。贺德友扔下筷子，把饭碗往桌上一扣，踢翻板凳推开炊事员出了饭堂。

吃完饭回到班里，杨一平招呼新兵整理床铺。冯建把褥子、床单铺平，叠完被子，又按要求把背包带、武装带、帽子放好，便拎着挎包找地方挂。杨一平一指西墙的挂钩，统一挂那儿，把包里的东西取出来。冯建挎包里装的是象棋，在新兵大队三个月没下过一次。杨一平一看是象棋，新兵带什么棋，先把训练、工作弄好，这棋嘛暂时不要下。冯建心想，还得和新兵一样躲在被窝里摸棋子过过瘾了。兵们都收拾好后，杨一平召集大家坐在一起，先做了自我介绍，然后是副班长陈根自我介绍，接着新兵挨个儿自我介绍。

一晃，上午、中午过去了，下午中队召开军人大会，贺德友上台做检讨。检讨不长，无非是对事情的叙说，对所犯错误的认识以及如何改过。贺德友手里拿着几张纸，但从头至尾，他没往信纸上看一眼，表情也相当自然，不像在做检讨，倒有点像背诵课文。后来，冯建和贺德友玩熟才知道，贺德友经常做检讨，做多了上台张口就来，写在纸上的是留着中队干部保存的。贺德友说，我只正儿八经地写过一次检讨，后来的都是抄，只不过把事情、时间改改罢了。

军人大会开完，中队要求各班组织讨论贺德友中午所犯的错误。杨一平说，贺德友这家伙总是大错误不犯，小毛病不断，菜里有只苍蝇多大事，他处处想出风头，一点兵样子都没有。唉，你们新同志可别学他，老老实实地训练，老老实实地工作，老老实实当兵，不兴身上长刺，长了也得给你一根根拔掉，疼是次要的，到头来只能当个老兵。

杨一平讲完了，陈根发言，陈根讲完了，杨一平又补充，一个小时的讨论都是杨一平、陈根在说。很明显，新兵参加讨论只要带上两只耳朵就行了。冯建听得出来，班长副班长把贺德友当靶子在批斗，言下之意是你们新兵别好的不学学坏的，要不然没你们好果子吃。窗外的一棵小树已爆出嫩芽，尽管杂乱无章，大小不一，但它们织成了一幅春天美丽的图画。冯建刚好正对着窗子坐，便借数嫩芽的个数来打发时间，数着数着，肚子一阵咕咕叫，接着炸出一连串屁。这时杨一平正讲到兴头上，那手势和领导在做报告时一样。谁放的屁，臭得要死，杨一平短粗的手指捂着嘴。兵们你看看我，我看看你，目光又回到了原先各自的目标。冯建说，我放的，臭屁不响，响屁不臭。几个兵想笑，脸上的肌肉挣扎了一番又松弛了。杨一平乜了冯建一眼，讨论也是正课，不要太随便，你得给我有点数，开军

117

人大会时，别人不换腿稍息你换腿稍息，吃饭时声音那么响，你嘴又不是搅拌机，刚下车就东张西望的你以为你是乘车旅游看风景？什么不好带，带副象棋，你是到武警中队当兵，不是到象棋队。我这边在讲话，你冒出一串屁，还说什么臭屁不响，响屁不臭，看来你新兵大队三个月质量不高哇。冯建这才意识到，新兵大队和中队确实有许多相似之处。营门、营区自然就不用说了，就连充斥其中的空气也几乎是同一种味儿。这时他再看窗外的嫩芽，平添了几分厌恶。但愿我不是其中的一粒，尤其不要成为那最大的一粒，尽管它会第一个变成一片荡漾在春风中的叶子。然而来年的开春后，冯建再次看到这片嫩芽时他对自己说，我就要做那最大的一粒，只要和其他的一样是芽就行。

贺德友个头不高,白净净的脸上胡子的长势倒像黑土地上茂盛的小草。他的军事素质在同年兵中是佼佼者，尤其是单双杠、木马动作，老兵都不敢和他比。他经常在单杠做大回环，这动作属于过去的单杠八练习，后来因为危险太大，早已取消了。每次下杠落地，他班长都臭骂他不知死活，他说这动作来劲，有种飞的感觉。班长再骂，他就捏拳头咬牙齿，头却呈低头认罪的模样。

队长陈东来欣赏贺德友在训练场上的表现，便提议晋升贺德友为副班长。贺德友不干了，我这新兵的角儿好不容易熬到头儿，刚有了放松放松的机会，又弄个副班长把我套上，不行不行。他向中队党支部递交了一份用猪血写在白布上的血书（为了逼真，他有意把一只手指头贴上创口贴），强烈要求下炊事班当炊事员。血书中陈述了中队炊事班人员素质如何如何低，伙食如何如何差，自己如何如何能把中队的后勤保障推陈出新上一个新台阶。陈东来没当回事儿，把你放在炊事班那地方，跟把老虎赶到平原上有啥两样？你天生属于训练场上的，人有时也不能挪。贺德友不说话，回到班里又造成了一份血书，心想反正买的猪血最起码够写十份血书，不同意继续写。陈东来不知道贺德友玩的把戏，生怕这小子把血放干了，摇摇头重重地叹了一口气。

贺德友想到炊事班真正看重的是，当炊事员干后勤稀稀拉拉没人管。在营区内，唯有炊事班才是一块牧场，只要把饭菜做好，着装不整齐，东逛逛西逛逛，嘻嘻哈哈撒点野，不会有人问。有时战斗班的兵也提意见，干部总是说，后勤兵嘛！言外之意，你自个品吧。

贺德友还是有点烹调手艺的，下炊事班的第一天，他对炊事班长说，我可是在大酒店厨房干过一年的咧。这话有点牛了，实际上他入伍前曾在一家小酒馆干了半年拣菜洗菜的行当。尽管如此，他的水平也已和炊事班长不相上下。他炒菜时动作很夸张，就跟少林寺的和尚抡铲子做菜一样，但对卫生特别讲究，干活前必须先用肥皂洗手再用洗洁精洗，站在锅台前炒菜，戴个大口罩，说是防止万一鼻子不听话打喷嚏。他的红烧肉是一绝，兵们看着都流哈喇子。肉块还切得特别大，一块一块的跟个小馒头似的。炊事班长对此提出反对意见，他却说，当兵的就该大口喝酒大口吃肉，部队严禁喝酒，又没严禁吃大块肉。

指导员郑加的老婆儿子来队探亲，贺德友心想人家也不容易，大老远跑来慰问咱指导员，咱的菜也得精益求精，让一家三口吃好，吃得有滋有味，这慰问和被慰问也才能有味。

平常郑加和兵们一起在饭堂吃饭，家属来队吃饭就挪到宿舍。不过，依然是中队吃啥，他们吃啥。贺德友送第一顿饭时，专门自己掏腰包买了一瓶果酱。郑加的老婆是南方人，搞瓶果酱给她调调胃口，省得说咱们炊事班业务不熟。

贺德友把饭菜往桌子上一放，便趁机近距离打量郑加的老婆，长得很白很嫩很有点那个，贺德友想了好一会儿只想出"浪"的词儿。后来他和炊事班长说时，把浪改成了性感。炊事班长说，你思想长小毛毛虫了。贺

119

德友说，哪能，现在人们夸女人，最好的词就是性感。他心想，我要是说指导员的老婆很浪，你还不搬个小马扎好好给我上一堂拒腐防变的政治课。她没察觉眼前的兵在瞄她，她的注意力集中在菜上。提起筷子夹菜，张开两片涂满口红（贺德友看到这口红，不知怎么就想起自己写血书用的猪血）的嘴唇，菜进了嘴嚼嚼，喉咙一伸完成了咽的动作，这菜怎么咸？再尝另一盘子的，这菜怎么淡？这种评价以及嫌弃的表情，令贺德友大感意外，不会的，我做菜这点基本功还是有的。嫂子，你再尝尝。郑加看看菜摸摸儿子的头，这孩子喜欢吃肉，以后多弄点肉。

贺德友出了门就嘟哝，挑三拣四的，肉我已经超标准了，还要我多放，噢，都给你们吃了，大伙儿吃什么？我让你们吃。

这以后，连着两顿，菜的味道特别好，肉也特别多，只是郑加他们吃到最后都发现有只苍蝇。到了第三顿，贺德友在伙房做分菜前的准备工作，郑加闯了进来。这时贺德友正拎着刚被打死的苍蝇的翅膀悬在盘子上方，笑眯眯地准备让苍蝇自由降落。扭头只见郑加，他本可以将苍蝇隐蔽起来的，但他没有，手依然悬在空中。做惯了思想工作的郑加，这点观察力和洞察力当然有，加佐料呢？贺德友一笑，哪里，这家伙不知怎么又跑到盘子里睡觉，我给他重新找个床铺。郑加没有言语，转身走了。贺德友没有看见郑加的脸色，只听到身后的关门声比枪声响多了。

开饭前，兵们按惯例唱完歌后，郑加在队前宣布，根据工作需要，调贺德友回原来的战斗班，并兼任中队饲养员。

中队有十二头猪，贺德友负责它们的一日三餐。每天下午他都要把猪赶出猪圈，让猪溜达溜达随心所欲地啃青草。他给十二头猪分别取了名字，十二个名字都从《水浒传》一百〇八将中直接套用，十二头猪，十二条好汉，打头的是黑旋风李逵。他手拿一根柳条，指指戳戳懒懒散散的猪，像陈东来开军人大会讲评工作一样，该批评的批评，该表扬的表扬，批评最多的是及时雨宋江。这家伙肥头大耳，每次都是最后一个出圈，站在那儿用柳条抽都不愿意走几步。批评完之后，他就学郑加和兵们谈心的样子，和宋江谈心。陈东来批评贺德友花点子太多，猪又不是羊，圈养得了，跑多了不长膘。贺德友说，没事的，生命在于运动。

有两头猪要出栏了，贺德友向陈东来做了专题汇报。陈东来说，别忙，过半个月支队要检查养猪情况，待检查过再说。贺德友说，猪养了是吃的不是看的。

支队来检查时，看到十二头猪头头膘肥体壮，直夸陈东来抓后勤有一手。贺德友却道出了天机，这猪早该宰了，是你们来检查它们才多活了十来天。这一来，陈东来脸白得像刮净毛的猪皮。

检查组一走，中队去掉了贺德友兼任饲养员的头衔。贺德友私下说，喂猪累是累，但领猪散步的感觉还真不赖。

在以后的日子里，他一直没忘记放牧猪的情形，许多时候和兵们吹牛，都硬把猪拉进去。当然他吹牛的主题内容多半还是抓歹徒和说女人，把听来的、看来的兵抓歹徒的故事像和面一样揉一揉，听不听他不管，他讲起来是摇头晃脑唾沫星儿直飞。讲那些故事片，他需要大场地，一般他选择在训练场，边讲边做动作，一段下来浑身直冒汗。讲完了武打故事片，再说说女人，说得惟妙惟肖。有兵问他，这是不是来自你丰富的实践？他伸出猩红的舌头把两片嘴唇润了又润，别管这么多，你们听着够味就行，我是在为你们补充营养。说女人，因为你们是男人；讲歹徒，因为你们是军人，这两样荤菜吃足了，你们才算够格的男军人。

贺德友无疑是中队最活跃的人物，嘴和腿一刻都闲不住，就连睡觉都说梦话。身子翻过来滚过去，到了下半夜，被子一半床上一半床下挂着。

倒是退伍离队的那天早上，他一个人坐在训练场，远远望去像尊雕像。

他的反常引起陈东来的警觉，陈东来蹲在贺德友面前，德友，你是个好兵，只是你晚生了五十年。听着这话，贺德友一下子扑进了陈东来的怀里，放声大哭。这是他自当兵以来第一次掉泪。

星期六晚上是自由活动时间，但自由的对象是有一定限制的，像冯建这样刚下中队的新兵，自由活动往往都是训练，只不过这时的训练不叫操课，改称为出小操开小灶。刚到新兵大队时，那天晚上新兵班长夏学强说带你们开小灶去。冯建听后心想，开小灶，才吃过晚饭肚皮鼓得像怀满鱼籽的鱼肚似的，再有好吃的也装不进去了。待到夏学强把新兵们带到操场练向左转向右转时，冯建才明白过来，这开小灶是加餐不假，加的是训练餐。

今天几个老兵晚饭前就来约杨一平打牌，杨一平便断然取消了晚上的小灶。他是班长，这点权力还是有的。兵们喜得跟收到女朋友情书似的，冯建一点也乐不起来，心想，大不了我自己给自己开小灶。

看完中央电视台的新闻联播，冯建把小马扎按规定放在床肚下。地上划有"7"字型红线，长线与床沿平齐，短线距床尾十厘米，小马扎必须刚好压线，差半厘米他也不行。班长杨一平有些近视，看电视时再标致的姑娘眼睛鼻子他根本分不清，可小马扎是否刚好压线，他一瞅就能明察秋毫。

冯建来到训练场，练齐步踢正步打了一趟擒敌拳，便面对木马坐下了，分开的双腿伸得笔直。木马一练习已练了个把星期了，助跑、起跳、过马动作还算流畅，只是空中分腿时两腿总不如这木马的腿挺得直。冯建坐下来看木马，包木马的皮革是草绿色的，上面被兵们成千上万次地挤压触摸，已变得如丝绢般地润滑，木马四周原有的棱角经革皮一包，显得特别地温顺。四条马腿一样长，保证了马身稳固。约抽一支烟的光景后，冯建骑到了木马上，双手撑起体会分腿的感觉。体会了一会儿，他就想试着跳几次。下了马，他迟疑了一下，还是把跳的念头打回去，再次上马，体会分腿的动作。中队对跳木马做单双杠规矩比较多要求比较严，不做准备活动不能练，没有人保护不能练，新兵不是集体组织不能练。听说是有血的教训的。前几年就有兵私自玩单杠一失手飞出杠导致腰以下瘫痪。训练成绩固然重要，但预防事故比什么都重要，你把部队带得再强完成任务再出色，出了事全都作废。有许多干部就因为单位出事，落得辛辛苦苦十几年，一次事故回到解放前的下场。不出事故就是成绩，干部们常把这句话挂在嘴上。

木马不是马，想跳就跳呗，身后传来的声音，冯建不用回头就知道是贺德友。冯建双手一撤劲，跳下木马呈标准的立正姿势。贺德友警服敞开着（其实天并不热），双手插在裤袋里，看到我立正并不代表你尊重我，指不定心里还在骂我呢。行了，跳一跳吧。冯建说，不行呢。贺德友说，别听他们胡扯，你要真想跳就跳，我来保护你，有保护的总能跳吧？

冯建欢快地奔到助跑线，贺德友依旧保持他惯有的姿势头一摇，跳！

助跑、起跳、触马、分腿，冯建感到自己不是在跳马，而是在云中飞翔。他想起了跃出水面飞行的鱼，然而正如鱼最终要重新回到水里一样，冯建最终还是落地了。

目

标

小草在阳光的照射下，像一根根绿莹莹的羽毛，草丛里仿佛有无数双眼睛伸出无数双小手，诱惑撩拨勾抓人的灵魂。孙水的视线早已挣脱了缺口准星胸环靶串成的瞄准线，痴痴地凝眸亭亭玉立集娇羞妩媚于一身的春草。这草又好似操场上的一群士兵，也许因为正在休息，没有讲究横看成行竖看成列的队列要求。但它们都拥有绿色，生命的绿色。无生命的靶杆托着无生命的胸环靶，孙水已无法调动激情用目光拥抱它，脸卧在酥软的小草上，全身的毛孔都在吮吸阳光绿草黑土调制成的令人醉意朦朦的气味。闭上眼睛，想象着这激荡心灵的气味、颜色。一只小鸟鸣叫着从天空飞过，听声音，孙水觉得是只麻雀。唉！这瞄靶这射击现在看起来，远没有童年时举起弹弓打鸟来得尽兴够味。那时候，找块木头削一把粗糙的手枪随时别在腰间，有了目标据枪瞄准叭叭叭，把自己想象得比战士还战士。要是有一支真正的枪，简直可以放弃一切的一切。可现在呢，现在孙水就趴在射击场上，手里握着一支八一式自动步枪，枪膛里有子弹，右手的食指做个扣的动作，子弹便会听命地飞出去。这时的孙水，已不是童年时代的孙水，射击的激情开始发生大面积地剥落，那苦心营造的精神殿堂正在摇摇欲坠。

　　靶子在前头呢，传来声音的同时在脚被另一只左脚也许是右脚拨弄了一下。孙水不回头就知道这时步木仓一定是双手的大拇指插在腰带里，两眼盯着靶子。这是惯有的姿势，是美国西部牛仔形象与中国军人形象的混血儿。当然，嘴角少不了叼着一支烟。一包价格接近于一支普通雪茄的烟。

雪茄的模样和味道总让人想起牛粪，步木仓是这样解释自己抽香烟而不抽雪茄的。看来，光从视觉效果来讲，他还是想叼根雪茄的。步木仓是射击队队长，这位置得益于他是全总队公认的枪王。十次参加解救人质行动，次次命中歹徒眉心，奠定了他无人能超过的枪王地位。

孙水极不情愿地恢复了卧姿瞄靶的姿势，我在找感觉。

找感觉，是在找瞄准的感觉，还是在找命中靶心的感觉，可别找错哟，找错了，你只能永远是个枪手而成不了枪神。步木仓对孙水有种说不出什么缘故的偏爱，也许和枪有关系吧。在搜索不出清晰的目标时他总这么想。有一点他可以肯定，他对孙水的偏爱绝不是因为这小子枪法准。这里趴着的每一个兵都称得上是神枪手。

孙水的眼前是一条铺满阳光鲜花的大道，这是由他的身份决定的，他现在是总队射击队的队员，而且是头号种子选手。比赛闯进前六名，记二等功一次，接下来就是破格提干。你一脚已跨进了警官行列喽，在离开中队时兵们这样祝贺他。

射击队共有十名队员，都是全总队的射击精英，被总队参谋长称之为宝贝疙瘩。三个月的备战训练后，能正式参赛的只有四个人，步木仓采取的每半月淘汰一个人的方法，兵们颇有微词。他说这点儿压力都受不了，上了赛场还有什么指望。

事实上，步木仓一点也不愿意来当这个射击队长。我不是这块料，参谋长找到他时他一口回绝了。这话参谋长自然不信，换了别人也不可能相信。射击队玩的就是枪，枪王把枪玩得出神入化，这射击队长之位只有他能胜任。参谋长晓之以理，你这正连都干四年了，这回把射击队带出点样子来，跳一级我不敢打包票，提个副营稳稳当当，这可是绝好的机会哟。步木仓说，这不是一回事，他的意思是解救人质和射击比赛不是一回事。参谋长不愿意了，甭管哪回事儿，这射击队你不当也得当。

军令如山，步木仓只好走马上任。他只向参谋长提出了一个要求，有了任务别认为我在射击队，就不让我去。所有的队员都是他一个支队一个支队挨个儿挑选的。十发子弹，孙水发发十环。在场的官兵个个又蹦又跳，他却望着冒青烟的枪口发呆。这是步木仓遇见的最好枪手，但直觉告诉他，孙水这兵似乎并不能成为一名好队员。有了这直觉，他问了孙水三个问题。

枪是什么？

是我手的延伸，不，枪就是我。

射击是什么？开口说话。

射击靠什么取胜？激情。

步木仓心头闪过一丝不祥，但他还是把孙水选进了射击队。也许是直觉偏离了弹道，他自我安慰起来。真正让他意识到这直觉没有发生偏差，是孙水在比赛中的那最后一枪。那天，孙水出现了让所有人先目瞪口呆后扼腕抵掌的反常行为时，步木仓对自己说，该发生的迟早要发生。

当步木仓向孙水所在支队的参谋长说这兵我要了后，孙水同样想出了三个问题，他本来想多提几个问题的，但问完了第三个，就觉得什么问题也没有了。

枪上不上刺刀？孙水使用的是八一式自动步枪，这刺刀装在枪上可使枪延伸，拿在手里可使手臂延伸，属于可卸两用型。正是由于卸下来可当匕首，在中队除执行任务外，出于安全考虑一般都把刺刀集中保管。一支好端端的枪硬被分成两部分，孙水仿佛听到枪在呻吟。他一直认为，枪是有生命的，那刺刀就如枪的肢体。

步木仓说，那当然，刺刀本来就是枪的一部分，枪离开了刺刀，枪就不是一支完整的枪。

这答复让孙水颇为满意，他觉得找着了知音，最起码在对枪与刺刀的关系上俩人的观点是一致的。

枪能不能随身携带？孙水提出了第二个问题。

步木仓说，可以，当然可以，包括睡觉，上厕所，只要你愿意都可以。

在新兵大队时，孙水没有属于自己的枪，要用枪训练了，班长递过来哪一支就是哪一支，根本没有选择的余地。下中队后，他终于拥有了一支暂时属于自己的枪。然而训练、执行任务结束，枪要交回军械库，过去那种枕戈待旦的日子已不复存在。他常常梦到自己被关在一个漆黑的密不透风的铁柜里，愤怒而又无奈地挣扎着。

步木仓笑盈盈地问道，还有什么问题？

孙水说，当然有，我带我自己的枪去射击队行不行？

步木仓又笑了，行，当然行。

孙水紧紧抱着枪，那我去。

步木仓说，你啊，是唯一向我提问题讲条件的兵，我知道，这三个条件我有一个不答应，你都不会去射击队。别的兵就跟你不一样，只要让他们去，谢还来不及呢，哪敢提条件。

孙水说，谢谢队长。

步木仓说，不用谢我，你的通行证不是你的枪法，是你对枪的特殊理解和特殊的爱恋。我喜欢你。

早上，大伙儿刚起床，钱永华已满头是汗喜滋滋地进门。每天他比别的队员早起一小时练习据枪。

咱四个参加比赛已是板上钉钉，你还那么苦干啥？

张浩歪在床上抽着烟。这是起床前的必修课，情况再紧急，也得先抽烟。在他睡意未消尚处于半梦半醒时手已伸至枕头下掏烟摸打火机，烟上了嘴打火机准备好，尔后睁眼点火同时进行。每次步木仓组织考核时，他先抽两支烟再上场，打完成绩可以撂在一边，烟先点上。步木仓说你这烟就不能少抽两支？他严肃地说不能，没烟我一点准头都没有，队长你放心，烟不少抽，子弹也绝对不会瞎跑。

钱永华弯下腰叠被子，能留下是第一步，打进名次是第二步。

那第三步是啥？周武睡觉落枕了，正闭着眼睛扭脖子。

张浩说，这还用问，当干部呗！是不是？

钱永华也不隐瞒，本来就是嘛！

动机不纯哟，周武嬉笑道。

张浩说，这倒是个十分严肃的问题，步队长常跟咱们讲，射击要凝神屏气，驱除一切杂念，你在瞄准时老想着干部这档子事，小心跑靶。

钱永华说，你放一百个心吧，我自来射击队心里一直装着干部这档子事，你见过我什么时候跑过靶，步队长说心中有靶才能弹无虚发，我左心装靶，右心装干部。我的动机怎么啦，部队建设总归要后继有人，大家都不当干部，部队成啥样子了。我要当干部，说明我具有为部队建设奉献一生的思想觉悟，当兵光枪法好是不行的，革命觉悟是第一位的。你跟我说动机，你的动机才有问题呢，进射击队就图打几百发子弹，这哪是大老爷们做的事？

你们啦，都没有本人动机纯，我加盟射击队为的就是比赛，我喜欢赛场上笼罩的那种让人透不过气的气味，周武的脖子已重新能够活动自如了。

烟已烧海绵嘴，张浩又吸了一口，右手拇指食指捏着烟头随手扔向墙角的痰盂。扑哧！落点十分准确。他不得不承认钱永华的话有些道理，前半句是对的，后半句钱永华这种人根本就无法理解。在射击队队员中，他的兵龄最大，已是第四年的老兵了。他所在的中队每年春、秋天各打一次靶，子弹嘛，每次军械员一颗一颗地数，一颗一颗地放到你手心里。他算过当兵以来也就打了一百发子弹，平均摊起来三个星期才打一发子弹。当兵的，子弹打不够，枪瘾过不足，那还有什么滋味？得到总队组建射击队

131

的消息后，他第一个报了名。到射击队好哇！子弹喂多了，枪法才能准上加准。天天打靶，那子弹不再论个数，而是成箱成箱地堆在身边。进了射击队，他花销的子弹最多，步木仓提醒他光打也不行，打多了容易忽视每一颗子弹的价值。他说这在各人，我属于越打越精那一类。打累了，他就躺在地上，看着蓝天白云计算消耗的子弹箱数。

孙水起床后的第一件事是擦枪。其他队员的枪都放入了枪柜，他把枪压枕头下。

张浩说，枪油味你没闻够？孙水说，不行了，现在我不闻枪油味睡不着，也不知道回中队后怎么办才好。

周武说，那还不简单，搞些枪油放在床头。

孙水说，瓶里的雪花膏和涂在脸上的雪花膏能是一个味吗？这枪身上的枪油味儿已不是单纯的枪油味了。

临睡前，孙水盘腿坐在床上擦枪，擦枪布是他专用的。钱永华试着向他借过，他断然回绝，不借！这擦枪布跟毛巾牙刷一样哪能借？钱永华叠完被子见孙水还在擦枪，你也太做作了，晚上擦早上也擦，还有完没完？孙水说，那你怎么晚上睡觉前洗脸刷牙早上起来后又洗脸刷牙？钱永华说，这枪咋能跟人比？孙水说，一样。

周武说，有动机也好，有怪癖也好，这些都是次要的，每发子弹都在十环上戳个洞才是主要的，你们没见步队长没事就抱着枪打瞌睡。

张浩说，嗨，嗨，打住，打住，我发现了一个十分严肃而又出奇的问题，咱们到射击队这么长时间了，步队长怎么没打过一枪？

钱永华说，这也叫发现？咱们都是神枪手的眼睛哩。

孙水说，不但没打过，他根本就没瞄过靶。

钱永华说，这也许就是步队长这样的高人的特别之处。孙水说，不见得，我看步队长这样做另有隐情。

132

孙水的视线刚回到瞄准线，突然胸腔里有一股浊气上升。这时，步木仓一击掌，都起来！孙水收枪起立转身向步木仓走去，那股浊气又在突然之间消失了。

步木仓说，离比赛时日不多了，今天咱们上午把训练结束后的老规矩稍微改一改，以前四个人一齐打，今天一个个地打，钱永华你先来！钱永华打完该轮到周武，之后就是张浩，在钱永华向射击地线走去时，张浩开始抽烟。不错，成绩比较稳定，步木仓表扬过钱永华，一指周武，你上。

周武愣了愣还是提着枪上了射击地线，瞄准时间超过平常的两倍才扣动了扳机，靶后扬起一片尘土。

不行，才七环，步木仓不用望远镜，凭尘土扬起的位置就能知道是几环，怎么？你这老毛病还没改掉？

周武确实是属于比赛型的，没人和他比赛，他一点感觉都找不到。步木仓摇摇头，让张浩上场和周武一齐打。果然，周武的水平又正常发挥了。

最后一个是孙水。孙水据枪瞄准的同时预压扳机，这是他的习惯。在场的人没听到枪声，却听到哇的一声。

孙水吐了。怎么回事？

步木仓心里咯噔一下。孙水面色苍白，看到靶子我一阵恶心，瞄到十环时就这样了。

步木仓不敢多想便安慰道，没事的，这是过度疲劳引起的，过一会儿就好了。

孙水这才意识到事情的严重性，早在半个多月前，他从射击场上下来就总有些不舒服，以为是训练太累造成的，也就没在意。这该死的靶子，孙水暗暗地骂道。

张浩说，队长，孙水今天就免了，要不你给咱们表演一下。

经张浩这么一说，钱永华、周武也跟着起哄。

步木仓连连摆手，使不得使不得。

越这样，这三个人越不放过。

步木仓逼得实在没办法，说，我有言在先，甭管我打得怎样，你们该怎么练还得怎么练。得到三个人的保证后，步木仓说，多少年不打靶了，今天为了你们我豁出去了。

步木仓的枪法让兵们大失所望，五发子弹二十三环，其中一发跑靶。望着兵们凝固的表情，步木仓却不以为然，这是我有生以来打靶成绩最好的一次。

在以后的几天里，兵们一直在揣摩在他们看来是步木仓失常的表现的原因。也许是队长有意而为之吧，不露自己的真水平，给我们留点自信心。因为距离比赛的时间越来越近了，兵们没有心思多想。

孙水按照步木仓的指示，不看靶子，不想靶子，这么过了五天，孙水上了靶场，按照比赛程序过了一遍，成绩依然是笑傲群雄，只是下了场胸腔又有股浊气上升，咽了十来口唾沫，才把浊气压了回去。

这以后，直至比赛前，他都是不看靶子，不想靶子。十天之后，各路精英汇集一训练基地。场面之大，气氛之紧张，比赛之激烈自然不用说。三种姿势的射击已进行到最后的立姿，按规定立姿的五发子弹必须有一个短点射。孙水打完前面的三发子弹，步木仓高兴了，好家伙，这小子的成绩比别人整整多了十环，只要最后的点射有一发上靶，冠军非他莫属。在这么重大的比赛之中，出现如此的悬殊，是十分罕见的。步木仓不禁为当初对孙水产生的奇特感觉感到好笑，看走眼了，想错了。空中不知从何处飞来一只小鸟！是只麻雀，因受了枪声的惊吓，飞得又高又快。

让人不可思议的场面出现了，随着孙水的枪发出哒、哒两声，麻雀开始坠落，孙水抬枪口降枪口动作快得像阵风，在场所有的人都没有注意到他的枪口移动过，只是没有看到希望之中的尘土飞扬。

孙水不但没拿到冠军，连名次都没进入。让人更不可思议的是，大家都替孙水在惋惜，孙水脸上没有沮丧，相反却有淡淡的喜悦。

步木仓悄悄地对他说，冠军本来是你的。

孙水不相信，是吗？

步木仓问道，刚才怎么回事？

孙水说，我也不知道怎么搞的，好像有股神秘的力量，队长，对不起，我没打好。

步木仓说，也许这是你打得最好的一次，我是说最后那两发子弹。

射击队解散的那天晚上，步木仓在射击场上给孙水讲了一个枪娃的故事：

枪娃打小喜欢枪。

枪娃的父亲，以打猎谋生，是个从不会放空枪的好猎手。山里人一提到枪娃父亲的枪法，总会夸张地说，再恶的狼，一瞧见他那帽子都会魂飞魄散，吓得屁滚尿流。

那天，枪娃的父亲，扛着一头野猪进院时，枪娃出娘胎刚一个时辰。听到啼哭声，枪娃的父亲把野猪一抛，没顾得上把枪从肩上卸下挂上墙，就急着扑进里屋。咧着小嘴放声大哭的枪娃，顿时没了声息。原本闭着的眼睛陡然睁得很大。枪娃是在看父亲肩上的猎枪。看着看着，挂满泪水的脸上绽出笑容。这小子喜欢枪，就叫他枪娃吧。枪娃的父亲由惊奇到兴奋。

山里的孩子没有玩具，尽摆弄泥巴石子之类的。枪娃其他什么也不玩，就爱玩枪。等到能扛动枪时，他开始和父亲一同出去打猎。几年下来，枪娃的枪法已令他父亲望尘莫及。提枪的枪娃，当有猎物进入视线时，他有一种无须调动的激情。

入伍后，枪娃填表时，在有何特长一栏中只写了两字：打枪。缺口、准星、靶子三点成一线，这种打枪的水平档次太低。上理论课，进行射击预习，枪娃觉得没必要。打枪凭的是感觉，人枪合一那才叫枪法。他打枪历来都是一抬手一勾扳机，接下来就是捡猎物。射击第一练习，卧姿有依托，对百米胸环靶进行精度射击。望着枪口前的靶子，他怎么找不出往昔的那种涌动周身的激情。射击对他来说，成了一个极为机械的动作。五发子弹出去飞得无影无踪，连靶子边都没沾上。枪娃成了新兵连的第一号臭手。枪娃想不通，自己可是一个一等一的好猎手。

下到中队，中队长一看枪娃的射击成绩，这号兵，只有到炊事班的份儿。从小拿枪的枪娃，只得不情愿地拿起饭勺菜刀。中队打靶时，枪娃缠着中队长要上射击场。枪娃不服气想不通自己打枪的感觉怎么会一下子遁去。光头，又是一个光头。从靶场回来，枪娃抢起菜刀，把几条黄瓜剁得稀巴烂。他不明白，面对靶子，他周身麻木，虽然三点一线盯得很准，但击发的瞬间，他有种莫名的沮丧。

中队受命解救劫持人质的任务，上级要求派兵二十人，中队除外出集训的，探家的，哨位上还得留足人，中队长点来点去，还是差一个。枪娃立在中队长面前，中队长，算我一个。中队长一看枪娃，心想，让他上哨看人犯不放心，带上他就算凑数的吧。一间民房里，歹徒挟持一三十上下的少妇。歹徒身捆炸药，一手举着打火机，一手揪着少妇的头发。

唯一的办法是一枪击毙，稍有闪失，行动就会失败，这时枪手最为关键。连中队长在内的五六名神枪手，额头上冒着汗珠，想上敢上，就是没有百分之百的把握。

队长，我上。枪娃主动请战，枪娃仿佛又回到了森林。

什么？队长有点生气，这不是打靶，吃个光头没什么利害，这是人命关天的大事，你凑什么热闹，给我到一边稍息去。

枪娃一挺胸脯，中队长，完不成任务，你毙了我。中队长没敢点头，这样的赌注他下不起。

枪娃见中队长不答应，一手夺过身边一神枪手的八一式自动步枪，拉枪机推子弹药上膛，抬手枪响，枪娃的眼前没有歹徒，有的只是一头野兽。枪响的同时，中队长脑子一嗡，人都僵住了。

听到少妇的一声尖叫，中队长浑身一激灵，第一个冲进屋里。歹徒眉心中弹。

枪娃看着死狗一样的歹徒，自言自语地说，我明白了，我终于弄明白了。

听完故事，孙水说，枪娃就是你？

步木仓说，不是，这只是一个故事。

孙水说，是不是并不重要，我想知道枪娃倒底明白了什么？

步木仓说，他明白的就是你想得到的。

孙水想了想说，队长，你错了，我不是枪娃。

兵家常事

孙永和岳丁面对面相距一米左右站着，姿势都是双脚靠拢小腹微收自然挺胸，不同的是俩人目光的去处。岳丁比孙永稍矮一些，孙永两眼目视前方，目光刚好打在岳丁的额头上。光滑的额头密密地渗出许多汗珠，像一面放在室外过夜沾了露水的镜子。岳丁对自己一点把握都没有，仅有的一点针尖大的自信早已被碾成了粉末。他的目光似一张网缠住孙永的右手，要制服孙永得先从右手下手。孙永知道岳丁的目光抓住了自己的右手，而且精确到腕部以下，受攻击的每一步动作每一个细节他也知道。过去和以后咱俩是战友，此时此刻我是你的敌人，我不能出手不能反击，只能用目光撕咬你。孙永把目光似一根根标枪投向岳丁的额头，五指发力攥紧拳头，身上的每一处关节每一块肌肉每一根神经都绷紧拉直，皮肤像被火烧一般灼痛。

他俩站的地方是中队的擒敌训练场，孙永是岳丁的假设敌。按照擒敌技术训练的正规叫法，岳丁是操练者，孙永是配手。

班长，什么时候教咱们练擒敌技术？孙永问周光平这话时，新兵大队大操场上几百号兵形态各异，转脖子的，甩胳膊的，搓揉大腿的，呆呆地站着的，都在利用训练间隙这极其有限——比沙漠里的一滴水还金贵——的时间自我放松。兵们到新兵大队已近一个月，队列一直是训练的主食，解放鞋鞋帮上一层汗渍，底都快磨破了。班长们说队列训练外塑形体内铸毅力，可有些兵的意志已和鞋底差不多了，磨得只剩下薄薄的一层。

班长把口令编成一根绳子套在兵们的脖子上，兵们便跟木偶似的被牵着前后左右来回转，齐步正步跑步动动停停。练持久站立拔军姿时，以立正姿势竖着，帽子反扣在头上，一动不动少则一二十分钟，多则一两个钟头，操场上便如同雨后春笋般戳起几百棵树苗。班长是那修剪刀，晃过来荡过去唬着脸指指点点咋咋呼呼修剪你多余的不符合立正动作要领的小动作。

这种训练是极其挑剔极其严格的，日后兵们翻晒军旅生涯的记忆时，在灿烂的阳光下，这段生活依然呈灰色。许多新兵初到营区，几节队列训练课下来，如同挨了一记闷棍，以后三个月乃至更长的时间都处于半昏迷状态。也正因为这样，新兵怕队列的话得以在营区长传不衰。

许多新兵痛恨队列训练，把它视为"狗日的"，孙永却对队列有一种近乎膜拜的心态。当兵，就得有兵相，站相走相当然是阳光空气和水。当然，仅有这些是不够的。

周光平嘴里含着三块润喉片把玩的同时慰劳慰劳干喊了一节课的嗓子。他欣赏像孙永这样对训练始终有饥饿感的兵，而那些身体发育尚未成熟训练恐惧症早已茁壮成长的兵，常常被他挖苦，农民种地工人干活，当兵的不训练，干什么？哼！他说话带着浓浓的鼻音，可"哼"字他百分之百是从胸腔里冲撞出来的，伴之而来的还有脸上肌肉激烈地抽搐。

在孙永向周光平打听后大约一个星期，擒敌技术上了新兵大队的训练周表，先从臂功腿功和擒敌拳学起。

孙永的擒敌拳学得快，那边周光平刚把动作教完，他这边练起来一招一式有板有眼。每次打拳时，他都想象着和歹徒交手，目光似火又像枪，招招刚劲勇猛。有兵说他目光太吓人，动作过于张狂。孙永说，擒敌拳擒敌拳，是擒敌用的，这是在练拳，又不是在搂小姑娘跳舞目光温存动作轻柔。

新兵大队搞春节联欢会，周光平把孙永的擒敌拳作为一个节目报了上去。擒敌拳人人会打，台下的兵都是半个以上的内行，能上台表演，说明孙永的擒敌拳真正练到家了。周光平坐在下面看也会洋洋得意，这可是我手下的兵。

孙永不想上台表演，擒敌拳是擒敌的，这作为表演节目，是擒敌拳的悲哀，还是我们当兵的悲哀？

周光平说，你太过于悲观，下中队你就知道了，擒敌技术历来都是部队与地方联欢的保留节目，回回都能掀起高潮，是赢得掌声的绝对硬通货，这玩意儿比黄金还管用。

周光平在中队是参加擒敌表演的头号种子选手，回回都是他打头阵。一队迷彩服上台亮相，随着一声口令，前倒、前仆、侧倒、跃起侧倒，摔得地板或水泥地扑通作响，你攻我防来一段一对一、一对俩，如潮的掌声，叫好声，使他的血管里流动的不再是血而是酒。最过瘾的莫过于女孩子的此起彼伏的尖叫声，白白的脸蛋涨得通红。

等你有朝一日上台，你会觉得整个人都燃烧了，周光平的嘴唇干燥起来。

孙永一下子陷入迷茫之中，眼前的周光平已不是他心中的周光平，他无法理解周光平会把擒敌技术用于表演当作训练的动力。

泡在初春的阳光里，他全身开始麻痹，头也昏沉起来。他没有打断周光平神采飞扬的回忆，只是木木地望着，并开始怀疑周光平常说的"养兵千日，用兵千日"的真实性。同时他又不断地提醒自己，别以为穿上警服置身营区，就能了解营区的一切。

孙永和岳丁所在的擒敌训练场的尽头墙上写有"从难从严，从实战需要出发"的标语，每个字一米见方，鲜红鲜红的，目光朦胧时眼前便是一片血色。在这样的背景下练擒敌拳，孙永体内似被狂风暴雨灌入一股张力撑得皮肤发胀。然而，当每次倒功训练前，大伙儿平整场地，疏松泥土，像扫雷一样捡石块（再小的石子也不放过）时，他觉得血色失去了生命力渐趋苍白，如同溺水者的皮肤。这时候，他就在想，那么多血怎么就不见了呢？想着想着，脑子里便一片空白。班长周光平搜他的身检查是否带护具时，他浑然不知。孙永，你的护具呢？

纯粹是一种责备的口气。倒功训练，必须戴全护腕、护肘、护膝等护具，为的是防止训练受伤。必要的安全措施并不多余，但兵不是温室的幼苗啊。孙永理解部队有关防事故的规定，可他又总认为过于谨慎反而更可怕，他捡石子时从不细心，有时还故意让一些石子成为漏网之鱼。前后左右看看，班长每次组织倒功训练时，都提醒兵们观察一下地上是否有硬块，是否有不利于练倒功的地貌。渐渐地，兵们视此为倒功前的一个必要的、怎么也不会忘的程序。孙永对自己有信心，不戴护具根本不会受伤，那戴就是多余的了。今天，他特意把护具压在床铺下，所以周光平在责问他时，他撒了个谎，我忘了。

忘了？你还有什么不能忘的？周光平命令道，回去拿。

孙永想做最后的挣扎，我下课再去拿吧？

不行，你受伤谁负责？

孙永本想说我负责，但一想说了也是白说，便离开队列向班里走去。

周光平望着孙永的背影，心想，现在的兵真是奇怪，想当初我们训练时想戴护具都没有，他倒好，有现成的，我时不时提醒，他居然还能忘记。

孙永重新回到队列后，周光平专门检查了一遍，确定孙永把护具戴好后，才开始组织训练。

现在，岳丁要做的动作是击肋携臂，由前接近孙永右侧时，左手从孙永腰、手间穿过外拨，同时右手迅速抓孙永右手腕外拉，随即左臂屈肘猛击孙永右肋后猛扛其肘，右后转体，右脚向前一步，左手扒肩，右手折腕前推，将孙永制服。

周光平下达口令，击肋携臂，准备。

孙永一下子醒来，这根本不是一次决斗，这是一场游戏，一场由周光平制定规则负责导演供我们这帮兵玩的游戏。对呀，我是配手，有了这想法，孙永浑身泄了劲，双拳又重新摊开五指并拢自然下垂，中指贴于裤线，目光如月色铺在岳丁的额头，一切的想象都被周光平掳去了。

岳丁在孙永双手握拳时惊慌地抬了抬眼皮瞄了一下孙永的脸，他搞不清孙永为什么会违反规定由掌变拳，只是觉得孙永双眼喷射出一种令他更加紧张更加恐慌的东西。

随着周光平的一声开始，岳丁按要领完成动作。孙永已软得像泡在水里的一根油条，任凭岳丁摆弄。

怎么做的？周光平显然对岳丁的动作极为不满。

岳丁苦着脸，他不配合。

孙永说，我怎么不配合了？

岳丁说，你右手没有留出空隙让我穿入外拨。

孙永说，还有呢？

岳丁说，我左肘击你肋时，你没提身收腹。

孙永说，还有呢？

岳丁说，我挑你肘时你肘没弯。

孙永说，还有呢？

岳丁说，我转身上步，你没上步跟上。

孙永说，还有呢？

岳丁说，我折腕时你没弯腰。

孙永说，还有呢？

岳丁说，没有了。

孙永说，我要都做了，你干什么？

岳丁说，你是配手嘛，配手就该这样。

周光平说，别斗嘴了，操练者做操练者的动作，配手做配手的动作，都得到位，当然不要越位，点到为止。对了，孙永，岳丁把你制服时，你要惨叫，要做得逼真一点。

这回轮到孙永一阵苦笑。

周光平说，你笑什么，你是不是故意这样的？

孙永说，没有，我想起了小时候做游戏的情景。

周光平说，这不是游戏，这是训练，没见墙上写的"从实战出发"吗？

孙永说，我懂。

周光平说，懂就好，配手交换，你来当操练者。

孙永冲岳丁微微一笑，还是看我的。

岳丁不生气了，你也不会比我好到哪儿。

俩人重新面对面相距一米左右站着，岳丁不再紧张了，你孙永也是和我一样刚学这个动作，我也不配合，看你怎么做？

孙永没有像岳丁那样盯着手看，他把目光锁定在岳丁的两只眼睛。岳丁想逃出孙永那利剑般的目光，但已经无能为力了，突然之间，他觉得孙永很可怕。

班长，他的眼睛太吓人，岳丁只得向周光平求援。

吓人，周光平说，难道要笑着擒你，我再说一遍，这是训练，不是游戏。

孙永不想把岳丁再想象成仇敌，那样会让自己的一切失去控制。然而，眼前的岳丁皮笑肉不笑的奸相，这小子一定是个十恶不赦的家伙，今天碰上我就没你的活路了。随着一声开始，孙永一个箭步，所有的动作一气呵成，只听岳丁哎哟妈呀一阵惨叫。

周光平听声音心想，这小子装得蛮像的。然而待他看到岳丁不是左弓步上身贴在孙永左膝上，而是一头栽在地上时，他火了。

怎么搞的？

岳丁歪歪扭扭地站起来，手捂着下巴，他没按动作要领来。

孙永说，没有呀，我一招一式都是按班长教的做的呀，不信我再来一遍。

岳丁说，你动作太快，我还没反应过来呢。

周光平说，你配手吃干饭的？

岳丁说，他根本不给我配合的机会。

周光平说，我不是说过嘛，要相互配合。

孙永说，我动作是快了点，但没走样，况且这擒敌本来就要以快制胜嘛！

岳丁说，你是在打击报复。

孙永说，没有，我只是从实战出发。

周光平说，教你们训练真费劲，这么简单的动作都做不好，唉，现在的兵哪！

刚才还是灯光迷人的大街，陡然间眼前出现一条黑幽幽的小巷子，孙永不禁警觉起来。就在这时，一个手持匕首的蒙面人堵在孙永面前。来了，你终于来了，孙永摆开擒敌的架势，闪着寒光的匕首忽地刺过来，孙永一个闪身躲过，出左手抓歹徒持匕首的右手腕，接下来击肋折腕如行云流水，匕首掉到了地上。歹徒已是瘫如泥，孙永来了个八字绑。胸口很疼，孙永摸到了匕首柄，低头一看，胸口血喷如注，身体在下沉，孙永跌下了悬崖。

孙永轰地坐起来，原来只是一个梦。

邻床岳丁的呼噜声应和着某种节奏时高时低，不时有咂嘴的声音。

孙永躺下来想重新入睡，可怎么也睡不着。他干脆悄悄地穿衣下床来到月光如水的擒敌训练场。

静静的月光下，有一兵在打擒敌拳。

伤

疤

孟天新发现夏峰的脸上有一条伤疤，是在到了新训大队的第四天。新兵生活结束后没多久，夏峰被保送进了警校，成为一名预提警官，等他肩上的红牌换成一杠一星的黄色肩章时，孟天新已经退伍了。这中间他俩没有联系，更没见过面，孟天新不知道夏峰有没有做过整容手术什么的，那条伤疤是否已经消失。应该不会吧，夏峰常常说这是光荣之疤。

　　这哪是疤，这是一名军人至高无上的荣誉。每当夏峰用布满老茧的手爱抚着伤疤时，孟天新的灵魂就在不知不觉中出壳了，整个身子成了一个空洞的容器。在以后的军旅生活中，孟天新常想起夏峰脸上的疤，这疤已融入他的血液，成为他生命的一部分。

　　那天早饭后，兵们默默地坐地班里等待操课哨音的响起。大腿与小腿，大腿与上身都成九十度，手放在膝盖上，要静得如同和尚坐禅般。夏峰站在窗口的一侧，目光是投向窗外，还是投在室内白墙上，还是一只眼看窗外，一只眼看窗内，没人能知道。因为他自己也不知道把目光交给了什么。孟天新坐了一会儿觉得脖子有点发硬，便往左稍稍扭动了一下，在他将要向右扭动时，他发现夏峰那藏在阴影之中的左脸上有一条暗红色的蚯蚓状的东西。细一看，是一条伤疤，就跟一截鱼肠子一样粘在那儿。和夏峰已共同生活了三天多，到现在才看到这早该看到的伤疤，这多少让孟天新有些惊讶。

　　以后绝对不能再犯这样低级的错误，绝对不能。孟天新像默念咒语一般不断地提醒自己。

上午的队列训练内容是停止间转法，向左转，向右转，半面向左转，半面向右转，向后转。面对夏峰时，孟天新就盯着那条伤疤看，背着时就想这伤疤是怎么来的。

孟天新，夏峰一声断喝，你往哪儿转了？

孟天新定神一看，自己和徐大成面对面，徐大成不敢笑竭力控制脸部肌肉的表情，这让孟天新更觉好笑，但他也和徐大成一样不敢笑。夏峰说过，队列训练是最严肃的，不许做任何的小动作。

刚到部队，思想就跑马，你给我悠着点儿，夏峰没有过多地批评孟天新，说完这话，又继续组织训练。

此后的数天里，孟天新一直在想夏峰这条伤疤里面的故事。自己是新兵，又不知这伤疤是否涉及夏峰的隐私。他不敢问只能想。在夏峰用布满老茧的手爱抚伤疤时，孟天新更想知道。有几次差点脱口而出，但最后还是把话和唾沫一起咽了回去。小时候顽皮落下的？训练失误落下的？刀划的？树枝划的？孟天新想啊想，想到三个月新兵生活结束时，才敲自己的脑袋骂自己当初问一声不就得了，缠了三个月都快憋死了。

第二天要分兵了，一觉醒来后，大家就要各奔东西，再不问，说不定以后想问也问不到了。孟天新递给夏峰一支"红塔山"。夏峰没有接，来来，抽我的。他掏出的是"红梅"，看得出，夏峰今天比任何时候都放得开。脸上的肌肉完完全全地放松了，和谁说话都没有往日严肃的表情。真是好时候。

班长，你这疤是怎么来的？孟天新终于问了。

夏峰笑了，笑得身子像网里的鱼活蹦乱跳，脸上的那条伤疤也成了一条扭动的虫子。

你问这疤？夏峰笑完后自豪地说，这是我和歹徒搏斗时留下的，他妈

152

的，那小子的砍刀在我脸上咬了这么一下，当时还不知道，直到我把他揍趴下捆住后，别人说了我才知道的。

夏峰边用布满老茧的手爱抚伤疤，边兴奋地向兵们讲述伤疤里那惊心动魄的故事。

这哪是一条伤疤？是死神给夏峰的一个吻才对。有了这个吻，这兵才当得有意思，孟天新摸着自己的脸部心想，我什么时候有这样一条伤疤多好啊。

就这样，伤疤的故事走进了孟天新的记忆里，想拥有同一种故事的伤疤的梦想植进了他心里。倒不一定非在脸上不可，在身体的任何部位都行。奇怪的是他从未想过与疤一同而来的还会有鲜血淋漓——危及生命也不好说——的伤害，在脸上在手上跟个补丁似的，谁看起来都不顺眼，说不定还会损失许多姑娘爱慕的目光。

孟天新是带着训练全优的成绩下到一大队二中队的。一大队所属的三中队与县市中队有着本质上的区别，这主要是就任务而言。县市中队担负看押（守）勤务，背杆枪站在岗楼里，目光所及的是一座高墙电网围成被称为看守所或监狱的院子。在孟天新看来，这似乎和学校看大门老头儿的活儿没什么两样。一大队就不同了，执行临时勤务，处置突发事件，参与城市夜间武装巡逻，不知什么时候就能施展拳脚（动枪也有可能），擒歹徒抓逃犯。这当兵嘛，无风无浪，日子跟白开水似的，总归说不过去。

到二中队多好哇！

离开新训大队时，有些兵像进入了梅雨季节一样泪水吧嗒吧嗒地流，一些兵吐着唾沫大骂新训大队是地狱是纳粹集中营，说这辈子也不想再来新兵大队了，营区的上空弥漫着离别和怨忿混合的空气。徐大成在得知自己被分到一大队一中队之后，脸就跟死鱼似的。大成，怎么啦？孟天新把

153

徐大成带到了操场东南角的一座坟墓前。一块薄薄的水泥板竖在那儿，算作是墓碑。一块无字碑。这里埋着的是一名新兵，一名因训练受伤致死的新兵。据说，这新兵昏迷了两天两夜之后，突然睁开眼说我死了就把我埋在操场的东南角。说完，眼睛又闭上了，像婴儿熟睡一样永远地睡了。一年又一年过去了，坟上的草，坟上的树越长越茂盛，越长越大。坟几乎被树草和岁月淹没了，那水泥板也斑驳不堪，上上下下像长满鱼鳞一样。没人说这有座坟，孟天新是偶然之中才发现的。

还问我怎么了？你怎么啦？把我带到这儿干什么？这是谁的墓？以前我怎么不知道？

你想知道吗？我说给你听。

我没这份闲心情，三个月的新兵生活他妈的真不是人过的日子。原来想熬过这一关就万事大吉了，现在倒好，刚出狼窝又被扔进了虎穴。

一大队不是挺好？

好个屁，天天训练，说不定遇上个什么任务把小命都丢了，以后的日子不但是苦，还得成天把脑袋拴在裤腰上。

孟天新默默地望着坟再也没有说话，坟上的草都枯了，周围的大树上也没有一片叶子，但春天一到，这儿又是一片绿色，一朵朵不知名的野花会开了再落。徐大成气呼呼地走了，孟天新没有回头。他站了很久，临走时在坟前插了十八支香烟。这新兵死时是十八岁，他的生命永远都是十八岁。

正如徐大成所说的那样，一大队的训练比新训大队更苦更累更折磨人。到了一大队，孟天新才知道在新训大队所接受的训练都只是些基础性的科目。

新训大队只是一座桥，这头是老百姓，走过来才能算个兵。新训生活

154

结束，才是真正当兵的开始。

　　范中生在兵们歪倒在训练场嘴张得像离了水的鱼一样时总会这样说。这话说了个把月，他又把另外一句话挂在嘴上。平时多流汗，有了任务才能少流血，功夫不练到家，怎么去摆平那些穷凶极恶的家伙。听这话时，孟天新浑身像充了电。训练间隙，兵们坐着的、躺着的，放松肌肉放松心情，孟天新就坐在地上两手在身后撑着昂头看天。每当这时候，他就会想起夏峰脸上的那道伤疤。刚下中队时，他细心留意过自己的新班长范中生，脸很黑很粗糙，但没有伤疤。几次洗澡他主动替范中生搓背，趁机近距离地扫描范中生的全身。身上倒有几块疤，有的像半个月亮，有的像一块绿豆饼，图案蛮诱人，可一打听，不是当兵前摔的碰的，就是在部队训练磕的，内容不精彩，孟天新也就有些失望了。不过，范中生讲的故事还是蛮精彩的，都是些在执勤任务中碰到的事，有武打片，也有枪战片。起先孟天新认为这些都是范中生的亲身经历。范中生因抓歹徒，三次荣立三等功，是一大队立功最多的兵，他的事迹也好几次上了报纸。孟天新特别爱听周光平讲的故事，他总想着有朝一日自己也能对新兵讲一些自己的惊险刺激的故事，最好像夏峰那样有块疤。再一想，给新兵讲是次要，有了这些故事才不枉当了一回兵。时间长了，孟天新听出范中生讲的故事里的水分太多，有许多是他瞎编胡编的。时间再一长，孟天新又听出范中生讲的故事有许多是别的老兵的事。尽管如此，他还是喜欢听。有时范中生讲烦了，再加上一个故事讲了又讲都烂了，便懒得再讲了。这时候孟天新就递上一支烟，班长，再讲一次嘛。范中生看看烟，看看孟天新，你小子，有意思。手指夹着烟，范中生又开始讲了。闲下来的时候，孟天新找其他班长和老兵，用香烟或笑容换取他们的故事。

　　心里装满了故事，孟天新一点也不觉着训练苦，就连练攀登从二楼摔下来左胳膊骨折臂上掀下了一块肉都没感觉到疼。兵们慌忙地把他抬到卫生室，卫生员紧张地替他包扎，望着白色的绷带上渗出的鲜血，他笑了。

卫生员说还笑，你臂上以后会有块疤喽！

孟天新说，没事，有疤好哇！

卫生员摇摇头，没见过你这样的兵。

受伤了，不能继续训练，孟天新就坐在训练场上，看兵们训练。范中生说，你有伤，可以休息。孟天新说，我不能训练已经急了，再让我闷在屋里那还不疯了。没几天，孟天新开始参加用不着左胳膊的课目训练，范中生心疼地责备，孟天新就哀求放一马。臂上的伤口已经结痂了，痒丝丝的。

半年的集中训练下来，新兵终于可以和老兵编在一个班了。孟天新他们由铁到钢到尖刀，接下来就可以和老兵们一起执行任务了。分班时，孟天新出乎意料地被分到后勤班。干烧饭做菜的活儿，还当兵干啥？孟天新气鼓鼓地找到队长，掀起衣服把身上三处因训练受伤的疤痕亮给队长看。

我拼命地训练，不是图这块伤疤好看，我要下战斗班。

队长说，到哪儿只是革命工作分工不同。

孟天新说，凭啥让我到炊事班掌大勺？这训来训去派不上用场，那还训练啥？

队长笑了。队长笑完了，砸了一下孟天新结实的胸脯就走了。孟天新知道炊事班不用去了，他摸摸伤疤自言自语地说，伙计，你居然派上了大用场。

一大队三个中队上街巡逻轮着来，一个中队一个月。第一天晚上孟天新去巡逻前，把枪擦了又擦末了抱在怀里许久。走在大街上他总时常想起夏峰脸上的那条伤疤。第一天没事、第二天没事，后来事是有，问路的，吵架的，都是些鸡毛蒜皮的事，顶多是杯浓醇、够味解渴的茶，却总没有酒那样的劲道。他的心情就跟出海人望着湿淋淋的空网或一网小鱼时的心情一模一样。在长久的等待之后，终于有一天网着了一条大鱼。深夜一条黑影远远走过来，孟天新觉着可疑，待走近一瞧，眼前的脸和孟天新脑里一张杀人犯通缉令的照片很相似，没盘问上两句这家伙撒腿就跑。一段近千米的赛跑之后，孟天新的感觉刚刚来，那家伙却瘫在地上成了一堆烂肉。起来啊，怎么不跑了？没有你来我往的搏斗，那家伙束手被擒。孟天新心里气得要死，懒得再理他。你把他拖走，孟天新对随后跟上来的和他在一个组巡逻的张兴彪说。孟天新知道张兴彪胆小，又说，别怕了，这龟孙子胆都吓破了，和死人没什么两样。张兴彪说，谁怕了？你这话损不损？孟天新微微一笑，整了整警服紧握着枪走开了。后来张兴彪因抓获通缉犯立了三等功，专门买了一条"红塔山"送给孟天新，说，谢了。孟天新接过烟说，谢啥？这本来就是你的功劳。张兴彪这才放下了心。孟天新看着张兴彪的背影想，这功有什么？更多的时候，他常常望着自己的伤疤，想着夏峰的伤疤一个人在训练场上发呆。操场上的风很大，这让他想起了家乡的海风。站在沙滩上迎着海风静静地看海，腥腥的潮湿的海风，吹胀起他许许多多梦想。操场上的风掺杂着尘土掺杂着汗味，他开始喜欢这种味道的风了。数年以后，他一想起这天晚上的事，还是咬牙切齿。一脚下去，街边的一块砖头被他踢飞到十米开外。

后来，连这样的事孟天新在巡逻中都没遇到过，巡逻变成看风景丈量街道的长度。真是无聊透顶了，孟天新一逮着机会就跟徐大成发牢骚。

无聊？徐大成纳闷了，这巡逻挺好玩，我当初还犯傻要去县中队，站在岗楼里，哪有晃在五光十色的大街上有意思，只是刚开始的训练太苦，好在挺过来了，黑暗过去是早晨，还真是这么回事，你说，渔民出海捕鱼，能捕到不就得了，有谁想碰上大风大浪的？就连吃鱼时，这边吃完要吃那边时，不说翻过来叫掉头。

孟天新说，瞎扯什么？这和捕鱼、吃鱼有什么关系？

徐大成说有没有关系，就看你怎么去想了。

孟天新真想了，但再怎么想也没想出个头绪来，他倒是认定徐大成这兵就不该当，尽管数年后徐大成戴着上校警衔和他在镇上一个大酒店里喝酒，望着满面春风的徐大成，他的这种认定也没有动摇过。他只是纳闷，这部队怎么变得越来越不像部队了？

从徐大成那儿没找到一丝慰藉，孟天新只好整天把自己扔在训练场，训了派不上用场，可不训又能干什么呢？到伙房帮厨，拿个扫把在营区里到处乱转，见有干部来了虚张声势地挥几下，落个大小工作积极主动的口彩。干农活，干与兵没什么瓜葛的活，这当兵就成了穿警服的老百姓了。孟天新整天泡在训练场上，对训练以外的事都提不起劲。兵们看不惯，不训练多好啊。孟天新心想，当兵的训练好有什么错？训练场上常常有一个兵时而东游西荡时而依着墙根坐着。

一晃三年过去了，孟天新啥荣誉也没有，党票更没有。虽说他做过种种努力，也付出了许许多多代价，包括苦痛悲伤和咸咸的泪水，但总不能全面发展，许多人都说他，小毛小病和鱼身上的鱼鳞一样多。

这年的退伍量特别大，一个中队只留两三个老兵，党员、骨干都不能全留，孟天新这样的兵更不会留。队长舍不得孟天新这样的训练尖子退伍，可也没办法。

孟天新，三年风风雨雨，你这个兵有特色啊，队长说。

这时的孟天新，穿着一套崭新的警服，这是他特意留下的。警服上没有任何标志，和他刚入伍时穿的警服一样。到部队时下巴下还是一溜光，现在已长出黑黑的胡须，虽说还有点软乎乎，但再过一两年就会长硬了。

孟天新说，啥风风雨雨？风平浪静，真他妈的风平浪静。

队长说，回去找份工作好好过日子，在哪儿都一样嘛。

孟天新说，不一样，下辈子我还要当兵。

队长看看孟天新，他不明白孟天新为什么下辈子还要当兵。

孟天新知道队长不明白，但他不说了，说了又有什么用呢？

已是班长的徐大成把孟天新送到了车站。

妈的，当兵时敲锣打鼓热闹着呢？怎么退伍时没这气氛，灰溜溜的让人揪心。徐大成掂了掂孟天新的背包又说，填进了不少东西，却就这么走了。

孟天新掀起衣服，亮了亮身上三处伤疤。

不，我带走了三块伤疤。

徐大成怔怔地看着孟天新心想，孟天新当了三年兵，怎么变得这么多，伤疤算什么？是不是神经有毛病了？

车开动了，徐大成不停地挥手。孟天新头伸出窗外盯着那在寒风中挥动的手，渐渐地手在风中消失了。

坐在车上，孟天新手探进衣服里抚摸一块又一块伤疤，他再次想起了夏峰脸上的那条伤疤。想着想着，他落泪了，跟夏峰比，我这哪是伤疤？

不是伤疤，是什么？

石头在歌唱

一

中队长上山那天，虞扬带着两个兵早早伫在山顶眺望。这一天晴空万里，阳光灿烂，四周白花花的，像一洼又一洼的盐碱地，远处倒是一片深绿，似汪洋大海般铺张恣肆而又安谧宁静。

中队长爬到半山腰，喘了老半会儿后对身后的新兵说："你们班长带人在欢迎你们呢！"

鲁成东自打开始上山就没抬过头，眼睛只盯着脚前的米把处看，连长说这话，他也没心情吊起眼皮。脚板像着了火，肯定起泡了，想脱鞋看看，可两只脚站着都不稳，坐没地方坐，想靠在什么上或一手拽着什么东西也是没门，只能在心里咬牙切齿。

黎树费力地抬头望了望，除了石头还是石头，没人影，"没有哇？"

连长手一指，"那三个光闪闪的，不就是嘛！"

黎树再瞅时，真有三个像灯泡又像葫芦的东西。比石头光些，比石头亮些，比石头齐整些。往下是一色的绿，开始他还以为是三棵树呢。这时，他还不知道是三个光头兵，一个劲地想，怎么亮的就是班长他们呢？黎树脑子里活泛了，脚下没了数，一绊一滑，一头栽在中队长那肥肥的硬邦邦的屁股上，要不是中队长反应快拉住，他就得跟石头似的滚下山了。

像牛喘样到了山顶，虞扬摸了摸光头说："嗨，看三个绿绿的屁股慢腾腾地往上挪，真有意思嘞！队长，你这不是下基层，是上基层啊。"

163

"你小子要是在营房门口等我，我不就是下基层了，"连长说，"你就是这样欢迎本队长和新同志呀？"

"没有，怎么会——呢？"虞扬朝两个兵做了个手势，"奏——乐——"

他身后的两个兵一胖一瘦一高一矮一黑一白，胖的叫吴晓同，瘦的叫张大强。

吴晓同拉二胡，张大强拉吹口琴，虞扬抄起两块石头敲敲打打。光秃寂静的山顶便有了乐曲飞扬，流畅，欢快，好听。

黎树心里叽咕，刚才要是滚下山，就是这旋律了。

"虞扬，吉他呢？"中队长听着听着，沉不住气了，"行了，行了，再捣腾下去，我可要老泪纵横了。"

虞扬说："今天不能使它！"

几乎是同时，虞扬手中的石头砰地裂了好几块。黎树心里咯噔一下。照老家的说法，这可不是好兆头，要遭厄运的。

他忙说："岁岁平安，岁岁平安！"

张大强白了他一眼："这地方，保你又平又安，新兵蛋子，不傻！"

营房在山脚下，离铁道线不远，吴晓同扔个手榴弹就能到。虞扬陪着中队长上了哨位，顺便把两个新兵送到二班去。这一去将近三个钟头。

两个老兵陪着三个新兵铺床，整内务，摆放物品。床，不再是新兵连的那种铁架式的高低床，是木头单人床，上好的山木，流着灿灿的黄黄的色彩。

晚上吃饭时，只加了两个菜。老兵们像老牛样慢腾腾地嚼菜磨饭，鲁成东和黎树闷头扒饭，三下五除二，一碗饭就下去了一半。

"还当是新兵连呢！"虞扬胳膊肘捅了一下鲁成东，又和黎树使了个眼色，悄声说："等中队长明天走了，我们再给你们接风。"

这一晚，有三个人没睡着——连长、黎树和鲁成东。

中队长和几个兵聊了一会天，几个兵连连打哈欠，没多久，就呼噜声一片了。

黎树躺在床上，眼皮儿先是直打架，后来如重重的闸门，拼命想合上。不行。外面一会儿静得要死，一会儿吵得没命。

月亮高高地悬在天空，像一把刚磨过的镰刀。可惜黎树看不到。月亮在山后呢。只有月光漏进屋里，淡淡的，浅浅的，柔柔的，像一片薄薄的雾。他竭力想听到一些声音，除了室内兵们不算高的鼾声、自己的呼吸声和心跳声，这个世界真是太静了，静得使他仿佛听到了月光洒向大地山谷的声音。

这样的寂静不会持续太久的。远处传来火车的鸣笛，近处生出铁轨微微的颤音。又过了一会儿，轰轰声铺天盖地，窗上的玻璃被震得哗哗响。一座山，一群山全活了。又过了一会儿，喧嚣退潮，一切又重返原先的那份安静。

整个晚上，就这么涨潮退潮涨潮退潮。黎树好像在一只舢板上，海浪很大，舢板如醉汉走路——摇摇晃晃七上八下。在这样的床上，怎么能睡得着？

虞扬说到做到，第二天晚上，真摆开了场子为新兵接风。菜算是丰盛的了，有十来个，最让新兵高兴的是有三道菜是山珍野味——烤野兔、炖山鸡和山菜合炒。十来个兵在营房前的空地呼呼啦啦围成一圈，席地而坐，那只架在火上的野猪嗞嗞冒油。兵们脸上红红的，不知道是因为激动，还是那火太艳。也许两者都有吧。

"班长，这也太隆重了。"黎树一时不敢下筷子。

鲁成东塞进嘴里一块肉："呜，还是山里好，这要在其他部队，哪有这口福，到了城里，这些菜可得花大钱。"

张大强往火里添了几根柴禾："屁，你以为这些菜，想吃就吃，屁。

165

告诉你，一年两回，新兵来，老兵走。别的时候，你慢慢熬吧，新兵蛋子。"

"说什么呢？"虞扬不满地摆摆手，"老规矩，这回该张大强说了吧？"

虞扬背着手踱步，每一步都是那样缓慢那样地轻，好像脚下不是硬邦邦的石头，而是不知厚薄的冰层。也可能他当成了沙滩，光着脚走在上面，细细的软软的沙泥从趾间滑上来，痒痒的酥酥的，惬意着呢。

沙沙的山风，粗粗的喘气，轰轰的火车。

黎树吭哧吭哧地做俯卧撑，没记数，准备折腾到趴在地上为止。别看他瘦，要把自己整倒，估计得半个小时以上。额上的汗珠密密麻麻的，有些汗珠滴在地上，有的顺着脸颊朝下流，拖着数条如锈蚀电线一样的汗痕，脸下的几块石头被洇成了深灰色。

走了这么几个来回，虞扬梗直的脖子耷拉下来，下巴抵在胸前，屁股撅得跟鸭子似的。步子不再是相同的步幅相同的节奏，碎了，好像是幼儿园的孩子写的字，大大小小歪歪扭扭。

这是一个春天的下午五六点的样子。他们的周围是绵延不断的群山，绿树荫荫，鸟语花香。他们脚下也是一座山，光秃秃的，没草没树，一个大光头。另外还有十来个小光头。十来个兵，一色的光头。如果让他们走进石头堆里，可就分不清哪是光头哪是石头了。

太阳不小，足有筛子那么大。这时的太阳是什么色的呢？虞扬和黎树讨论过。

黎树说："当然是红的了，除非你色盲。"

虞扬捏了捏鼻子："赤橙黄绿青蓝紫全到齐了，没缺勤的。"

黎树歪着脑袋看了又看说："我怎么看不出？"

虞扬说："看，眼能看到多少东西？嘁！"

黎树咧嘴笑开了，心想，这班长挺逗，真把我当新兵蛋子开涮了。

虞扬瞅了瞅黎树身上皱巴巴的新军装："别坏笑，等你的军装和我一个色了，就知道我说的没错。"

黎树是新兵，来山上才一个月。在新兵连时，新兵班长常说在山头里执勤是如何如何地苦，活蹦乱跳地进去，出来时可不敢保证脑子身子没毛病。有新兵素质跟不上，或老是调皮捣蛋的，班长就说："这样下去没你好过的，等着进山吧。"黎树家在黄海边，十米高的护海堤，就觉得是座小山了。一听到真山，他眼里放亮，心想，能到山里头去，这兵就算没白当了。站在队列里聆听分兵命令，他和兵们一样紧张。人家是害怕分到山里，他是担心轮不到自己。

和他一块来的还有鲁成东。鲁成东是城里人，一听自己被分到山里，当时就浑身发软像稀泥样瘫在地上。来到山里都一个月了，还没缓过来，整天像个老头似的唉声叹气。

黎树瞅着满地的石头，新鲜着呢。家乡的土围子是靠人工堆起来，这石头山是怎么来的呢？上学时，地理老师说山是地壳运动的结果。虞扬说山是会长的，和人一样，只不过我们所在的这座山发育不良罢了。这些，他听得进，可还是想不明白，就像他总想，宇宙的边在哪儿。宇宙浩瀚无垠，地球外是太阳系，太阳系外是银河系，那银河系以外呢？总得有个边吧。那边以外呢？想不通，想不通……黎树的脑子里老被一些想不通的事纠缠。现在好了，他有足够的时间去想一些以前没时间或心境想的事。坐在石头上，他有时一动不动地想上一两个小时。渐渐眼睛模糊了，几乎分不清哪是黎树哪是石头。

虞扬说："刚上山就呆了？"

他说："没……我在想事儿，这儿真好，能安安静静地想事儿。"

虞扬说："好，好啊，你小子天生是属于大山的呀——"

他摸了摸光光的头，毛茬子粗粗的糙糙的，和浑身起鸡皮疙瘩时钻进被窝里时的感觉差不多。

虞扬说："我说的嘛，还是光头好。你还好，鲁成东那小子刚看到我们这儿一色的光头，都吓傻了。"

黎树说："没水，洗不成澡，这要不剃光了，还不成了鸟窝？"

虞扬爱在铁道旁弹吉他。时间是晚饭后。虞扬总是穿戴得齐齐整整，摆出一副参加重大演出的模样，弹的曲子谁也不知道是什么名字，兵们听起来就像飘忽的雾。因此，每天晚饭后，这山里就有了雾一样的音乐在流动，如同风中飞动的纱巾。在纱巾扬到半空中时，一列火车呼啸而过。其后，又是纱巾在飞啊飞飘啊飘。

黎树问："班长，你弹的曲子怪好听的，是什么？"

虞扬说："还没轮到你知道的时候。"

二

这里有一条铁路隧道，不高不宽，但很长，准确长度是五千二百六十一米，直直的，从这一头望那一头，隧道口也就碗口那样大。这是穿过山肚的一条巨蟒。两条铁轨发出幽幽的暗光，像夜色中昏然沉睡的河，不，还是像蛇。这里，是另外一个世界，浊浊湿湿的空气，呛鼻刺眼的气味，漫天飞舞的粉尘。

虞扬说："没到过地狱，不过，我估摸着地狱也就这德行。"

说这话时，他已穿过了隧道正在温暖的春光下绞着军装，一滴滴水如酱油样掉在白白的石头上，流出一道道紫褐色的线。

新兵下来一个月了，开始和老兵一道上勤。固定哨在隧道口，流动哨六个小时一班。这里说是一个排，实际上是两个班，一个班长两名副班长。虞扬是最高首长，他上半个月在一班住，下半个月在二班住。两个班的兵基本上不来往，也就是趁上流动哨时说上几句话。这是老兵的待遇，新兵只上固定哨。这之前，老兵领着新兵走一遭，熟悉熟悉情况。

黎树问："要是我们正在里头巡逻，火车来了，怎么办？"

虞扬说："一般情况下，都算好了时间，真是火车晚点了的，只能跟壁虎样贴在隧道壁上。那滋味，嘿嘿，真他妈的刺激着呢？我想，车里的人要是瞅见了，保管认为是只大大的壁虎。当然，等你站在阳光下，一身的颜色和壁虎也就差不离了。"

黎树不信，"班长，你说得也太邪乎了？"

在二班的哨位上，黎树没见到一起来的新兵，想到营房那儿看看，有一茬没一茬地聊几句。他相信虞扬从他的眼神里看出了他的心思，也正因为这样，虞扬没提，他也不说。

重新走进隧道走在铁轨上，他总觉得丢了什么东西。他想起了时空隧道。在自己的当兵生活中，这隧道不就是一条看得见摸得着实实在在的时空隧道吗？

头顶上有呼呼声，像是来自遥远的呼唤。一个黑乎乎的影子幽灵般地窜飞，忽高忽低时上时下。是只蝙蝠。这里是它们的天堂。隧道壁滑滑的，摸着手里的感觉是条黑鱼。走在枕木上，嗵嗵的响从四面八方包围过来。黎树和虞扬走成单行，他在后头只能瞅见虞扬一小撮像阳光下的芦苇花一样的头发，以下的部位只存在于意识之中，黑乎乎的一团，让人感觉不到它的存在。

离洞口越来越近，铁轨微微地颤起来。人在上面，像是有轻微的电流从身上流过，丝丝麻，酥酥的。黎树的脚陡然黏糊起来，轻轻地抬轻轻地落下。

虞扬头一甩："快跑，火车来了！"

黎树不愿跑，想亲身体验一下壁虎的感觉。

虞扬牵住黎树的手飞奔而去，在他们出了洞口跃上一高处时，火车到了。

黎树遗憾地看看火车看看隧道又看看虞扬，目光和铁轨一样不停地跳动。

吴晓同恨不得杀了鲁成东。

吴晓同恨不得杀了鲁成东的想法，是在午饭后突然生出来的。

这是一个平平常常的中午，与往日稍有不同的是阳光特别好。在阳光的邀请和虞扬的同意下，兵们高兴地晒被子。几个老兵就被子上的图案相互开玩笑取乐，数一数，谁的图案数量最多，谁的花式最多，谁的总面积最大。晚上私人行动的那么点事到了阳光下，像黎树这样的新兵害羞，脸红得跟个大姑娘似的，老兵们不在乎，这有什么？一个功能正常的男人标志。

虞扬见黎树的目光躲躲闪闪的，有意逗他："你个大老爷们，夜里头跑爽了，这时候倒忸忸怩怩的，你看你这块，单个面积可算全班之最，还真像匹飞奔的马呢，不愧是新同志，有力道有水平，跑马也比老同志有朝气。看来，这世界以后真是你们的了！"

鲁成东捧出被子后就回了宿舍，房顶上掉下一蜘蛛网刚好落在他床的正上方，得把它弄了，要不然睡觉时蜘蛛落进嘴里多恶心。笤帚太短够不着，他搬来板凳，为了图省事，随手抄起邻铺吴晓同床上的一张画报垫着。上去了，正要搅那蜘蛛网，被吴晓同一把拽了下来，幸好反应快，要不然还不摔个狗吃屎。

吴晓同脸板得像块石头，两眼冷冷地死瞅着鲁成东，鲁成东不晓得出了什么事儿，脑子一时转不过弯来，摆弄手里的笤帚抬头看蜘蛛网借以避开吴晓同的目光。吴晓同身上披着一片阳光，脸上半面白半面黑，如同一张高反差的底片。鲁成东处在阴影里，有些灰蒙蒙的样子。吴晓同比鲁成东足足高出一头，膀大腰圆，双手叉在腰际，这个头这架子让

170

鲁成东不寒而栗。

宿舍里就他俩，孤独的鲁成东意识到可能要发生什么事，便向门口迈步。他左脚刚挪起来，吴晓同猛地薅住他胸前的衣服，用劲一提，鲁成东不得不踮起脚后跟。看着吴晓同蒲扇样的巴掌高高扬起，鲁成东心知不好，像杀猪样大喊："快来人哪——要出人命了——"

兵们冲进宿舍围成一圈，鲁成东看到了兵们，看到了虞扬，眼泪就哗哗地往下流。吴晓同没把进来的人当回事儿，依旧保持着怒视的目光和提的动作。

"怎么回事儿？"虞扬的小眼睛睁着比平常大了好几倍，"吴晓同，有话好好说，先松手。"

吴晓同不松手也不吱声，只是把目光移到了板凳上。兵们全把板凳当作靶子进行精度瞄准，虞扬也不例外。

板凳上是那张画报，上面一个漂亮女兵的脸上有只黑黑的脚印。额头上一道，鼻子上一道，嘴唇上一道，都是解放鞋那弯曲的带麻点的脚印。女兵的表情如故，薄薄的上嘴唇微翘，脸上绽开妩媚动人的微笑。

"算了，我那张送给你。"虞扬盯着漂亮女兵，但谁都知道这话是对吴晓同说的。

吴晓同怔了怔，放下了面色惨白的鲁成东："班长，那是你的，我不要。不过下回来了画报，得先让我挑一张。"

兵们个个不吭气，算是默认了。鲁成东整了整皱起的衣服，觉得这事就这么过去了，自己挺委屈的，可他见兵们全愤怒地瞪着自己，又不敢再说点什么。

晚上开班务会时，虞扬把这事作为一个问题提了出来："咱们是亲如兄弟的战友，但没征得同意，不要乱动别人的东西，更不能损坏。这不单是本班的一条纪律，也是人品最起码的要求。"

171

这话，鲁成东受不住了："不就是一张破纸嘛，为了这动手，到最后不是的反倒是我，这是哪门子王法？"

鲁成东并没意识到，这脱口而出的气话，不但使虞扬这个最高首长的权威第一次遭到毁灭性的打击，而且激起了兵们的一致愤慨。

吴晓同拍得桌子嘭彭作响："熊新兵蛋子，不打得你满地找牙，我看你是人事不会做，人话不会说……"

张大强捏根烟横在鼻孔下蹭来蹭去，时不时来个深呼吸。这些天他正揣摩戒烟的事。听了鲁成东的话，他两指一带劲，烟断成两截："没大没小的，你才扎了几天腰带？瞧你说的，一张破纸？你给我弄张看看……"

不知哪个老兵冒了一句："新兵就是新兵，没治……"

兵们把话像手榴弹一样乒哩乓啷扔向鲁成东，将可怜的鲁成东砸得晕头转向分不清东西南北。

黎树惊讶地注视着这一切，手里悄无声响地摸弄着裤袋里钥匙扣上的塑料块儿。

这是块长方形的有火柴盒那么大的饰牌，里面嵌着丫头的照片，黄色的广告衫，甜甜的笑容。在新兵连时，只有班长才能把钥匙串挂在腰里，走起路来叮叮当当作响，让许多新兵羡慕得要死。黎树很想像班长那样，可他和那些新兵一样不敢。下到连，每个老兵腰间或屁股后头都垂着钥匙，多的多少的少，张大强才一把小小的铝钥匙。钥匙扣钥匙链各式各样的，没重复。黎树的钥匙扣是最出彩的，可还是不能挂。为啥？一挂，丫头可就让大伙全看见了。这不好。丫头只能属于他一个人，就和"丫头"这名字一样。丫头是他的女朋友，有一个父母叫的乳名，有老师同学朋友叫的大名，唯有他叫她丫头。没什么特殊的原因，只是叫起来顺口有亲切感，丫头本人也喜欢他这样叫。

饰牌上滑润润的，如同丫头脸上的皮肤。事实也是如此，黎树一碰到饰牌，就好像是在抚摸丫头的脸，丫头羞涩而又温存地笑着。只要手有插在裤袋里的机会，他从不会放过。在室外时，这样的机会极少，偷偷地迅捷地触摸一下，真是一种触电的感觉，简直和第一次与丫头接吻一点不差。

从得知进山的烦躁不安一直到今天的委屈苦水全都冲了上来，鲁成东终于顶不住了，眼泪夺眶而出，刚开始还遮遮掩掩，后来索性亮开嗓门大哭。

虞扬不冷不热地说："等你在这儿待上一年半载，就晓得今天你做的事等于犯罪。"

这话，又活生生地把鲁成东敲懵了。

就是这天，虞扬说："这些石头整个儿一个大乐器。"

虞扬说这话时，站在大大小小形态各异的石头中。黎树蹲下来仔细端详着这些石头，怎么也想不通乱七八糟的石头与乐器有什么关系。

到了晚上，他躺在床上想着在家的事，想着想着，屋外传来的声音让他竖起了耳朵。不是风声，不是雨声，不是野兽的叫唤。<u>丝丝缕缕</u>，像一片白云在蓝天游走，又好像有一个人在诉说着一个久远而神秘的故事。黎树想到了家乡的那条小河，大人们说到了晚上小河会轻轻地说话。

三

黎树和鲁成东刚来的三四个月里，在老兵眼里是香饽饽，谁都争着抢着和他们说话无边无际地瞎聊穷侃海吹。吃过晚饭，坐在一块平整的石头上看着太阳一寸寸地落下去，天色一波一波地染红。到后来，满山的石头全是酡红，黎树心想，那火焰山顶多也就这模样吧。

开始，黎树挺感动，这里的老兵心肠真热，没把自己当新兵看。时间长了，他才发现，老兵和老兵间已没话说了，再说也是嚼早已烂了的馍，

173

和自己热乎，是因为解闷。这不，现在该说，全说了不知多少遍了，个个肚里都没新话新词了，个个又沉默得如满山遍野的石头。

没事干时，兵们就在铁道旁等火车。甭管站着的坐着的蹲着的，头一律向右看齐，目光锁定在距离他们有三百多米铁轨的拐弯处。火车露出头，不，听到远远传来的汽笛声，兵们纷纷整整军容成立正姿势，目光一点点将火车吃掉。

这一天下午，兵们又早早地聚集在老地方，四点十五分有趟车来。兵们说这趟车从这儿经过时速度最慢，而且常常能看到姑娘。

中午天还是晴晴朗朗的，这会儿却乌云滚滚狂风四起飞沙走石，兵们的衣角哗啦啦作响，处处灰蒙蒙的像一潭浑水，沙尘扑在脸上如砾石般。兵们想回屋里，嘴上说得挺凶，就是没一个挪步的。点到了，车没到。兵们不停地看表不停地看远处，搞得跟等待总攻开始似的。

一直到四点二十一分，车才来了。从出现到消失在隧道里，前后顶多五分钟。车一来，兵们的脖子统统陡然长了好几厘米，也不怕风沙了，精神高度集中地对车实施移动靶射击。车进了隧道，只留下哐哐哐的巨响，兵们的目光钉在隧道深处许久许久，仿佛粘在车尾上越拉越长。

"哎，看到了吧？那姑娘真靓哎！"

"是啊，是啊，乌黑的披肩长发，脸白里透红与众不同，那眼神简直带钩。"

"要我说，她的嘴最出色，薄薄的翘翘的，和弯弯的月亮一个样。"

张大强急了："什么什么？我怎么没看到？"

吴晓同咂咂嘴："你眼睛有问题了，谁叫你成天看书的。就那本破小说，还不借，这回遭报应了。"

"蒙我，我入伍体检时，视力是2.0。"张大强揉了揉眼，"你们是想象的吧？"

兵们把鄙夷的脸色丢过来，张大强没话说了，狠狠地抒眼皮，恨不得立马整个千里眼。

晚上，兵们在宿舍里说开了。

"这车也开得太快了，要过隧道，怎么也得减速，安全第一嘛。"

"再慢都没用，你没见坐在窗口的姑娘也就个把个。"

"我要是列车长，让姑娘，不，是漂亮的女孩全部坐在窗口。"

"人家是对号入座，列车长管不着，得找售票员才能解决问题。"

虞扬开口了："你们都没说到点子上，我要是铁道部长，就在这儿设个站。"

兵们都附和道："班长就是班长，能够抓住要害。"

黎树一句话也没说，而是在想什么时候能收到丫头的信。到这儿后，他按照与丫头的约定，三天写一封信，一次两页纸。两个月下来，二十封信才发出去了。连部的通讯员三个月来一次，送报刊信件。再有个把礼拜就该到了，他在盘算这么多信该怎么个看法。

吴晓同说："咱们说这些白费劲，要我看，最实际的是向《解放军画报》主编写封信，让他们多登些女兵的照片，当然了，得漂亮的。操，在这儿连个母的都瞧不见。"

虞扬说："这想法不赖，张大强，我们里头就你最有文化了，这光荣而艰巨的任务就交给你了，别打马虎，本班长下的是命令，再说了，你也不能辜负了全体弟兄们的厚望。"

张大强动了动身子："我写我写，不过，大伙都说说要写些啥，咱们要把心里话捧出来。"

吴晓同说："这有什么难的，你就写我们是一群山里头的兵，清一色的光头汉，一年到头看不到个女的，心里头憋得慌，我们不想在退伍时看到母猪都是双眼皮。长此以往，我们就找不到做男人的感觉了，这会严重削弱我们的战斗力，到头来不能圆满完成党和人民赋予的光荣任务。你们这些大编辑生活在城里，满街都是好看的妞，别饱汉子不知饿汉子饥，要充分意识到我们基层官兵的所想所需，要把为兵服务的思想真正落到实处。因此，以后在画报上多登些漂亮女兵的照片，'漂亮女兵'四个字最好加着重号，实在找不到，也可以登些漂亮少女，这也是军民共建嘛。"

虞扬说："咱们要求并不高，只是看看，她们也不会少什么。你们在城里吃肉，咱们喝点汤总归可以吧。你们不知道，白天兵看兵，晚上数星星的日子多难熬。我们这儿四处除了石头还是石头，还他妈的都是男石头。我们知道，弄几个女兵和我们一道守隧道，好是好，但不现实。再说了，她们来了也不安全，日子长了，还不被我们连皮带骨头吞下去。"

张大强说："除非一个人一个，要不然肯定闹翻天。"

吴晓同说："应该告诉他们，画报也应该男女平等，不是说妇女能顶半边天嘛，那就给她们一半的版面。不是给妇女，是给年轻漂亮最好还妩媚的女兵。"

虞扬说："好了，就这么个意思，其他由你发挥。大家说行不行？"

兵们齐欢呼："爽！"

到了第二天，张大强照昨晚吴晓同的中心思想写了整整两页纸，交给虞扬审查。虞扬仔仔细细地像看兵们个人小结样看了两遍，好一阵没说话，搞得张大强心里没底："班长，怎么样？"

虞扬挠挠头："还是开个会，大伙再好好议议。"

一二班的兵除上勤的全来了，在往日也只有年终总结评比时才有这阵势。讨论会足足开了两个小时，几乎每个人都发了言，地上铺了一层烟头。兵们群情激昂，争先恐后地发言，时不时还穿插些黄段子，气氛相当热烈。最后统一了思想，执笔还是张大强，信全文如下——

尊敬的编辑同志：

您们好！

我们是《解放军画报》的一群忠实读者，《解放军画报》极大地丰富了我们的业余文化生活。你们为此倾注了大量的心血，我们向你们表示十二分的感谢。今日来信，是有一事相商。我们的军队是一支人民的军队，我们来自五湖四海，这里是男儿的世界，但仍有许多女兵女军人不爱红装爱武装和我们战斗在一起，她们付出的比我们更多。然而贵报没有给她们足够的版面，致使很多人不能目睹她们的奉献历程。战争可以让女人走开，我们的军营却不能少了她们。在此，我们建议要舍得花版面多宣传讴歌她们。

此致

革命敬礼

一群隧道兵

一九九八年七月十五日

吴晓同说："这信还不知道哪年哪月能到编辑手里呢，他们采纳了我们的意见再把画报印出来，等到了我们这儿，我们这帮老同志早就滚蛋回家了，我们这可是栽树啊。"

张大强说："到那时，我们还用得着看照片吗？不用了，也不是看看就算了的。哼哼，嘿嘿……"

兵们难得聚在一块儿，很想摆开场子痛痛快快地说东道西一番，可时间不允许。虞扬一宣布散会，二班副就整队带回了。二班的兵们吼着呼号走进隧道，走向他们的营地。雄壮的呼号在山间游走回荡，宛如从天上垂下的一根细长的绳子。

这天晚饭后，黎树坐在一块石头上想事儿，耳边又传来了那熟悉的吉他声。它像从遥远的天穹走来，步伐轻盈，有家乡微风穿过小河里芦苇时发出的气味。

四

信搁在虞扬那儿没几天，通信员就来了。

兵们好像算准了通信员这天会来似的，一大早就有人朝山头上张望。虞扬一咋呼："太急了吧，该干啥干啥去。"上午是队列和擒敌技术训练，兵们精神透足，就是心不在焉，常有人思想跑马，就连吴晓同这样的老同志走齐步时还来了回顺拐。这可是新兵连里新兵才会犯的毛病。虞扬看这样下去训练没法搞了，就板着脸说："谁再思想跑马，来的信啊报纸杂志的就甭看了，那慰问大会你也一边稍息去，到时本班长可没商量。"

山顶上露出通信员那疲惫的身影时，虞扬知道这训练没法再搞了。解散的口令一下，兵们像攻山头样朝通信员狂奔而去，山坡上的小石头在兵们身后欢快地跳跃滚动。通信员见兵们冲上来，索性坐下不走了。这是老规矩了。

兵们上前抬起他乐颠颠地下山，撒下满山的欢呼和笑声。到了营房门口，有人搬凳子，有人递毛巾，有人端茶上烟……把通信员伺候得服服帖帖的。通信员对这一切享受得心安理得，不大的眼睛早已眯成了铅笔线。这时，他才松开一直紧攥着的邮包取出报刊信件。

鲁成东笑歪歪地搓着手，不大会儿，笑凝固了，两手也发僵了。没他的信，他还能咋样。他向张大强借口琴，说是解解闷。张大强剜了他一眼，他忙说"吹完了，我洗干净还你"。

张大强说："操，你他妈的就是个新兵。"

鲁成东在家练过一阵子口琴，能吹几首曲子。本来带了口琴的，可在新兵连时被班长弄去了。他坐在一块平平滑滑的石头上，有徐徐清风拂来，感觉却是如麦芒刺面。口琴看上去圆圆润润，握在手里和砂纸差不多。他试试音，挺好！那就吹一曲吧。不行，真是不行，嗞嗞拉拉的，像是晚上风刮房顶的声音。幸亏不是他的，要不然早被他扔下山了。

坐在石头上的鲁成东，怎么也找不到在家吹口琴的感觉，如同一个离家多年的游子找不到归家的路一样。他带着无奈甚至有些痛恨口琴的心情起身回到班里，兵们个个脸色红润，面若桃花。

黎树见鲁成东垂头丧气的样子，"什么时候不好吹？还这么长时间，没赶上好事吧。"

张大强一脸的诡谲："两头不着边，自找的。"

鲁成东心里一惊，这张大强咋晓得我没吹好口琴的？他忙打岔，"有什么好事了？"

张大强说："说你是新兵还不服气，你以为这口琴想吹就能吹顺畅了，早和你说了，没戏。"

鲁成东不想再问了，找了个借口出去了。

后来他听黎树说，在他去吹口琴时，老兵们个个朗读自己的情书，虞扬说这是规矩，而且在这儿，情书不叫情书而叫慰问信。黎树说，他本来想要去叫鲁成东的，硬被张大强拽住了，说是让新兵蛋子体会体会啥叫真正的音乐。

二胡、吉他、口琴、手风琴……每个兵都熟悉一种乐器，水平嘛，谈不上多出色，可多少还是有点水平的。这事虞扬和黎树吹过，说是有一年省总队歌舞团来了个文艺演出队，就是兵们伴奏的，演员们都夸兵们的水平有专业的味道，甚至比他们团里一些人还高出一筹。兵们说："哪里，哪里，别捧我们了，瞧瞧，我们的小尾巴翘得都比山高了。"人家一本正经地说："谁瞎说，就是乌龟王八。"兵们拍手叫好，说到底是咱自己的演出队。黎树问虞扬当时使的什么乐器，虞扬一摆手："那是很久以前的事了，那时我还没当兵呢，这事是我班长和我说的。"

虞扬顿了顿又说："这鬼地方连石头都是公的，我要是赶上一次多好啊！"

有这么一天，兵们听到了一声撕帛样的声音，没多会儿，就见虞扬闷着头歪歪斜斜地悠回来。他谁也不理，只说了一句"我该退伍了"就轰地倒在床上。到第二天起床号响时，大伙儿知道虞扬起床了。兵们照例是沿着山路跑上五公里后洗漱整内务开饭。

这一天是国庆节，晚上会餐。吃到半截子，虞扬说："你们两个新同志来了都快一年了，该你们说事了。"

老兵们劲头呼地就窜上来了，个个吆吆地起哄。鲁成东昂然地站起来，"说就说，你们说的真不真我拿不准，我要说的可是亲身经历货真价实。"

吴晓同说："哪那么多废话，得让我们过足瘾才算数。"

鲁成东端起架子，开始兜售他的初恋。听老兵说了那么多的荤素掺半的故事，他知道怎样才能填足老兵的胃口。说着说着，他真的进入了状况，把自己那可怜的体验加上书上看来的从别人那听来的和临时想出的一搅和，搞得有声有色，直让兵们停住了手里的筷子。

后来，黎树说："你小子有一套啊！"

鲁成东一脸苦相："完了，全掏空了。以后得多看书，要不然非过不了关不可。"

会餐结束后，是自由活动时间。兵们散在石头间，各式各样的乐器发出各式各样的音乐，像萤火虫一样满山遍野地游动。几个手里没家伙的，就托着下巴瞧着满天的星星，让音乐抚摸着自己。虞扬的吉他已换上了新弦，但他不弹了，交给了黎树，并说："我走时就送给你做纪念，不过，你得把我那首曲子学会。"

黎树问："那是什么曲子？"

虞扬说："和山里的石头一样没名字。"

五

黎树有了散步的习惯，不走远，只是来回地打圈。背会儿手，甩甩胳膊，抬头望望天，低头看看石头，他知道再怎么走还是走不出这满山的石头。这一天，阳光出奇地明亮，就像一个青春少女的脸蛋一般，天空是蓝蓝的，近处的浅蓝，远处的深蓝，看着看着，他搞不清到底天是蓝的还是阳光是蓝的。脚下的石头闪着淡淡的光亮，被黎树踩出咯吱咯吱的声音。远处的石头已不是石头，只是泛着石头色彩的平地，只有周围的才是有模有样的石头。黎树收回目光，坐在一块大石头上。光滑，有温温的感觉。石头很多，但没两个是一样大的，黎树拿起一块小的向远处扔去，那石头在许多石头上蹦跳翻滚，叮叮咚咚声不绝于耳。好听的乐曲！黎树在家时常用瓦片打水漂，瓦片在水面上划出的波纹真好看，只可惜没什么音儿。现在好了！石头像一个勇敢的士兵在枪林弹雨中冲锋，机智、灵活，富有美感，那乐曲能让黎树看到一个身披白纱的少女在款款而行。

老兵说走就走了。

老兵走的那天，吴晓同把所有的画报全送给了鲁成东，吓得鲁成东接都不敢接。吴晓同举起了手，又放下了。

鲁成东说："这是你的宝贝。"

吴晓同说："现在不是，你不要，看来你这兵还没当到家。"鲁成东只好接着。

鲁成东埋着头，吴晓同的目光让他心跳加快。

吴晓同说："新兵就快来了，你这新兵蛋子就成老兵了……接着！"

181

黎树缠着虞扬："班长，那曲子到底叫什么？"

虞扬说："真不知道，只知道是多少年前一个女演员弹的，那吉他也是她留下的。噢，对了，照山里的规矩，这事儿不能让第一年的新兵知道。"

黎树说："班长，我用这曲子送你们一程。"

虞扬说："不中，接新兵和送老兵都不能用这曲儿，新兵听不懂，老兵不要再听了。你可要记住了！"

老兵们是在锣鼓声走的。几个兵使出吃奶的力气把锣鼓敲得山响，走的老兵将脚步下的石头也踢得山响。老兵上了山头，身影变得模糊起来，山下的兵已分不清谁是谁了。有几块石头从山上滚下来，声音越来越响。兵们看着石头往下滚，手里的锣鼓家伙停在了半空中。

鲁成东手里捏着张大强送给他的口琴，心里却想着吴晓同送给他的画报。老兵已走了有些时日了，下了一场大雪，满山的石头都不见了。鲁成东还是找到了他每天坐的那块石头，抹去白雪，露出石头浅灰色的面容。他掏出和雪一样白的手帕拭着口琴，动作是那样地轻柔，好像是在抚摸一个女孩子的脸。

琴声悠扬起来，恰如漫飞的雪花。

碎

片

出租车距离营门还有五六十米时，司机转过脸向倪洋投去征求意见的目光。

倪洋嘴唇微启吐出一字，进。

车子像受惊的老鼠一样蹿进营门，计价器上的数字也趁机蹦跳，这正是司机所希望的结果。

哨兵王心仁和枪一样站得笔直，面对出租车跟个稻草人似的没反应。

王心仁和倪洋同在一个班，说话和他射击水平差不多，脱靶的比中靶多。昨天他上哨，一下子放进五辆出租车。其中三辆是干部坐的，属于准进序列，另外两辆上面是战士应该禁止入内。

班长说，你是人不是根桩。

他一拍胸脯，明天上哨绝不会有这差错。

倪洋是看到王心仁上哨才叫出租车长驱直入的，预想的场面出现了，他反而觉得不舒服。

付了车费下了车他又回头望望哨位的王心仁，心想，站得倒跟枪一样笔直，你啊还不如枪呢。

倪洋坐出租车归队，是不愿意超假。条令上对超假的处理规定很严，但在实际运用中就好像街上卖的注水猪肉，水分比较多。请假出去超过一时半会儿归队，比青年男女婚前性行为还正常。当然不要太离谱。这行情倪洋知道，但他总认为超假不单是晚了几分钟的问题，正如说话不牢和嘴上是否有毛没有直接关系。

185

本来出去四个小时，办完事还能悠哉悠哉地看场电影。这几天电影院正上演进口大片《拯救大兵瑞恩》，这类型的片子最合倪洋的胃口，是一道解馋的大菜一瓶止渴的矿泉一杯提神的浓茶。事不多不大，无外乎买点日用品看看书店又来了什么好书，唯一不能漏掉的是替贾如兵捎根笛子。贾如兵喜欢吹笛子，用他的话说，笛子是他婚前的老婆。大前天，笛子突然裂了。贾如兵苦笑说，笛子通人性哪，知道我交上女朋友了，过几年女朋友会变成老婆的。她在吃醋呢。不能吹了，他就握着笛子胡乱地翻乐谱。

我帮你买根笛子？倪洋总觉着贾如兵离了笛子就不是原先的贾如兵。

贾如兵说，这笛子不好买，还是有机会我自己去买吧。

倪洋说，没事的。

笛子还真不好买，倪洋跑了好几家商店看出了点门道，现在笛子这样的乐器少了，人们多半用耳朵欣赏音乐代替了动嘴制造韵律了。把城里的店铺跑遍了也买不到笛子，倪洋丢开了自己的事专心搜捕笛子。在一乐器店发现了笛子像丑小鸭一样孤独躺在角落里时，他长长地舒了口气。售货员用抹布擦净了笛子上厚厚的灰尘，这笛子终于有主了。倪洋拿着笛子走出店门习惯地看了一下手表，不好，再有三十分钟就到假了。坐公交车根本来不及，他一咬牙抬手拦了一辆出租车。

哟嗬！打的了，站在班门口的贾如兵招呼倪洋。

倪洋说，没办法，不这样就超假了，呶，你的笛子。

贾如兵接过笛子，晚了几分钟不打紧，你也太较真了，嗨，你居然买到了。

倪洋说，虽说费了点周折，但还是买到了，试试看中不中用。

贾如兵说，花了你不少时间噢。

倪洋说，出去一趟全耗在它身上了，幸好没有白耗。

贾如兵说，不好意思，为了我的笛子，让你费心了。

倪洋说，不是为你，是为我自己。

贾如兵说，我吹支曲给你听听。

倪洋说，要我说真话？

贾如兵说，真话。

倪洋说，你那缠缠绵绵幽幽怨怨的味儿我受不了。

贾如兵说，你啊。

倪洋说，陪我下盘象棋。

贾如兵说，没说的。

俩人进了屋，贾如兵把笛子塞在被子里，刚转身想起班长不让在被里床褥下放东西，又从被里抽出了笛子。倪洋拉开抽屉取出象棋，铺开棋纸，你选。贾如兵左手抓着笛子顶着下巴，红的。倪洋喜欢在棋盘上调动千军万马，痛痛快快地达厮杀，下到投入的时候，他眼前的棋子幻化成活生生的将士，在枪林弹雨中冲锋陷阵，这时候他就一个劲儿地喝水。他下棋从不悔棋也绝不容许别人悔棋。一个班里，贾如兵、王心仁和他是棋迷，但他只和贾如兵下，手再痒，王心仁再求他，他也不下。王心仁下棋好悔棋常悔棋，有时一悔好几步。悔棋有什么意思，有的是时间沉思运筹，一旦形成决心就不该反悔，尤其是军人更该如此，军令如山倒嘛，要是真打起仗来，这样当指挥员怎么得了？王心仁不在乎，下棋和打仗两码子事。倪洋眼一眯，下棋如做人哪。

贾如兵的棋枝比倪洋稍差一点，开局十来分钟，形势就越发严峻起来。又干上了，王心仁在贾如兵举棋不定时进了门，刚下哨想回班里喝口水，然后再去厕所撒尿，一看到下棋了，进水出水的事儿统统忘了。他双手抱在胸前如同指挥员立在沙盘前，花了分把钟鸟瞰了一下目前双方的态势，便开始场外指导了，如兵，出车了，都到什么时候，你这车还窝在家里，出车！出车！

187

倪洋皱着眉头，君子观棋不语，你又不是不懂。

王心仁咧着大嘴，好，好。

贾如兵没听王心仁的话，按照自己的棋路跳马。明眼人一看就知道，此时倪洋已略占上风。你来我往动了几个棋子，王心仁一看贾如兵没发现一绝好的战机又急了，伸手去抓贾如兵的炮。

贾如兵使笛子一敲那不规矩的手，臭手，一边去。王心仁知道贾如兵下手重慌忙撒手。倪洋的茶杯被王心仁慌不择路的手扫落在地上。杯子是装雀巢咖啡的那种玻璃杯子，外力加上自由落体的力量，自然是摔成了数不清的碎片。看着粉身碎骨的杯子，倪洋的心也被震碎了。这杯子不值钱，可却有着意味深长的背景，正如一支枪一样，看起来是木头和钢铁的简单组合，将其肢解开几乎没点用处，但一旦有了枪的外形和内在的功用时，枪就不是单纯的木头和钢铁的简单组合，也不是单纯的武器了。

王心仁没看满地的碎片只盯着倪洋，烂了，我赔你一个。

倪洋说，无所谓，又不值几个钱。

王心仁说，我一定得赔。

倪洋说，算了，不就是个玻璃杯。

王心仁说，我知道这是你的心爱之物。

倪洋说，旧的不去新的不来，这也许是好事。

王心仁说，你别这样说，你越这样说我心里越不好受。

倪洋说，下棋，下棋。

王心仁说，我得赔。

倪洋说，我不是说了嘛，不用赔。

王心仁说，我一定要赔。

贾如兵说，说赔就得赔噢。

王心仁说，谁不赔谁是孙子。

倪洋说，也好，是你说要赔的，那我也不客气了，你就赔吧。

王心仁说，这个星期不行了，下星期天我请假出去给你买一个。

倪洋说，不急。

王心仁说，我说下星期天就下星期天。

贾如兵说，问题解决了，下棋。

倪洋说，下！

王心仁说，我得去撒尿。

贾如兵说，别尿一撒，把话也撒了。

王心仁说，不会。

贾如兵在欣赏新笛子，感觉上不是很好，这也难怪，那笛子使惯了，陡然换一个陌生的面孔陌生的躯体，无论从生理上还是心理上都得有个适应过程。

王心仁说，现在什么时候？

贾如兵说，八点差五分。

王心仁说，今天星期几？

贾如兵说，你烦不烦，星期三都不知道。

王心仁说，那书呢？

贾如兵说，什么书？

王心仁说，你说星期三晚上八点把《四大名捕会京师》借我看的哦。

贾如兵说，我没看完呢。

王心仁说，那我不管，说话打折不义气。

贾如兵说，这几天训练下来整个人都瘫了，我哪还有力气看书？

王心仁说，那给我先看，看完你再看。

贾如兵说，我都看了一半，你这一腰斩，我是猫抓心。

王心仁说，你白长了一嘴的胡子，名牌剃须刀让你糟蹋了。

贾如兵说，书是我的，胡子是我的，名牌剃须刀也是我的，碍你蛋疼。

王心仁说，说话时倒很勃起，话一完就阳痿了。

贾如兵说，别满嘴吐粪，这书我也得一字一字地看啦。

王心仁说，都十一天下来了。

贾如兵说，你记性还真好。

王心仁说，我这是为你着想。

贾如兵说，别在我面前摆舍己为人的臭谱。

王心仁说，七尺男儿言出必行，不是我非看不可，为一本书损害你的美名不好哇，我不想让你给自个儿抹黑。

贾如兵说，具体情况具体对待嘛，我不是没时间看嘛。

王心仁说，失信就是失信，主观决定一切。

贾如兵最终还是没把书给王心仁看，王心仁逢人便讲贾如兵如何地不守信，事情不在大小，不是常说一滴水见太阳，一本书要抵多少滴水，数都数不清呢。

星期天下午快到开饭的时候，王心仁才从街上回来，挎包里塞满了一大堆吃的用的，高兴得就跟刚讨了个小媳妇似的。

倪洋说，老兄。

王心仁说，啥事？

倪洋说，你的话呢？

王心仁说，啥话？

倪洋说，杯子？

王心仁说，啥杯子？

倪洋说，你的大脑萎缩也不至于这么快吧，我的杯子。

王心仁说，噢，噢，你的杯子。

倪洋说，是啊，我的杯子。

王心仁说，你看看，好久不上街了，事情挤在一起，脑子就糊了，脑子一糊就把杯子的事给忘了。

倪洋说，糨糊还能粘东西呢。

王心仁说，你想要糨糊？

倪洋说，是啊，至少糨糊能粘画（话）儿。

王心仁说，不就是个杯子，下星期我一定赔给你，你这话太伤我的自尊心了。

倪洋说，真是下星期？

王心仁说，再不赔，我是你养的。

倪洋说，不敢，我还是童男子汉呢，不想随随便便把童贞当垃圾扔出去。

到了星期六晚了，王心仁又在写请假条。

倪洋说，明天又上街了？

王心仁说，你们都不去，这名额浪费了多可惜。

倪洋说，有事要办？

王心仁说，没事，转转透透气。

倪洋说，别再忘了我的杯子。

王心仁说，杯子？

倪洋说，你说过要赔我的杯子的。

王心仁说，就那杯子，值当你这么重视？

倪洋说，杯子不值钱。

王心仁说，不值钱，你盯这么紧干啥？

倪洋说，我要杯子嘛。

王心仁说，还是小气不是。

倪洋说，这和小气没关系。

第二天一早，王心仁梳了个小分头，哼着小曲儿出门。

倪洋说，杯子的事别忘了。

这回王心仁记住了，一回来把杯子往桌子上一放，你的杯子。

倪洋说，这就对了。

王心仁说，就这破杯子，跟苍蝇似的追着我赔，没劲。

倪洋说，这杯子好好的没破。

王心仁说，你说实话，这杯子是不是对你很重要。

倪洋说，再重要摔碎了，也就不重要了。

王心仁说，得得，口是心非，我不和你计较。

倪洋双手垫着下巴眼珠一动不动地看杯子，看着看着他把杯子从桌上撸到了地上。班里没人，杯子落地的声音显得特别大，片片碎片亮晶晶的。

望着满地的碎片，倪洋心想，这杯子的碎片和他原先杯子的碎片不一样。

通

条

一

"尚午。"

"到！"

"有什么感觉？"

感觉？现在还能有什么感觉？！尚午认为班长问这话问得多余，有股幸灾乐祸的气味儿扑面而来。

"报告班长，没什么感觉。"尚午一挺胸脯，张口蹦出一句。如果细细观察，他胸脯至少比先前挺高了一厘米。竖在水泥场上这么久，尚午第一次有张口说话的机会。他第一次发现人要是长时间不让说话，还真是件苦差事。

尚午说完了一想，自己的汇报一点也不切合实际。在飕飕地吹得人先发麻后发硬的寒风中，一动不动地戳着，而且已经戳了一个多小时了，怎么会没感觉？不行，不能让班长说自己不老实。再说了，创造一次说话的机会，至少嘴巴能活动活动，那是一种美的享受。再怎么说，嘴巴也是身体的一部位，全身无法整体运动，局部放松也比上下整个绷得紧直要好。

"报告班长，要说感觉还是有那么一点……"尚午说话时，没忘记双眼目视前方。实际上，谈不上忘记不忘记，全身部件都已僵化，想改变，还得费点事。

"什么？"

195

"浑身酸兮兮的，不过，我能挺得住。"

"好，就该这样。"郑先根露出了一丝笑意。但这笑意瞬间就消失了，如同呼啸而去的子弹。

尚午运用余光标齐排面的动作要领，偷偷地瞟了郑先根一眼，心想：班长的这话，说的是我汇报的感觉呢，还是表扬我决心坚持到底的态度呢？

想着想着，尚午意识到，现在考虑这个问题没有一点价值，暂且一边稍息去。此时此刻需要的答案是什么时候才能站到三小时，到了三小时，自己还能不能像现在这样戳着，还能有什么比这还重要？没有！人的思维的确就是这么有趣。

二

这种训练方法，当兵前尚午没料到。在学校，尚午是搞体育的，野惯了。刚开始，只是在训练场上野跳野跑，体育老师说他野得可爱，他那帮同学羡慕他野得潇洒。总之，尚午的野，博得了大家的一致喝彩。

然而，对于尚午决定参军，大伙都认为他野出格了。

体育老师王志新到尚午家时，尚午正在屋里咬着牙鼓着腮帮子推杠铃，脸憋得红里透紫，跟熟透了的茄子没什么两样。一张一鼓的嘴大口出气，大口吞气，活像只大蛤蟆。

"尚午，怎么想起来去报名参军的啊？"面对自己最得意的弟子，王志新有点舍不得让这么好的一棵体育苗子从自己手指缝里滑溜出去。尚午天生是块搞体育的料，自打第一次瞅见后，王志新就下了决心，好好地雕刻雕刻。让这小子跨进体育学院的大门，凭着他精明的招数，那还不跟玩似的。

"体院没考上，待在家里闲着也是闲着。"尚午顾不上擦擦汗，连忙给老师沏来上好的龙井茶。做学生的，只要有点心，总能摸透老师的性子。王志新有两大嗜好，除爱在训练场上吆喝外，就是喜欢喝茶，而且非龙井不喝。这点儿事，尚午早就知道了。

"不是还有明年吗？"王志新接过茶杯放在茶几上后，拉着尚午挨着自己坐下。

"老师，当兵不好吗？"尚午没有回答王志新的问话，反问起来。

"不是不好，你能考上体院，实现自己的梦想，不是更好？！"王志新在为尚午惋惜的同时，更多的是心疼尚午这五六年来的训练。想到这儿，他就觉得这老天并没有长眼。照理说，尚午的体育成绩和文化成绩都没有问题。可临考试那天，腿肚子一抽筋，接下来什么都结束了。

"这兵总得有人当吧？"尚午说得很平淡。事后，他想不到自己怎么会说出这话的。当然，有一点他很清楚，他说这话并不是为了应付老师，也许，是自己骨子里就有当兵的欲念。也许吧。不过，决定参军绝没有也许的成分。对于这一点，他的心就跟手里的杠铃一样，实着呢！

"话虽这样说，可你不一定非得要去？"王志新知道他这位学生的个性，定下来的事，想让他更改，希望等于零。尽管如此，他仍然抱着一丝希望。对他来说，这种希望，多半是为了安慰自己，让自己的思绪有个缓冲的过程。

门外起风了，树叶沙沙作响，这天是冷了。王志新捧着茶杯，呆呆地看着尚午。他心里暖洋洋的，这暖已升至极点，浑身有热浪涌动。依着杠铃杆坐着的尚午，自王志新一进门，就没敢正瞧一眼，他是在细读"愧"字。面对自己的老师，他怎么也找不着那横下一条心当兵的勇气来。他知道老师的心思，也不否认老师说的话有一定的道理。一个人一个心，那理儿也是啥样的都有。

屋里一片沉寂。这时，除了沉寂，还有什么呢？

三

这北方和南方就是不一样。

从小生活在南方的尚午，大冷的天，还是很容易想起"凉快"二字。可北方的冬天，除了死冷，还是死冷。

天冷，没什么怕的。好动厌静的尚午，一向是怕热不怕冷。隆冬的早晨，他穿着运动衣裤晨练，回来时，浑身上下脱得只剩一条短裤，热汗照样直冒。看着尚午腰间缠着衣服来回蹦跳，左邻右舍吓得直吐舌头，到末了还免不了缩着脖子抖索着身子说一句："这小子真邪！"语气中夹杂着浓浓的羡慕。平常里，邻居们凑在一块嚼舌头，都说尚午有着自家小子所没有的一股劲儿，长大了出息着呢。人们常说，老婆是人家的好，孩子是自个儿的俏。现在看来，这话并不完全正确。邻居们一说到尚午，没有不啧啧直夸的。全没有一丝虚伪。

这会儿，尚午才领教到了冷的厉害。原先，人们说风刀子，他整不明白，风就是风，刀就是刀，风和刀怎么扯也扯不到一块儿。唉！这明显的常识性错误，愣是没有人转过弯来，还常常挂在嘴边说得起劲。怪不得俗话说愚昧害死人。现在，他是算知道了，这风就是一把刀，而且还是一把利刃。裹着厚厚的棉衣，不顶一点用，风刀子照样刺得进。听班长说，这部队的棉衣棉裤里的棉花，是国家最好的棉花，一般人享受不到这种待遇。军用品嘛！只有军人受用。最遭罪的还是脸和手，无数把刀子肆无忌惮之中不乏野蛮地左剜右割。两只耳朵呢？兴许早被风刀子给吹掉了。反正，在尚午的意识中，耳朵已不复存在。耳朵冻掉了的事，他听说过，没想到，这事也摊上他了。没了耳朵，那模样多丑，尚午直想哭。怎么办？用手摸摸侦察侦察才是。手呢？手好像还在，可怎么也不听使唤。五指间似乎沾

198

上了强力胶，黏得好死。他唯一能感觉到的就是中指紧贴着裤缝。这班长，连手套都不让戴，心毒得很。尚午心里骂完了，又觉着不是味儿，班长也没戴手套，而且是和自己一样戳着。除了偶尔扫描他们这一帮新兵蛋子，偶尔动嘴指三点四外，站得比自己板正多了。简直算得上纹丝不动。这站也站得有水平，更有滋有味。

班长往队列前一站，浑身上下都是熟透了的军人气质。这人跟人就是不一样，尚午到新兵连的第一天，就喜欢上了班长的这股兵味。这正是他日思夜想的。

到新兵连的第一个晚上，兵们都在忙着给父母亲七大姑八大姨老师同学还有要好的女同学和称之为表妹的女孩写信。趁着这档儿，尚午开始和班长套近乎。新兵连三个月，表现好孬，全凭班长一句话。不过，这和一手遮天是两码事。而新兵连的表现又直接关系到日后军旅生涯的质量，这理儿尚午明白着呐。当然，他没想和班长瞎拉关系，日后好有关照。他不但不想，而且特别厌恶，自己干出来的好，那才叫好，搞歪门邪道的事，他从来不干。

"班长，这警服穿在你身上，越看越够味，怎么我们这些新兵一穿，咋就像道具？"这个疑问自尚午领到警服穿上的那天起，就已产生。

"可能是没佩警衔的缘故吧！"郑先根正瞪着眼，手里像练习瞄靶一样在穿针引线。膝头上一件破了的警裤，无声地告诉尚午，班长要自己动手补衣服。

"班长，不瞒你说，在家时，我找警衔戴过，可整来整去还是不像个军人。再说了，一看电影里的那些军人，我就有些反胃，他们演得很像，可总觉得少了些什么？琢磨来琢磨去，就琢磨出了厌恶的味道。一到部队，看到您，我才知道，他们和我一样，少的都是兵味。"尚午盯着班长瞄上瞄下的，目光显然有些贪婪。

"兵嘛！就是和老百姓不一样，三个月的新兵连生活，就是要让你们完成从普通青年到军人的转变。不要多，至多一年，你们都会有兵相的。"郑先根把针穿好后，开始补裤子。在尚午的眼里，班长补衣服的动作老道得和他妈妈一样。

听着郑先根的话，尚午的心中腾起了希望。他挪了挪身子，紧挨着郑先根，有点兴奋地问道："班长，那我们什么时候开始练功夫、学打枪？"

郑先根停住手中的针线活，抬头看了尚午一眼。尚午脸上的表情和说话的语气，让他又回到了自己的新兵连生活。当初他刚入伍时，就是尚午现在这个样子。这小子，是棵好兵苗子。郑先根心里甜滋滋的。也就是从这时起，他心里打起了小九九，到分兵时，一定要想办法把尚午抢到自己的中队去。

"还得一段时间，近段日子你们主要进行队列训练。军人嘛，首先要学会坐立行走，这是最基本的。"郑先根说。

学走路？尚午的心顿时凉了半截。

四

"扑通！"尚午左边的一兵倒在地上。

"柴有富！起来，继续练。"郑先根只吼了一句。叫柴有富的新兵，晃晃悠悠地爬起来，重新恢复了立正姿势。

新兵怕战术，老兵怕队列。

这话在部队流行了多少年，经久不衰，是绝对畅销的口头语。可在尚午看来，这话经不住实践的检验，至少在自己和班长之间没有说服力。班长是扛着四道杠（一粗三细）的老兵，站在那儿，一点反应都没有。隐隐约约之中似乎还有点站着是一种享受的感觉。可自己就不行了，两个小时没到，筋骨就僵得硬邦邦的，再这样下去，连思维都得拉紧绷直直至凝固。

这该死的持久练习，这不是纯粹折腾人吗？尚午当兵，尤其是当一名武警战士，根本就不是冲着这傻傻地戳着来的。

人的生活道路，可选择的余地很宽敞，需要改变时，心一横腿一迈就成。唯独这当兵不行，过了这个村，就没这个店。你过了入伍的最高年限，再削尖脑袋也挤不进来。当兵嘛！自然要当一个真正的兵，过把瘾，也不枉此一生。尚午这兵，本来就当得不容易，既然是不容易，就得当出出息来。尚午对出息有自己的理解，这和别的兵恐怕有点偏差，只因为有了偏差，他尚午才是尚午。

五

"老师，入伍通知书我都拿到了，再过两天，我就得到部队去了，你不怪我吧？"尚午一哽咽，眼眶里就湿了。这些年来，老师在他身上花了不少心血，寄予了很大的希望。现在他把老师的希望打碎了，而且是悄悄地又义无返顾地打碎的。老师一定很伤心。

房子里的空气似乎停止了流动。尚午已做好让老师发牢骚甚至是发火的准备。不管老师对自己怎样，自己都要接受，谁叫自己对不起老师的呢？

"傻孩子，老师怎么会怪你呢？当兵又不是什么坏事，我今天是专门来看你的，等你走时，我还得到车站为你送行。"王志新心里不是味儿，可话说得很到位，只是有些勉强的痕迹。刚得知尚午入伍的事儿时，他想不通，一个好好的体育尖子怎么有了当兵的念头？这对他来说，怎么想也想不出个名堂来。不过，尚午是他的学生，他的得意门生，凭对尚午的了解，有一点他知道，尚午之所以有这样的选择，一定有他的道理。当老师的，一颗善良的心总是在为他人呵护。更何况王志新一向把尚午当作自己的儿子看呢！

这下子，尚午倒有点不知所措了。老师对他的帮助，老师的忍痛割爱，让他一点防备都没有。

"老师，您喝茶，喝茶！"尚午憋了半天，也没想出词儿，只好借着让王志新喝茶来掩饰自己的不安。

"尚午，听说你报名时，非武警不当，为什么？"王志新呷了一口茶问道。

一提到"武警"二字，尚午眼里就发光。

"当武警有意思！"

"武警也是兵，都是兵，能有啥区别？"

"区别大着呢？"

"没想到，你兵还没当，兵的事倒懂得不少，说给老师听听。"

"现在是和平年代，当野战军，仗是没得打。一个军人，不经受战争的洗礼，就不能算一个真正意义上的军人，没有仗打的军旅生活，那还不跟白开水似的，喝起来没味。这样的兵还有啥当头！"尚午说到激动之处，一下子站了起来。

"那武警不是一样，也捞不到仗打？"王志新仰起头，面对情绪激昂的尚午，自己倒似乎成了学生。

"不一样，绝对不一样！"尚午摇着脑袋，一挥手断然说道。

"有什么不一样？"

"武警虽然也是兵，可这兵特殊啊！你想想武警是干什么的，武警是维护社会治安的，练得一手好枪法一身好功夫，追捕巡逻，惩凶除奸，多少有点刀光剑影。我的观点是，在和平时期，还是当武警有劲过瘾。"尚午这时的劲头，就如同向终点冲刺一样。

"你的观点，我不敢苟同。不过凭你这股劲头，我信你能当个好兵，我等你的好消息。"王志新起身拍了拍尚午的肩膀。这一拍味儿足着呢！每回尚午比赛临上场前，王志新最后一个动作就是这么一拍。有了这一拍，尚午立马精神气十足，必胜的信念统治了一切。

队伍里传来细碎声。

训练场上，这本是细微的声音，陡然间刺得人耳膜阵阵发麻，似乎还有点疼。其功效不亚于轰鸣的雷。

"班长，我，我不行了。"柴有富嚅嚅地哼着，没等郑先根答复，他就瘫了。坐在地上直喘粗气，嘴张得老大，如同离开了水的鱼，抛给郑先根的是求饶的目光。

"撑不住，到一边活动活动筋骨，别坐在地上。"郑先根威严的面容之中揉进了一丝温柔。

得到了恩准，柴有富离开了队伍，他是带着惭愧离开队列的。看着和他一样的新战友，依然像木桩定在那儿，他直骂自己不争气。骂归骂，自己挺不下去，再骂也是白搭。踢腿，甩胳膊，他在尽情地舒展，这时的他，倒像是临比赛前的运动员在做准备活动。

这帮新兵蛋子，虽说毛还没长全，还真是够意思！居然能站这么长时间，谁说现在的兵员素质是王小二过年——一年不如一年，说这话的人不是吃错药，就是脑子里的哪个零件出了故障。郑先根看着手下的兵，一种无法压抑的兴奋悄然爬上心头。

持久练习，新兵连公开宣布的时间是三个小时，而内定的时间是一个半小时，剩下的时间，全凭自愿，能站就继续站，不能站的，也就算了。现在一个半小时已经过去了，除了柴有富败下阵，其他的居然站得还像模像样。

"谁要是估摸着熬不下去了，可以离开队列到一边歇着。"郑先根觉得该是到了说这话的时候了。

有了班长的这句话，有几个兵便"哎哟哎哟"地哼着，迈着机械的双腿怯怯地而又迫不及待地离开队列。

几个兵缠在一起，相互帮着按摩。虽说舒服得很，还是龇牙咧嘴地装着一副痛苦不堪的表情。

尚午没动。他两眼盯在郑先根脸上，他要找出郑先根说这话的原因。训练场就得有训练场的样子，班长在这时候说这话，不是明摆着，私自放宽要求外加涣散军心。

郑先根的目光和尚午的目光相撞之后，倏地转移了。他知道，尚午这个新兵在想什么。想探我的底，让你得逞了，我这兵不是白当了。他没给尚午机会。

目光贼精的尚午，自然知道班长在回避、躲藏。再盯下去也没什么结果，跳过班长，尚午把目光投向其他班。

这时的训练场上，先前那整齐划一、森然列队的场面已悄然遁去。趴着的、躺着的、蹲着的，比比皆是。看样子，不少新战友已被意志和毅力打败。站着的是少数，就在少数之中，还有许多在摇摇晃晃，七倒八歪，整个一曲持久站立训练的圆舞曲。只是这调子阳刚不足，悲惨有余。

就这种德性还来当兵？还能当个好兵？做梦去吧！吃不了这份苦，早干什么去了？尚午对战友们一肚子的不满。他认为，这对他是个耻辱，对他们这批兵更是莫大的耻辱。

七

晚饭后，踢了一天正步的新兵们，尚在惊惶之中，一个个直抱怨这新兵连真不是人待的地方。趁着班长上厕所的机会，都拿班长和新兵连来出气，寻求一点心理平衡。

什么军中之母？我看叫军中杀手还差不离。

应该再加上"冷血"两个字。

对，对，军中冷血杀手，名副其实。名副其实。

你瞧那模样，一上了训练场，脸就像刀刻的，没点儿人情味。

你还说脸呢？就光是他那口令，还没到耳里，我就开始打怵，比看恐怖片还紧张。

别这么说，班长也是执行上级命令。再说了，班长不也是从新兵过来的。要怪应该怪这新兵连，新兵连才是折磨我们的罪魁祸首，是真正的主犯。班长嘛！至多是个从犯。

就是嘛！新兵连说起来是培养合格军人的摇篮，这是拣好听的说的，我看，新兵连简直是第十八层地狱。

不，起码也是十九层地狱。这样下去，脱几层皮是轻的，把小命撂进去，也是说不准的事。

兵们七嘴八舌地发牢骚。可说着说着，说到最后，没班长的事，没新兵连的错，错就错在自己身上的警服，可这警服又是自己心甘情愿而又朝思暮想地要穿的。最后，在班长进班前，大家形成了共识：要怪只怪自己没吃苦的本事。不过，也从反面说明，要想把警服穿住，也不是件容易的事。兵们这时才朦朦胧胧地意识到：为什么人们都说，奉献是军人的代名词。尽管他们对军人奉献的内涵还没有真正领会，但他们毕竟已经开始审视奉献。这不能不说是一种进步，一种向合格军人靠拢的进步。

尚午没有参与这场由发牢骚到发感慨的群众性大讨论。他在写日记。一个班就他每天记日记，因此很容易引起他人的注意。日记是自己在和自己说悄悄话。既然是悄悄话，就不能让别人听到，用部队的话说，日记属于保密材料。至于是什么密级，他没想过。对他来说，能用来写日记的时间不多。大伙伸着脖子扯着嗓门胡吹瞎掰时，是个好机会。这叫乱中求胜。这时候，大伙儿的注意力都聚在耳朵和嘴巴上，没闲空顾得上在一边的他在干什么。错了这个战机，只好熄灯后，躲在被窝一手拿电筒一手握笔了。如此写日记，不但别扭，而且空气不畅，很难打开思路。在他看来，要想让当兵的历史成为一种永恒，伴随自己一生，不写日记是不行的。再说了，每天写日记，可以让自己对一天的生活进行反思总结，有助于自己一步一步向着好兵的目标靠近。

到部队已经十天了，这日子不算短。对这十天来的情况做个回顾小结，是件好事，也在情理之中，更是必须的。

尚午在日记中写道：

到了部队，才发现这世界真大。对我来说，一切都已脱胎换骨。以前的生活只能在梦中闪现。新兵连的生活很艰苦，苦，我并不怕，主要是精神压力大，几乎没有静下心来舒舒坦坦地喘口气的机会。这让我想起在运动场上，自听到"各就各位"的口令，做完双手撑起，单腿跪地，抬头前看，做好起跑姿势之后，一直听到发令枪响冲出去之前的这段心情。这种感觉，在新兵连找到了。要说这十天，内容很简单，除吃喝拉撒睡外，就是训练学习；训练的内容除了三种步伐的练习还是三种步伐的练习，给我的感觉除了单调仍然是单调。有些战友，由于来时没有充分的心理准备，暗地里已打起退堂鼓，这情有可原。我是做好一切吃苦受罪准备来的，不也是一下子不能适应吗？十天，才是刚刚开始，严格地说，还没有完全开始，以后的日子还很长，我面对的艰难困苦不但多，而且一定是超乎我的想象的。也许我会有被打垮的一天，但我决不会认输，倒下去只要我还能起来，就算爬也要爬起来，而且要立得笔直。实现理想，必然要付出代价。我要竭尽全力昂首挺胸地前进，直至胜利的彼岸。我需要的是立于天地之间宁折不弯的意志、毅力。当然，最主要的是信念……

写到这儿，尚午感觉到自己的心跳徒然加快，浑身骚涌一股无从抑制的冲动。

就在这时，郑先根进了班。

兵们的群众性讨论戛然止住。

尚午的冲动一下消失。

郑先根被新兵们的目光淹没了。

八

一阵寒风吹来，势头猛得很。猛的是那股寒气。

打了冷战，是人遇到寒冷的一种本能反应。可尚午没有，他已暂时丧失了这种正常的生理功能。他很奇怪。

让他没料到的不但冷战没打，反而感到了一丝暖意，酥酥的，柔柔的，感觉好得很。这是怎么一回事？别是站久了站出毛病来了。有了毛病，也得坚持下去，绝不能半途而废，在训练场扮演懦夫的角色。

一股热浪，在他的脉管里流淌，似乎要将他熔化。就连与风刀子相吻的脸和双手都觉得热烘烘的。

尚午本已接近凝固点的脑子，重新高速旋转起来。让块块肌肉保持静止，本身就是动。人站在那儿，需要靠全身的肌肉和骨节来维护平衡，正所谓动中有静，静中有动。运动，自然就会产生热量。心结打开，一丝轻松从尚午的心中闪过。

训练场上，依然和尚午一样保持正规军姿的已经所剩无几。有好几个班，已是全军覆没。一些班长看着别的班还有战士在坚持，尤其是看到尚午这样的兵，欣赏的同时，就恨自己手下的兵不争气。恨完了，就禁不住面露愠色，甚至吹胡子瞪眼睛。一切停当之后，就开始吆喝兵们来回不停地走队列。喊口令纠正动作之余，时不时地瞟尚午几眼。那眼光的成分很复杂，内容要怎么丰富，就有怎么丰富。有时一不留神，在给新兵纠正动作时，自己的动作就不免有些出格。

"尚午，还行吗？"郑先根关切的话语，飘进尚午的耳朵，植入了他心田。

一个班的新战士，只有尚午从开始一直到现在，始终像枪一样挺立着，像通条一样戳着。要不是有这样的兵在面前，郑先根似乎也早已散架。本来，按照规定，他站在队列前，只要时不时地示范示范就行了。他的主要任务是纠正兵们的动作。半小时刚过时，看到有些战士的姿势开始变形，他是准备离开指挥位置，走上前去手把手地纠正纠正的。可眼前的这个新兵尚午站在那儿，似乎对他产生了一种力量。一种令他无法挪动双脚，变立正姿势为齐步走的力量。

从那以后，他只是用口令为兵们纠正动作。其他时间，他都用在不露声色地观察尚午上。

两脚靠拢，两脚尖打开成六十度，小腿挺直，两手中指贴紧裤缝，上身略前倾，挺胸收腹抬头，两眼平视前方。队列条令上关于立正姿态的动作要领，在尚午身上得到最圆满最彻底最标准的体现。换句话说，尚午的立正姿势，就是条令。两个多小时下来，郑先根只能看到尚午的双眼偶尔眨几下。即使是眨一下，也似乎是为了目光更有神。

他妈的，谁说老兵怕队列！郑先根在心里暗地骂一句。在他看来，他今天练军姿，是一次地地道道的美的享受。这种感受，当兵以来，他只有过一次，那还是去年赤手空拳生擒杀人犯后押送至派出所的路上。

九

郑先根进了班里后，对全班新兵来了个全景扫描之后，总算冲出了兵们目光的重重包围。

"大家别穷嘴了，那会大伤元气的，还是留点劲明天用在训练场上吧。告诉你们吧，明天上午的训练课目是军姿持久练习。用部队的行话说，就是拔军姿。"

郑先根的话，是一颗重磅炸弹，立马就把兵们给震蒙了。这几天来，郑先根常常说，高强度、超极限的训练还在后面呢。这不，说来就来了。兵们心里都在打鼓：班长是不是尽会唬人，这军姿练习，不就是站那儿，有什么好怕的？

郑先根没理会兵们的心理活动。虽然他清楚得很，但没人问，他也不说。他知道，他再怎么说练军姿苦，兵们也不会相信。这帮新兵蛋子的脾性，他号得很准。自己也是从新兵过来的，谁还不知道谁呀！

吹过就寝号后，尚午一路小跑给郑先根打来热热的但又不烫的洗脚水。这种事，在家里只有妈妈替他做。要是不来部队，他还真想不到自己也会做给别人端洗脚水的差事。当然，谁都没有强迫他，这是他自己心甘情愿的。要是自己没这份心，别人对他顶着枪，他也不会干。

尚午是在讨班长的欢心，讨班长欢心的目的，是要向班长请教请教有关练军姿的事儿。

"尚午，你是想打探练军姿的事儿，是吧？"郑先根的鞋还没脱，就干脆利落地掏出了尚午心里的小九九。

"不！不不！是！是是！"尚午被班长来了个首发命中，连话都不知道怎么说了。

209

"练军姿，实际上很简单，就是保持一段时间标准的立正姿势。"

"这和我们以后执行任务有关吧？我们又不是仪仗队的，又不担任礼宾哨，这练习立正有啥用？何况，我们立正、稍息不是已学了好几天了？立正训练，怎么叫练军姿？"

"要说没关系，也没什么直接关系，要说有关系，那关系紧密得很呢！"

"什么关系？"

"这得让你自己去体会，我现在不告诉你，我只是对你说，别小看这练军姿的作用。当然，也不要认为练军姿就是站站而已，不疼不痒，你得有心理上和体力上的准备。"

郑先根越说，尚午越迷糊。不过有一点他相信，班长是老兵，他说的话一定有道理。他把练军姿看得这么重，那练军姿就一定有它的神奇之处。要不然，怎么叫老兵呢！

十

这是一段痛苦的历程。

这是一次心力交瘁的训练。

这是一场没有硝烟、平淡之中蕴藏激昂的较量。

十一

这时的训练场上，只有尚午和郑先根还竖着。

胜利者，往往特别引人注目。兵们围着他俩，一会儿看看郑先根，一会儿瞧瞧尚午，他俩表现出的一种力量，深深打动了兵们。

尚午已经接近崩溃，但他不能。三个小时没到，他绝对不能被自己

210

打倒。现在，一切都不属于他了，身上的一切部件，他无法感觉到仍然存在着。幸好，他的思维还能跌跌撞撞地活动。他意识到，这逝去的两个多小时对自己太重要了，这其中的收获远远超过了他平生以来收获的总和。他能站这么久，信念的支撑是主要的。如果没有信念这根柱，他早就塌了。

他还得感谢班长，稳如泰山的班长，输送给他另一种力量。班长这样的兵，才叫兵呢！

事实上，郑先根脚底下也开始打漂了，不过，他希望自己那份早已陌生的感觉现在能够多停留一会儿。

"尚午，好了，别练了。"柴有富走上前用力拽尚午。可尚午脚底像生了根，任凭柴有富使劲，他连晃都不晃一下。拽着拽着，柴有富脸色唰地煞白。他想，尚午这是怎么了，别出什么事？

兵们也吓坏了。

只有郑先根明白这其中的原因，他说："你们别拉他，再拉也没用。现在几点了？"

一兵看表说："还差两分钟，你们就整整站了三小时。"

"好，现在进行倒计时，你们给我读秒。"班长的脸上写满自信。

"五、四、三、二、一，时间到！"训练场上一阵欢呼。

尚午听到三个小时的训练已经结束了，便想试着活动一下，可四肢已完全失去控制。就在这时，他只觉得双膝发软。不行，绝不能瘫，要倒也得笔直地倒下去。有了这种想法，他的身子开始倾斜。

一直看着尚午的郑先根，浑身一发劲，一个箭步上前，抱住了就快着地的尚午。就是这样，尚午还是挺得笔直。

"你小子，真像根通条。"郑先根搂着尚午说。

"班长，通条是什么？"听到了陌生的词儿，尚午又来了劲。"噢！

对了，你没见过真枪，也没学到射击原理，还不知道通条是啥玩意。其实也不是什么稀罕物，就是一根直直的钢条，是个附件，用来擦枪的。"

"班长，你是说，我站的军姿直得像通条？"

"不是，至少不完全是。"

"那你说我像通条是什么意思？"

"我也说不清楚，反正在部队像你这样的兵，就是像通条，或者就是根通条。"

通条？我像通条？我是通条？

尚午现在满脑子里塞的都是通条。

午后的阳光

赵海身子躲在阴影里，目光却在初春的阳光中漫步，有时索性如同撒网一般软软地铺在某一区域。

阳台是三楼正对着本班宿舍门的那一块。

每天进进出出上上下下，这里是必经之地，但赵海从没有像今天这样在阳台上站过。

更何况是中午这当儿。

中午，赵海是要睡午觉的。平常午饭后，赵海出了饭堂打几个饱嗝迈着松松垮垮的步子回到班里，静静地坐那么一会儿，有时想一些事儿，有时什么也不想，接着就是上床睡觉。有些兵上床后弄本杂志翻翻，听听收音机培养睡觉情绪，赵海说睡就睡。今天似乎是个例外。赵海躺在床上第一次睡不着，努力了好几次都失败了，最后只好起床。几个兵在学习室里打牌，岳丁额头、鼻子下巴上贴满了纸条，每出一张牌，那些纸条似乎做单杠一样晃荡着。赵海看了一会儿觉得没劲，便到了阳台。

左手握着右手腕垂在小腹前，上身挺得很直，赵海比较喜欢这样的姿势。双手背在背后太老成，手插在裤袋里太随便，双手抱在胸前太傲慢，双手像立正姿势那样自然下垂又太正规，还是这样好。到部队一年多，赵海对形体语言有了较为全面地理解。

突然间，一个问题似子弹冲进赵海的脑子里。营区里的兵味营养着他的生命，日后无论身在何处，他都无法舍弃对营区的眷恋，这种眷恋会在心里长成一棵树，日子越久越茂盛。可他之于营区是怎样的呢？像他这样平平常常的兵，营区记得住么？又能记多久？若干年后这营区，这营区里的兵，知道我赵海是谁吗？

赵海想累了，欲将双手放到阳台上伏一会儿。在他低头准备用嘴吹吹阳台上的灰尘时，他看到了一只甲壳虫。看着甲壳虫在悠然地爬行，赵海想，这小家伙是哪儿来的，又将到哪儿去？嗨，小家伙，你叫什么？赵海柔声地问道。小甲壳虫不理这一茬，依旧走它的路。小甲壳虫爬远了。赵海想，除我之外，没谁知道有一只甲壳虫来过这儿，即使是我，也不知道这甲壳虫是谁。

赵海重新挺直身子把目光抛向了营区。

这时，一个兵跳进了赵海的视线。

赵海并没有想到，从此这兵就走进了心里。许多年后，他在回忆军旅生活时，总有这兵的形象。许多时候，这兵成了赵海开启记忆走进营区的一把钥匙。

这是一名下士，看他从一中队营房方向走来，赵海估摸他是一中队的，这一点后来得到了证实。中等身材不胖不瘦，看样子，是玩单杠的好手，这一点后来也得到了证实。下士留着营区内常见的小平头，头顶上由于剃得太短露出了头皮，从高处往下看，就像长着稀稀拉拉毛草的盐碱地。

下士走到战术训练场的草地上，在一株小树下盘腿坐了下来。从地上拔一根草剔掉一片片叶子，下士把光溜溜的草茎衔在嘴里，尔后双手托着腮帮。他就这么静静地坐着。他几乎是面对着赵海坐着的，这使赵海有机会打量他的面相。长得没什么特色，是那种穿着警服戴着大檐帽站在队列里老百姓分不清谁是谁的大众脸谱。

赵海一向认为自己记忆面孔的细胞发育不良，见面时像拍照一下记下对方的面孔，可日子稍久底片就漏光了，再见面时一点印象都没有。但是，他对老百姓瞅见一群兵常常如同雾里看花分不清谁是谁的事儿还是不能理解。一天，中队外出帮助农家收割小麦。那家的大娘招呼他们歇会儿喝口水，兵们拿着镰刀坐在麦堆上。大娘挨个儿送碗水。

送着送着大娘眼花了，你们这些兵娃怎么都长得一个样？兵们笑了，个个摘下帽子，大娘，你再瞧瞧。

大娘来回看了好一会儿，都是板寸头，黑脸蛋，还是一个样哪。

赵海看看左右的兵，并不像大娘说得那样是一个样，区别大着呢。他悄悄问班长，这大娘是不是眼花了？

班长说，这和眼没关系，老百姓只认警服不认人。

麦子收完了，部队返回时，大娘冲着兵们的背影念叨道，这部队的事儿也真奇巧，兵娃们都长得一个样。

赵海心想，是啊，大娘不会记住是哪些兵来帮她收麦子的，她记住的是一群兵。

就在赵海算计下士究竟能把托腮帮子衔草的动作保持多久时，下士吐掉了草茎，张开双臂做了三四个扩胸运动，左手从上衣口袋里掏出一封信用鼻子闻了闻后，举在半空中用眼睛瞄了瞄，找到了能拆开的那一头，又从口袋里拿出一把小剪刀，慢慢地剪下信封的一截长条，两只手指伸进信封夹出叠成三角形的信纸，闭起一只眼往信封里瞅瞅，生怕落下什么。随后，他把信封放在腿上，看起信来。

赵海从三角形的叠法上猜出是下士小对象来的信，这判断来自赵海的女朋友妮子每回的信也都是这个叠法。赵海和妮子的关系现在有些紧张，处于对峙状态。当初赵海当兵，妮子是第一个支持他的，可现在第一个反对的也是妮子。当兵有什么好，你以为你是谁啊，妮子说，现在奉献不吃香了，你当兵三年回来还是老百姓，谁还能认得谁。赵海对妮子的这种出尔反尔的态度想不透，只找出了一句女人善变来安慰自己。

情书，下士只看了一遍，但看得很慢很慢。看完之后把信放进信封里重新装入了口袋，接着他伸直分开两腿，两手在身后撑着仰头望天。这一看，就看了有一支烟的工夫。

下士终于起身了，拍拍屁股起身迈着来时同样的步子回去了。他没有注意到三楼阳台上的赵海。

以后的几天里，赵海常常有意识地在兵堆中寻找下士的身影。由于不在一个中队，彼此间相距比较远，只能是远远地注视，但赵海还是想多看一眼。这样一来，赵海训练时常常出错。你的魂被谁勾走了？班长见赵海走神儿批评道，训练时不许思想跑马。赵海不做任何解释，只是一笑赶紧收回目光把注意力重新集中到班长的口令上。注意一个不相识又没有任何背景的兵，这事儿说给谁都不会相信，在这之前，赵海也没有想到自己会这样。

第一次近距离地和下士打照面，是那天上午迎接总队首长。

早饭后，支队通知大队，大队通知中队，中队通知班长，班长通知战士，总队长来队检查工作。

有领导来，就得做好迎接工作。打扫卫生，整理内务，一切收拾停当之后，大队全体官兵在营区内的大路上列队等候首长。赵海刚好和下士隔路相望。如此近的距离，赵海反而不太好意思目光直逼下士。他把目光越过下士的头顶看着单杠，时不时地瞟下士一眼。

经过长时间的等待之后，肩扛少将警衔的总队长在一群总队、支队领导的相陪下步入营门。

将军面带微笑走近士兵，既是无意又是有选择性地和士兵握手，偶尔还打听一下兵的情况。赵海看着将军离下士越来越近，他感觉到将军会和下士握手。没料到，在距下士还有五六个人时，将军改变了路线向赵海走来，赵海慌忙敬礼，首长好，将军还礼后握住了赵海的手，叫什么名字？赵海。当几年兵了？两年。对部队生活习惯吗？习惯，挺好。嗯，不错，好好干。

将军走开了，赵海觉得脸发烫。许多没捞着和将军握手的兵向赵海投来羡慕的目光。赵海挣脱出目光的包围看着下士。下士的表情很平静。

回到班里，兵们都说赵海运气好，不但和将军握了手，还得到了将军的鼓励。就连班长也忍不住说，赵海，你小子行大运了，我这班长还不如你呢。

和赵海同年兵的岳丁嘴喷个不停，乖乖，不得了呢，将军就数和你握手的时间最长，表情也是最和蔼的，是一个将军啊！

赵海只是微微着笑没有搭话，也知道这个时候说什么都是多余的。

对赵海来说，兴奋是暂时的。他承认在将军突然改变路线向他走来时，他心跳得特别厉害。金色的肩章，金色的星，在阳光的浸泡下，眼前是金光闪闪。将军的手有些肥厚，柔软之中蕴藏着阳刚之力。那一刻，赵海全身微微有些发抖。将军和普通士兵之间有大多数是人为的而又必须具备的距离，相互间握手交谈机会少得可怜。赵海做到了，因此兴奋在所难免，一切过去之后，将军还是将军，士兵还是士兵，将军是不会记住赵海的，他有着更为重要的东西需要记忆。赵海呢，赵海相信这一幕会在心中的某一个角落沉淀下来，但时光这把刀会慢慢地把这沉淀粉碎为粉末的。事实也是这样，若干年后，赵海在想起营区想起那位下士时，和将军的接触已变得和对焦不准的底片一样模糊。

下士那平静的表情又浮现在赵海的眼前，从这表情之中，赵海似乎发现了下士心里揣着的一些东西。清明节那天，部队照例到驻地的烈士陵园宣誓凭吊英烈。集体活动结束后，有大约二十分钟的时间是自由活动。陵园内有一长大的碑廊，洁白的大理石上镌刻着在一次大战役中牺牲的烈士英名，一排排，一列列，如同他们活着时一样森然列队。

啊，这么多，赵海被眼前的阵容惊呆了。

多吗？

赵海扭头一看是下士。下士神情凝重，这才多少，这只是一次战役付出的代价，当然一定还有许多无名烈士。赵海第一次超近距离打量下士，这么多名字，想记也记不住。

即使你能记住他们，所有抛头颅洒热血的先辈你能记住吗？即使你全能记住，别忘了还有无数的烈士没有留下英名。

说实话，这些名字我都很陌生。

不错，下士盯住一名字说，尽管我们知道每一个名字的背后都有一个可歌可泣的故事，但我们目光所及之处只是一些汉字，一些普普通通的汉字而已。

不能这么说吧。

怎么不能？你能从这名字本身看出什么，他们曾经都是活生生的有血有肉的人，可你知道他们是从哪儿来的，知道他们的喜怒哀乐吗？不知道。

这倒是。

其实军人就是这样。我们每一个人都有刻骨铭心的情感和无可比拟的生命，走进营区，营区融入了我们的生命，我们会因为一点一滴的事而耿耿于怀，会记下在营区留下的每一个脚印，可营区不会记住我们的，铁打的营盘，流水的兵，兵似流水了，还会留下什么！同时，没有我们这一个个兵，就没有整个军队。兵，注定就是这样。

下士的话，赵海听来似懂非懂。他真正悟透下士的话，是数年之后重返营区时。回到营区，熟悉的兵味，熟悉的一草一木，那赵海仿佛又回到了当兵的岁月。营区里的兵，他一个都不认识了，他又有一种被排斥的感觉，就是在营区接纳他又拒绝他的时候，他想起了下士的话。

兵，注定就是这样。

赵海已有一阵子没和徐水根见面聊天了。这天晚饭后他来到一中队楼

220

前的篮球场一侧的球架下。大队、中队都有规定，不得到别的中队串班，他和徐水根就有了个约定，他想见面了，就在这儿等。徐水根想见面了，就到二中队楼前篮球场一侧的球架下等。徐水根和赵海是地道的老乡，同一个村的，新兵大队时又在同一个班，在部队他俩比亲兄弟还亲。

嗨，赵海，徐水根招呼道。

赵海迎了上去，又长高了哟。

徐水根一拳砸在赵海厚实的胸脯上，小子，嘴皮子又溜多了嘛。

赵海推开徐水根的手，副班长打人喽。

徐水根年初就提了副班长，是他们这批兵中进步最快的。

他俩嘻嘻哈哈说笑，玩笑开够了，就说各自中队的事儿。什么谁的情书又被兵们转换成了公开信了，谁入党了可许多兵都不服气，哪位干部的老婆又来队了，哪两个干部之间关系又紧张了，这几天伙食不太好等等。

俩人溜到战术场附近时，赵海习惯地看了一眼下士坐的那棵小树。意料之外的是，下士又坐在那儿。

这兵咋样？赵海嘴朝下努了努。

徐水根朝下士望去，你认识他？

不认识，赵海觉得这话不太对又补充说，算认识吧。

徐水根笑了，搞什么鬼呀？

是我在问你，赵海不想和徐水根说得太明白，他到底咋样？

挺好，徐水根像在讲评自己手下的战士，各方面表现都挺好，军事素质也呱呱叫。

那怎么没当骨干？

表现好，不等于就能当班长、副班长。

赵海有些不高兴了，打什么官腔？

本来嘛，都当骨干了，谁来当战士？

赵海反驳道，那你怎么当上副班长了？

在赵海的眼里，徐水根似乎离副班长的标准还差点儿。

都当战士，没骨干也不行啊，徐水根挠挠头。

赵海一捅徐水根，你小子耍滑头。

由于俩人不在一个中队，赵海与下士也就是在陵园交谈过一次，以后再也没有说过话。有时，俩人在路上遇到了互相笑一笑，彼此都没有停下来说说话的意思，各人脚下都有自己的路要走，都忙着书写一个兵字。况且，他俩并不是真正意义上的认识。

有些时候，下士淹在兵堆时，赵海的目光也有些恍惚，一下子觉着下士消失了。

在赵海的眼里只有下士时，赵海对自己说，记住了下士，就记住了兵了。

转眼到了一年一度的老兵退伍时节，营区里的老兵变得异常活跃，用不同的方式在悄悄地或公开地和营区告别。

这几天，下士在课余时间频繁地出现在营区里，有时在那棵树下坐一坐，有时走到器械场，摸摸双杠吊吊单杠，有时干脆在中营区里遛弯儿。

看此情景，赵海知道下士要退伍了。

下士退伍离队的那天，赵海没有下楼而是站在阳台上。

下士站在上大卡车前，目光在营区来了个全景扫描。

卡车驶出了营门，下士在营门内的生活从此结束了。赵海这时才想起他还不知道下士的名字，但转念一想不知道也好。下士已不是下士，已是茫茫人流中的身影。

阳光下的故事

赵二强在举枪的过程中,闻到了阳光散发出的稠稠的辛辣呛人的气味,扣动扳机击发的瞬间,呼吸被意念强制停止,这气味依然连绵不断地侵入他的心肺,浑身的每一处毛孔都被这气味填实。

枪在阳光的映照下,周身笼罩着如蒸气般的幽蓝,迎着阳光的缺口现出一层厚实的虚光。

已是老兵的赵二强知道,实施正确的瞄准,必须排除这既实在又迷幻的虚光。

子弹在枪膛里高速旋转,卷裹着尖锐的呼啸和赵二强阳光般的意志,急切地飞离枪口。

赵二强感到被击中的是他自己。

接着,赵二强的眼前一片苍白,所有的记忆都因为这苍白而跌落进草丛里。春风春雨滋润过的嫩绿青草,根根苍翠欲滴。

在这之前有相当长的一段时间,赵二强是在大口大口贪婪地吞吸混合在阳光中的绿草黑土那特有的芳香。

熟悉而又亲切的芳香。

咱们是被芳香泡大的。

赵二强嘴里含着一根青草躺在草地上时,哥哥总会用手指轻叩一下他的鼻子这样说。

你把我的鼻子弄疼了,赵二强噘着小嘴撒娇,我的鼻子又被你弄塌。

好好，哥哥帮你捏一捏，把咱弟弟的鼻子捏高些。哥哥轻轻地捏着，高了，弟弟的鼻子又长高喽！

赵二强的哥哥比赵二强大五岁。

说这话时，赵二强才六岁，十一岁的哥哥也还是个孩子，可在赵二强眼里，哥哥是个大人。在赵二强看来，哥哥什么都懂什么都会做什么都不怕，更重要的是哥哥是家里唯一的大人。

这一年的春节刚过，赵二强的爸爸妈妈双双撒手西归。赵二强不懂呀，爸妈躺在床上，他还以为和自己一样在睡懒觉。哥哥把赵二强揽在怀里，嘴抿得很紧，但没掉一滴眼泪。赵二强是在入伍后才明白，也就是从那一刻起，哥哥长大了，长成了大男人。

哥哥不再上学了，肩上的书包换成了铁锹锄头，牵着赵二强的小手下地干活。

哥哥在田里耙地锄草，赵二强就在田头玩，玩累了就依着一座新坟盖着暖暖的阳光睡一觉。醒来时哥哥仍旧佝着身子劳作，赵二强抓起坟上的新土举得高高的，让土从手指缝中滑落。

弟弟，那土不能动，哥哥远远地叫道。

赵二强又抓起一把土，我玩土怎么啦？这地里到处是土嘛，就这儿有个土堆，我要把它弄得和地一样平。

哥哥走了过来，弟弟，这土和别的地方的土不一样，不能动呀。

怎么啦？赵二强歪着头，这土里埋的是什么？

哥哥哽咽了，傻弟弟，咱爸妈埋在这儿。

你说爸妈变成鬼了，我怕。赵二强吓得直往哥哥怀里钻，却又忍不住回过头怯怯地偷望新坟。

从那以后，赵二强晚上睡觉总要躺在哥哥的怀里听哥哥讲上一段故事才能入睡。离开家乡，离开哥哥，初到新兵大队时，一上床赵二强翻来覆去地怎么也睡不着。

站住，赵二强见那人离开队伍，向一侧的山林里拼命地跑，便大声地警告，再不站住，就开枪了。

那人没有回头，脚下的步子迈得更快了，宽大的裤管刮得地上的青草哗哗响。

这样的跑法，赵二强再熟悉不过了。

那也是一个初夏，哥哥锄地时惊动了一只野兔。赵二强先是哇的一声尖叫，随即又大声咋呼，哥哥，快逮兔子。

哥哥举着锄头撒开腿野跑，肥肥的裤子扇起一阵风。赵二强拍着小手又蹦又跳地呐喊助威。习惯跑直线的野兔慌乱之中撞上一棵树。看看哥哥拎着昏死的野兔长长的耳朵气喘吁吁地走过来时，赵二强大拇指一竖，哥哥，你跑起来像飞一样。

野兔的肉真香。一只野兔，赵二强吃了好几顿。当时，他不明白为什么一只看起来不大的野兔这么经吃。

哥哥没吃，他说他不喜欢吃，而且自己跑得已经很快了，让弟弟吃，吃了以后就跑快了。

平常，赵二强吃饭时，哥哥总是说吃过了。不懂事时，赵二强不在意，等到有点懂事时，他又有点怪哥哥背着自己偷吃好东西。

那天，已上初中的赵二强望着桌上的白米饭和一条红烧鱼，没有一点胃口，嚷着要哥哥吃，他吃哥哥的饭菜。哥哥拗不过他，端出了自己的饭菜，饭是用玉米面蒸的馒头，菜是自家腌的咸菜，烂烂的霉霉的，一股臭味直冲鼻子。

赵二强抱着哥哥痛哭不已，从那时起，他暗暗发誓，以后一定要有出息，一定让哥哥过上好日子。

227

眼前的这人似乎跑得比哥哥还快，因为他不是在追野兔，而是在逃命。

口头警告无效，赵二强鸣枪警告，刺耳的枪声划过天空，撕裂了阳光，回荡在幽深的山谷间。

赵二强手掌心湿淋淋的，他没有听到枪声，听到的只是悲怆的哀嚎。

飞跑的那人听到枪声，骤然止步回过头看了看赵二强。目光里的内容很复杂，没等赵二强说话，那人又飞奔起来。出去十来步他在没有减慢速度的同时，再次回过头把同样复杂的目光抛给了赵二强。

赵二强没有时间去分解目光中的成分，倘若让这人钻进茫茫山林一切都迟了。他举起枪急速地将瞄准线指向这人的腿部。

又一次枪响过后，那人呼地像一棵被伐断的树摔在地上。

这样的倒法，赵二强从没见过。每一次和哥哥玩好人打坏人的游戏，哥哥都不是这样倒地的。

手巧的哥哥给赵二强削了一支木头手枪，又找来一根腰带，赵二强就成了腰插手枪的好人，哥哥扮坏人，从腰间拔出手枪，不许动，举起手来。哥哥乖乖地举高双手，嘻嘻地笑个不停。

不许笑，赵二强不满意哥哥的扮相，你是坏人，不许笑。

哥哥不笑了，装出很害怕的样子。

叭，叭叭，赵二强瞄准哥哥开枪。

哥哥手捂着胸口腿一软倒在地上后四肢伸开仰躺成大字形，没有赵二强用手指打一针，他不能活过来。

玩厌了，赵二强说，哥哥，这样不对，坏人看到好人应该跑，你跑。

哥哥果真跑起来，赵二强一声枪响，哥哥便转过身子，还是手捂着胸口腿一软倒在地上四肢伸开仰躺成大字形。

现在这人的倒法，和哥哥的完全不一样。

倒下去的，是赵二强的哥哥。

由于近日洪水成灾，邻近支队看押的一批重刑犯需转移到安全地带，赵二强所在的中队奉命支援。

荷枪实弹的赵二强在执行了一段外围警戒任务之后，被调到参加对第三组犯人的一线警戒。

这时，他看到了哥哥。

哥，赵二强的声音颤抖着，怎么是你？

哥哥看着眼前的武警战士一哆嗦，你、你……？

赵二强把大檐帽往上推了推，哥，是我啊。

哥哥惊喜道，弟弟，真是你啊。

相逢的喜悦只是一瞬间。

哥，你怎么会这样的？赵二强几乎每天的梦里有哥哥，却没想到哥俩会在这种境地重逢。

别提了，我给那坏种打了两个月的工，他赖账不给工钱，向他要他还打我，我一气之下，拿刀捅了他。哪想到，这家伙太差劲，一刀下去就死了。

赵二强默默地听着，憔悴的哥哥似乎一把刀刺进他的胸膛。

哥哥接着说，无期啊，什么时候才能到头？弟弟，都怪哥没出息，给你娶媳妇的事也黄了。

赵二强眼泪顺着脸颊往下流，哥，你别说了。

哥哥四下看了看，弟弟，真是天无绝人之路，碰上你是父母在天显灵。

哥，你想干什么？赵二强一惊。

哥哥眼里闪出希望，还能干什么，你帮我逃呀。

不行，赵二强没有丝毫犹豫。

是不行，你好不容易才穿上这警服，我不能连累你，哥哥想了想，这样吧，我自己跑。

赵二强握紧了手里的枪，你跑，我会开枪的，我的枪法很准。

别吓你哥哥，你手里是真枪能把我打死，可不是哥哥给你削的木枪让你玩游戏的。

我知道，你要是真跑，我会真打死你。

我不信，我是你亲哥哥啊。

赵二强牙一咬，你要跑，你就不是我哥。

哥哥没有再说话，像当年和赵二强做游戏一样跑了，那曾经温馨的后背又出现在赵二强眼前。

走累了不想走，赵二强骑上哥哥的脖子，让哥哥折一根柳条当马鞭，轻轻地往哥哥后背一抽，哥哥嘴里发出马叫声一颠一颠地像马一样奔跑。困了，就爬在哥哥的后背上，如同躺在摇篮里甜甜地睡上一会儿。

可是当哥哥离开队伍逃跑时，那后背却在突然之间陌生了，直到哥哥倒下去的那一刹那，后背在阳光的抚摸下又在赵二强的眼里重新复活。哥哥如果不跑，那后背永远是一片阳光。

几个兵正要抬起受伤的哥哥，跌跌撞撞赶来的赵二强把兵们推得老远，扑通一声双膝跪地，哥哥还和倒下时一样趴着。他瞄准的是腿部，可不知为什么，子弹在哥哥身上穿胸而过。

哥哥。

逃犯。

那穿过哥哥腿的子弹仿佛又飞回来了，以同样的速度穿过赵二强的脑袋。

赵二强眼前一黑，倒在哥哥的后背上。

赵二强醒来时，已是在中队。

赵二强，你总算醒了。守在一旁的指导员高兴地抓住赵二强的手。赵二强已昏睡了一天一夜，指导员心疼地守了一天一夜。

兵们说，赵二强是击毙逃犯立了大功兴奋到极点才晕过去的。当兵的，谁都想碰上点事儿，可许多兵从入伍到退伍风平浪静，最后只得把这份饥渴打进泛白的背包。

哥哥倒下的身影像蛇一样爬进了醒来的赵二强的记忆里，咬着赵二强的五脏六腑，眼前是两个不同的后背在飘浮着。

望着呆若泥塑的赵二强，指导员安慰道，也难为你了，第一次开枪击毙人，你受到这样的惊吓是正常的，以后就好了。

指导员伸出手抚弄着赵二强的头，那手掌柔柔的，有一股爱流。

哥——！赵二强大呼一声。

指导员心里一咯噔，赵二强，怎么了？

赵二强牢牢地攥住了指导员的手，哥，哥啊，那是我哥啊。

你是说你击毙的那逃犯是你哥，指导员似乎有所醒悟。

赵二强滚下床跪在地上，拳头不停地敲打水泥地，鲜红的血沾在地上转眼变成紫黑色。

指导员弯下腰伸出双手搀扶赵二强，赵二强腾地起身向门外冲去，哥，哥哥，我去找我哥去。

文书，快打电话报告支队，赵二强击毙的是他亲哥哥，随后追出来的指导员给文书下完指示，搂着赵二强的肩说，我和你一起去找你哥哥。

赵二强没有看到哥哥，眼前只有一个待领的骨灰盒。

赵二强把骨灰盒搂在怀里，泪水像雨一样落在骨灰盒上。

回到中队，他就这样抱着哥哥的骨灰盒如同小时候哥哥抱着他一样躺在床上，不吃不喝，两眼直瞪着屋顶，从白天到黑夜，从黑夜到白天。班里的兵谁也不敢和他说话。

夜里，赵二强的右手的食指（扣动扳机的那只手指）时不时地抖动，像当年哥哥轻叩他鼻子一样轻叩着骨灰盒。

小时候，这食指时常被划伤。

哎哟，我手破了，赵二强一不小心，右手的食指被有锯齿的叶子划了一道口子。

哥哥扔下手里的农具跑过来，跪着把赵二强受伤的食指放在嘴里吮吸着。

痒哪，赵二强已忘记了疼痛。

第二天一早，赵二强抱着哥哥的骨灰盒走进队部。熬了一夜的文书像是见到了救星搬过一张椅子，你坐，为你的稿子我愁了一个通宵，就差你谈谈当时大义灭亲的心情了。

赵二强两眼凶光四射举起骨灰盒，你写？你再写，我让我哥哥揍你。

文书吓得脸唰地成了一张白纸。

指导员呢？赵二强说，我要找指导员。

我给你叫去，文书夺门而出。

赵二强找指导员是要回家。

指导员，我要送哥哥回家，赵二强看着哥哥的骨灰盒，我要带哥哥见我爸爸妈妈去。

赵二强，这也不能怪你，想开一些，你要回家好啊，不过得过几天，支队得知你的先进事迹后已报请总队记二等功，估计这两天就能批下来，今天，支队的新闻干事和市里的好几家新闻单位的记者要来采访你。

赵二强幽幽地说，我今天就要走。

这可是个机会，战士立二等功可以直接提干的，指导员开导说，你现在是英雄，是典型了，得注意影响。

赵二强说，我啥也不要，要是为了立功什么的，我才不会举枪呢。

回家得由支队批假，指导员安抚道，支队没批之前，你走是违反纪律的。

赵二强抬起头，指导员帮我一回吧，我知道你有办法的。

赵二强来到父母的坟前，绿绿的青草湮没了坟，坟上有一棵一人多高的树，长得很茂盛。

坟，赵二强很熟悉，可长眠于坟中的爸妈，他已没有多少印象了，只是血管流淌的亲情滋生出一些爱恋。生命是爸妈给的，可如今强壮的躯体却是哥哥呵护成的，没有哥哥，他也许早和失去阳光和水的植物一样枯萎了。

在入伍离乡的头一天，赵二强和哥哥带着祭品来到坟前。

哥哥的目光和阳光一样炽热，弟弟，到了部队好好干，别让哥不好向爸妈交代。

哥哥，我走了，就剩下你一个人了，赵二强舍不得远离哥哥。

没事的，农闲时，我出去打工挣钱，你在部队提干最好，不行，学点本事回来，到时哥给你娶房媳妇。

那哥你呢？

哥哥在村里人缘好，又能干心眼又好，长得也蛮俊，有好几家替他说媳妇，他总说不急。赵二强知道哥哥心里没有自己，只有他这个弟弟。

赵二强假装生气，哥，你要不给我找个嫂子，我就打一辈子光棍。

哥哥笑了，好，好，三年后，咱们一起娶媳妇。

赵二强也笑了，他想，三年很快就会过去的，到时哥哥有了媳妇，自己有了嫂子，多好哇。

可现在三年还没到，哥哥已经走了。

赵二强跪在坟前，面前是两座坟，一座旧坟，一座新坟。

阳光下，纸灰和赵二强的泪水一同在飞。

营

门

在进营门的那一瞬间，朱海根的亢奋结束了爬高的旅程。结束的还有梦中对营区无数次的抚摸及在数百公里途中因颠簸抖落下的种种遐想。一种过程的结束，意味着另一种过程的开始。突发而来的陌生，使朱海根陷入了茫茫的沼泽地，不知道等待他的将是什么。

从车站到营区有近百里的路程，不宽的道路坑坑洼洼，好似一个男人肌肉发达的腹部。敞篷的军用大卡车屁股后头掀起纷纷扬扬的尘土，让朱海根想起了出海时被机帆船拖起的层层浪花。疯疯癫癫的大卡车在蹦跳中窜行，车上的新兵七倒八歪嗷嗷地乱叫。有些兵吃不消折腾脸色趋于苍白，也跟着嚎叫来掩饰内心的慌乱和恐惧。

朱海根猜想，这司机虽然没喝酒，但精神里一定有接近于酒精的成分，他喜欢司机接近疯狂驾驶给他带来的熟悉而又亲切的感觉。

军人开车就该这样。

后来，到了新兵大队，带队的干部吆喝着下车，新兵们如同受惊的兔子手忙脚乱地下车，机械地站队集合。朱海根没忘记细细打量司机一番，一个个头不高瘦不拉叽的下士。这和他原先的想象有些差距，但他居然在转瞬之间修补了横在想象和现实之间的缝隙。

迎面而来的风很大，刮得兵们的衣服哗哗响，一个兵就是一面旗帜。朱海根不喜欢这种无滋无味像白开水一样的风，干干的有点呛喉咙。家乡的风多好，湿湿的，滑润润的，有着淡淡的鱼腥味（从外地来的人说海风腥味太大，像是走进了鱼市一样，可他总固执地认为外乡人没福消受这来自大海的馈赠）。这里的风还明显比家乡的海风蛮横刺骨，咬得脸、耳朵和双手通红。这车没装篷布，又开得这么快，是没有篷布还是有意给我们这帮来自南方的兵一个下马威？这种念头，只在朱海根一路高歌的兴奋之中闪出片刻，便又被兴奋淹没了。再冷，也无法冷却兵们随着距营区越近越涨潮的激情。

营门口挂着一条写有"热烈欢迎新战士"的红条幅，两边的门柱上贴着两副红纸黄字的大标语，左边是向新战友学习，右边是向新战友致敬。当卡车缓缓地进门时，列队老兵手里的锣鼓轰然作响。这是朱海根早已料到的，可他没料到的是顷刻之间他亢奋的脚步陡然立定。有一老兵高高地举起两面铜锣有力地敲打，红红透透的脸像刚进行了一次激烈的长跑比赛。小平头，高鼻梁，两只眼睛精光迸射。随着锣鼓的节奏，他还不停地跳起。在他手底下当兵多好！朱海根的目光被他吸引住了。这种想法，在以后相当长的一段日子里被朱海根反反复复恶狠狠地重拳猛击。他认定自己被分到这叫董华的班里，与他这种想法有着直接的联系。董华则在朱海根结束三个月新兵生活下中队的前一天晚上说，朱海根，从我看到你的第一眼起，你在车上的那种说不清是什么意思的表情，我就感觉到你会成为一个好兵的。当时，我想把你要到班里的渴望特别强烈。至此，朱海根才知道自己原来不在董华班里，是董华有意挖过去的。那天晚上，天空飘着绵绵细雨。

一直以来，朱海根始终把当兵当作自己的梦想，是梦的营养喂大了他。在学校里选择体育并为之流泪流汗伤筋动骨，是他圆梦的前奏，就像运动员上场比赛前做准备活动一样。许多时候梦与现实的重叠媾合，使他已无法分清自己是生活在梦中还是生活在现实中。离家六里多路有一营区，是他常去的地方。同班的张大柱的父亲是部队的中校，据说是整个营区千百号兵乃至一草一木的最高统帅。有了这层关系，朱海根几乎每天下课后都以张大柱做通行证昂然地走进营门。找一自己喜欢的角落静静地坐着，看来来回回游走的绿色身影，倾听喊山般的号令。天长日久，他的梦越发饱满，凭着对营区的迷恋和熟悉，他自信自己是属于营区的，并会成为一名真正的士兵。在拿到入伍通知书时，他的激情又跃上了一个山头。这以后，他不知疲倦地占领一个又一个情绪的制高点。他坚信他的激情会像海水一浪高似一浪地拥抱海岸，永远没有退潮的时候。如此打扮的营门，他曾许多次亲眼看见，每年新兵从他所在的白港镇走过，走进营门时都是这样的场景。想想日后自己也会在这浓醇的欣喜欢庆之中走进另外一个地方相同的营门，他总要好几天睡不着觉。现在，这样的场面再现，几乎是一种克隆，但却真切地感受到一种从未有过的生疏向他袭来，他不由自主地打起寒战。寒战之后，他眼里的火熄灭了。本来十分强壮的激情此刻不停地流血，一滴、两滴、三滴……，失血过多带来的是虚弱。

　　欢迎的队伍里有干部、有老兵、也有刚到队还未缓过劲——说不定还没捞到撒泡尿——的新兵。朱海根第一次以新兵的身份看到新兵，且是居高临下。新兵有看头，每年新兵到队后，朱海根去营区的次数明显增多。笨拙的表情、笨拙的步子、笨拙的言语，新兵的笨拙劲，让人觉得可爱极了。悄悄地捂着嘴笑，自个儿乐，渐渐地，朱海根发觉新兵天天在变，到了又一批新兵来时，上批新兵好似在一夜之间脱胎换骨，种种的笨拙消失得无影无踪，就好像把一条鱼重新放回大海，吱溜一下，眼前还是原来的茫茫大海。但朱海根不愿意自己有一天会成为笨拙的新兵。这种担心是多余的。穿上未佩戴任何标志的警服，他往镜子前一站，嗨！多神气的一名新兵。穿上了，自然不愿再脱下来。跑亲戚、找老师、会同学、走朋友，口口声声是告别，心里头却掖着展示炫耀的小九九。这警服真好看，你穿上真是帅呆了。人见人夸。朱海根又为自己过去的那种担心感到好笑。看来，并不是所有的新兵都是傻乎乎的。至少，我朱海根不是。阳台上的那盆水仙尚未开花，这又有什么要紧的。一根根翠绿欲滴的叶子簇拥着，蛮俊蛮俏的，这就够了。

现在队伍里的新兵一个个死劲地拍手，尽管手拍得通红，但在锣鼓声的重重包围之下，拍手也只属于哑剧表演。应该说，新兵的脸上有欢乐，但和老兵脸上的表情截然不同。朱海根目光如杵想探寻其中的奥妙，只是有差别，差在哪儿，差什么，因为差得太多，他一时无法理清楚。笨拙当然有，和所有的新兵一样地笨拙。怎么会这样的呢？朱海根转身看看车上同来的新兵，再看看车下列队的新兵，几番比较，他得出了车上车下的新兵的表情根本不在同一阵营里的结论。同时，他发现车上新兵的表情有了细微的变化。本来他是要好好研究一番的，但转念之间对车下列队的新兵生出了反感。就比我们早来一会儿，倒成了主人，欢迎我们，多神气，噢，把我们当客人了。朱海根认为这很不公平，都是同一个批次的新兵，入伍通知书上的时间是同一天，先来后到又怎么的？这才相差几个时辰。热情的目光织成的网，捕捞的是陌生，朱海根的脑子里显现的是自己驾着一叶小舟漂泊在漫无边际的大海上。那大海是他熟悉的大海。车停了，风止了，他开始感觉到寒冷。空气中不知混杂了什么东西，越来越难闻。

朱海根被分在董华所在的五班，同班的还有一个同在一个县的韩以然。班长是自己想要的班长，又有一个地地道道的老乡相陪，朱海根是幸运的。幸运的朱海根，偏偏感受不到一点幸运。

班里的五张床已经有了主人，床上的被子四床绿色的，一床灰白色的。绿色的是新兵的，灰白色的是班长的，这朱海根知道。班长嘛，当兵时间长了，被子越洗越白。床是高低床。朱海根喜欢上铺，上铺多好哇，班长睡在下铺视线有限，便于开展一些地下工作。上铺比下铺干净，没人招没人惹。睡觉、起床，爬上爬下舒展筋骨。

睡上铺，朱海根把背包当篮球往一上铺一扔。

干什么？董华的声音不高，但有一种不可抗拒的力量，把背包拿下来。

朱海根边取背包边说，我想睡上铺。

董华眼一瞟，你想？

嗯，朱海根说，我想睡上铺。

董华说，你想？！以后说话最好去掉这两个字，我还想睡席梦思躺水床呢。

朱海根手里提着背包僵在那儿，有一缕阳光落在背包上。

董华手指一下铺，你睡这儿。

睡这儿就睡这儿，朱海根嘟囔道。

董华眉毛一昂，说什么？

朱海根说，我说睡这儿挺好。

董华说，好孬你就睡这儿，把床收拾干净，把被子叠好，比什么都好，别把床弄得像狗窝一样，你们现在的兵哪，好这样。

朱海根心想，这话怎么说，怎么打倒一大片？你又没见过我在家的床铺？这样主观定论，一点水平都没有。

董华当然不知道朱海根心里在想什么，不过他能猜得到，他的精明之处是猜到又不点破。

朱海根想归想，绝对不会表露出来，要是想表露，那就不用心想了，干脆动嘴说了。想，也只是大概想一下。朱海根有更重要的事要去想。朱海根把床铺整理好后，看看没什么好整的了，再一看董华已不知什么时候离开了，便来到了操场。

操场，实际上是个足球场。两头是球门，球门的木头和学校以及家附近的营区的球门木头是一样——没有球网——孤零零地站着——黑不溜秋

241

的。球场的左边是一溜的单双杠，沙坑里的沙子平整得方方正正，就跟董华叠的被子差不多。沙坑向他敞开了充满诱惑的胸怀。沙子，海滩上的沙子。脱掉鞋袜，在沙滩上奔跑蹦跳，一脚下去，细软的沙子从脚丫子里冒出来，酥酥的。这里的沙子，是否也能有如此的感觉，朱海根的脚丫子不停地扒着鞋底，心里痒滋滋的。朱海根不敢再看下去，忙扭过头。球场的右边是四百米障碍场，高墙、矮墙、木桩、土坑。有人在障碍场上跨越攀登，动作舒展、灵活，是谁？我？在家里，到那营区，在障碍场上来来回回地跨越攀登几乎成了必修课。朱海根紧闭双眼晃晃脑袋，再睁眼，障碍场上哪有人影。

神经病！朱海根笑了笑，低下了头。脚下是泛黄的小草，厚厚地铺满一地，不知怎么的，朱海根又想起了沙滩。不用多少时日，兵们的双脚就会让这地成为癞子的头。朱海根蹲下来用手来回地抚弄柔软的小草，真的很软。严妮的头发也是这么软，抚弄起来也是这么抒情。严妮这会儿在做什么呢？是一个人静静在海滩上看海吗？她说过，我走后，她想我时，就会去看海。他和她都喜欢看海。临出发的头一天，他和她手牵着手一同走向海滩，她偎在他怀里，俩人痴痴地看海，什么也不说。她听着他的心跳，他听着她的呼吸，他和她听着海水悠然散步的脚步声。冬天到了，海面上没有渔船，天空中没有海鸥翱翔。坐下来感觉一定很好，躺下来感觉一定更好，朱海根这样想的时候，已经站了起来，他知道，这不是家乡的海滩，自己也已经是一个兵了。

是兵了，他的心猛然一动。我是兵吗？朱海根为自己本已定位的想法发生动摇感到惊讶，感到不安和迷茫。穿上警服，就是个兵了，在家时大伙都这么说，他也是这么想的。和严妮走在镇上那条最繁华的街上，他第一次拒绝了她伸来的胳膊。我是个兵，不再是老百姓了，和女朋友勾肩搭背有损军人的形象，他这么对严妮说。严妮先是不高兴，后是傻傻地看着他。你这个傻妮子，他左右看了看没有目光向他和她聚集，便用手指头在她鼻尖点了一下。她笑了。他也笑了。在镇政府工作的父亲从朱海根穿上警服的那天起，废除了对儿子的禁酒令。小子，和老爸喝两杯。爸，我还是孩子，不能喝。在家乡，小孩是不让上席的，酒，更是想都不要想，酒，是大人的代名词。孩子？谁是孩子？你现在当兵了，是大人啦。父亲端起酒杯，笑眯眯地瞧着一身警服的儿子。是啊，是啊，我们家海根是大人喽，母亲端着热气腾腾的看着都够味的红烧肉从厨房走出来。不是大人，怎么能当兵？父亲呵呵大笑，手里的酒杯有节奏地抖动，醇香的酒滴在手上，滴在桌子上，滴进了朱海根的心里。操场上的布局是一样的，就连每一个细节似乎都是相同的。可朱海根好似是第一次面对，他怎么也找不出往日的抑或是梦中的那份感觉，我已来到了另一世界，一个自己从未见过更没涉足的世界。我哪是一个兵？没有警衔，没有帽徽，身上除了一套警服，什么也和兵沾不上边，只有过了新兵大队这一关，才有资格成为一个兵。授了衔，是个兵了，可是不是一个真正的兵呢？不好说。猛然间，朱海根发觉自己到新兵大队之前的一切梦想已悄然离去，他想起了体育教师说过的一句话。人的一生就和跑道一样，终点就是起点。现在可好了，我又不是老百姓，又不是兵，那我是什么？朱海根的目光越过熟悉而又陌生的操场，向远处望去。远处是山，连绵不断的大山。

望了很久，朱海根自言自语地说，

山原来和大海一样噢！

有两个老兵从朱海根身边走过。

看这新兵，傻乎乎的。

你忘了？你也傻过。

这是我见到的最傻的一个兵。

说得也是。

243

尽管两个老兵的话语中没有看不起的成分，有的倒是一种男人本不该有军人更不该有的——好似严妮娇嗔的你真傻——媚柔，朱海根还是浑身不自在，说我傻，我哪儿傻了？你们一定是看走眼了。掏出小镜子一照，他吓了一跳，镜子里的朱海根还真傻，怎么会这样呢？镜子是严妮送的，反面有她的照片，她说，这样一来，我时刻就在你身边了，想我时，就看看我。翻过镜子，严妮面露甜甜的笑，你真傻，我的傻兵哥哥。朱海根把镜子重新放回口袋，不敢再看了。低着头，两眼盯着鞋头，朱海根慌慌张张地回到班里。一个个熟悉的面孔都不见了，连同韩以然都像是做了整容手术，没有朝气，没有活力，没有进营门前的聪慧表情，都换成了一副傻乎乎的面孔。朱海根一拍脑门，我怎么没想到这一茬呢？想到什么了？韩以然问。朱海根说，没什么。

　　韩以然没再问。在车上时，他可是个打破砂锅问到底的人。几个兵坐在小马扎上趴在床上写信。对了，我也得写信了，朱海根想，要写的信太多了，父母亲、妮子、老师、同学、朋友。韩以然睡在下铺，朱海根说借你的铺当桌子用用。韩以然说用呗！朱海根就铺开信纸和其他兵一样趴着，有好多话要写，但一时又不知从何写起。他走到窗前，朝营门望去。

　　就是这一望，营门，新兵大队的营门永远在他心里定格了，烙下了深深的印迹，就跟婴儿出生时带的胎记一样，一生一世都无法抹掉。人在长，胎记也在长。

　　三年后，朱海根退伍时，专门来到新兵大队久久地注视着营门。新兵大队的几个兵正在清洗门柱上已经发白的红标语，说是新兵马上又要到队了，要贴新标语。这时朱海根肩上背的被子已经和当初董华的一样白了。

准

星

入冬的第一场雪，从从容容之中还是有点羞怯。挣脱天空母亲的怀抱，为的是急切地扑向大地，完成一次没有回程的出游。过程有时往往比结果重要。雪花没有生命，却似乎有领悟真谛的灵性。在朔风中轻盈地跳舞，悠悠然然地回旋下落。这场面，很容易让人想起秀美娇嫩的江南女子，抑或舞台上婀娜的舞姿。

新兵连有许多从南方来的新兵，自打出娘胎还没瞧见雪的真模样呢。这诱人的飞雪场面，他们不可能错过。然而，他们偏偏主动放弃这赏雪的心旷神怡的感觉。准确地说，他们之中没一个人发觉下雪。当然，即使发觉了，他们谁也不会为雪而分神。他们有更重要的东西，需要眼睛去注视。

篮球场般大的教室里，坐着三百多号兵，却听不到他们的一丝声响。包括呼吸声。整个屋里，如若没有高高讲台上新兵连长杜木那略带沙哑的声音和他手里那支八一式自动步枪枪机被拉的响动，谁要是放个屁，味不一定闻着，那响声却整个儿是从高空坠落的雷鸣。

别看杜木长得五大三粗，平常说起话来总是不经意地带着脏字，显示出文化和口才的双重贫瘠，可今天这堂课绝对高质量。讲枪的构造，讲枪的性能，讲缺口、准星、靶子三点一线，他熟着呢。烂熟。军事干部嘛，这点能耐还是有的。更何况，他杜木就是靠在射击队的枪王地位才得以提干的。

兵们一个个坐得很板正，盘腿、直腰、挺胸。唯一美中不足的是都抻着鸭脖子。这不是什么坏事，说明我的课讲得精彩，把这帮小子给震傻了。

247

杜木一想至此，讲得更来劲。渐渐地，他发现兵们睁着浑圆的眼里冒出的勾人的目光，随着他手中的枪在闪。直到这时，他才明白，兵们感兴趣的不是他讲课的内容，而是他手中的枪。

华良坐在最后一排，和杜木刚好是手枪练习射击地线到胸环靶之间的距离。对杜木嘴里流出的那一套理论，华良没有兴趣。就这点基本常识，塞到牙缝里都觉不着。

华良是个兵器迷，尤喜欢枪。他脑子装进了所有能够公开资料的枪支。各种枪的有效射程、战斗射速、威力、供弹方法、使用弹种以及主要诸元、使用弹别，弹头的有效飞行距离，最大杀伤力，甚至于出厂时间和装备部队的情况，他无所不知。入伍前，他没别的癖好，唯有枪能使他食不知味、夜不能寐。在理论上，他是十足的枪精。生动的文字，印刷精良的图片，华良已经吃不饱。他需要的是真家伙。对枪的研究，已是出神入化，愣是没摸过，这种遗憾让华良铁下心要来当兵。当然，他需要的不仅仅是理论与感性的高度统一。

远远看，即便是凑在跟前细细端详，华良不在乎。不过，他还是能理解眼前兵们饥渴的目光和挂在下巴的馋涎。一旦成为兵，肌体内似乎就会不自觉地生出对枪的依恋，今生便和枪结下了千千结。

下课了。一些兵拥向讲台，争着体会摸枪的感觉。

华良没有动。

苗景山毕竟是搞体育的，一伸手从一小个子新兵手中夺过枪，搂在怀里。动作干脆利落，有一种不可抗拒的力量。看着苗景山抱枪的动作和亲热的模样，枪已不是枪，纯粹是一个可人的女孩。

搞体育的没有一个老实的，都是早恋的种子选手，苗景山也不例外，这家伙搂小姑娘时一定很贪心。华良暗暗地骂了一句。骂完了，他觉得心里酸溜溜的，摸一摸枪的冲动，让他有些发颤。

华良最终还是没有去摸枪，他不想随随便便地完成这一"处女作"。兵都当了，拥有一支枪是迟早的事，再说，明天就进行射击预习，让期盼再停留停留。他喜欢这种等待之中的惬意。

一场不大的雪，经过阳光半天的翻晒，到了下午，已是来有影去无踪。

暖洋洋的太阳，柔软软的卧地小草。

射击场趴着一溜溜的兵。射击第一练习，卧姿有依托对百米外胸环靶实施精度射击。练起来，着实累人。两眼两肘受苦不必谈，单这趴，也得趴出功夫来。

一堂课没下来，兵们就撑不住了。一个个时不时地像蛇一样扭动，名为调整姿势，实际上是借机活动一下。班长，排长、连长看得清楚，但不言语。他们都尝过这滋味。兵们对枪的那种兴奋正在渐渐衰退。一样东西，一旦拥有，而且由不得你随意弃之时，你往往会慢慢地厌恶起来。就在昨天，兵们还为能摸一摸枪感到快慰，有些兵甚至高兴得在熄灯后把床板碾得吱吱乱叫。可现在，已有些冷漠。

要过一下枪瘾，还真不易，苗景山扭过头看着身边的华良说。华良白了苗景山一眼，干啥事不都得付出点代价，这你又不是不知道，瞄吧，等考核时打出好成绩，比什么都重要。说得也是，苗景山重新用目光串起了缺口、准星和靶子。

课间休息时，一些兵拿起专为靶台培土的兵工锹在偷偷摸摸地挖坑。华良搞不清咋回事，他胳膊一捅苗景山，你知道他们在干什么吗？苗景山瞧都没瞧，吐去口中衔着的小草，左手立掌在嘴右边做遮挡的动作，佯装神秘说，这还用问，挖个小坑，省得老二受罪。说完，抿着嘴偷笑。华良起先没听懂苗景山说的话，看着一兵趴在地上试坑的位置，再瞧瞧苗景山那笑的样子，加上一琢磨，终于弄清楚是怎么回事。

那你怎么不整一个，华良这话说是出于关心，还不如说是拿苗景山开

249

涮。听着这话，苗景山有点不高兴了，嗨！这点苦都吃不消，我就不来当兵了，你问这话，是小看我苗某人。

华良没有反驳，他为用这种事和苗景山开玩笑感到羞愧。一直以来，他很敬佩苗景山。训练起来像玩命，整个一铁打的汉子。他华良就缺这一点。在他心里，苗景山才是一个当好兵的料，他正憋着一股劲和苗景山较劲呢。他苗景山能做到的，我华良为啥不能做到？不都是吃五谷杂粮拉屎撒尿的吗？

华良低着头在反省，他在想着该对苗景山说对不起。

苗景山见华良低着头不说话，以为是刚才的话伤了他，便打趣道，咱们好说，一个坑解决问题，要是女兵可就得多花点力气挖两个坑了。为了加强效果，苗景山双手在胸前做了个捂的动作。去你的，亏你小子想得出，华良一推苗景山。

两个人放声大笑。这欢快的笑声，片刻荡去了刚才的一切不愉快的事和可能造成不愉快的枝枝节节。

嘟——，继续训练，一声哨音和连值班员一声粗犷的吆喝，兵们又重新回到射击地线。趴下。嘈杂的射击场，顿时只剩下扣扳机拉枪机咔嗒咔嗒的金属撞击声。

上堂课，班长、排长拎着检查镜检查华良瞄准情况时，都说，瞄得不错，就这样练。在射击预习时，受到这样的评价的兵并不多。训练中，班长、排长是不会轻易地说好的，就是较为满意的表情都难得付出。

这种表扬，要是扔给别的兵，心里舒服着呢。具体表现是左右看看，算是炫耀，晚饭至少多吃半碗，到了写家信尤其是给小对象编情书时，这是必不可少而且常常是故作玄虚的素材。家里人摸不着部队的底细，知道自家小子已有了这等上乘的表现，便自感以后当班长入党提干是胜利在望了。如此含金量极高的表扬，在华良听来，一无是处。其实，就是一无是处。别说口头表扬，就是口头记功，档案没半个字，到头来跟打个喷嚏的效果没什么两样。

这顶什么用，子弹穿过十环的中心，那才是真的，班长、排长起身拎着检查镜向别的兵走去时，华良嘴里就嘟囔起来。

不过班长、排长的话，倒是提醒了华良开始考虑一个重要问题。射击，平整准星、缺口固然重要，但要是真正用起枪来，恐怕时间上不允许。那怎么办？像电影上的那样，手一甩就能百发百中，动作潇洒，又符合实战需要。好是好，这样的枪法，该怎么练？想到这些，华良开始对缺口、准星失去兴趣。

精力过于集中专注的华良，没注意到杜木已来到身边。

华良，瞄得咋样？杜木一个标准的卧倒动作与华良成直角趴着。说话间，检查镜已在枪上装好。

第一次挨连长这么近，华良有些慌张，抖着嘴唇含糊不清地说，报告队长，马马虎虎。他本来是想站起来报告的，可终究没能站起来。心里一哆嗦，双腿哪还有力气？

什么马马虎虎，射击这玩意儿还能马马虎虎？瞄准击发，让我瞧瞧。杜木脸一唬。

是，华良定了定神，把心思全聚在瞄准线上。

五次击发后，杜木右手一拍华良的脑门，你小子跟我打埋伏，发发都是十环，还说马马虎虎。看着杜木咧着厚厚两片红得发紫的嘴唇，华良先是有些畏惧，后来高兴。队长是有名的枪王，能得到他的赞许，可不是容易的事。华良有点飘飘然。

杜木没理会华良在想什么，他扯着沙哑的嗓门继续说，瞄靶，不能死瞄，要找感觉，感觉这玩意邪得很，你要问我具体是咋回事，我说不上来，但你要是真找到了感觉，就是不通过缺口、准星，照样打出好成绩。不过，这感觉不好找，我他妈的玩了十多年的枪，还不敢说找到感觉。这玩意儿得苦练加领悟。说洋乎点，这是种枪中有我、我中有枪、人枪合一的境界……

杜木的话，华良没有完全听懂，但他明白了一个道理，这就是甩手一枪的神枪手有，而且那枪法不是瞄出来的，凭的是感觉。当然，至于是什么感觉，他一时半会还搞不清。

对枪研究了这么多年，居然都是些皮毛货色，只能是用来当作吹牛的资本，没有一点实用价值。自己也从没有想过，这感觉还能跟枪有关系，并最终决定着枪最大效能的发挥。感觉这个词，灌进华良耳里，心里陡然间腾起了一个欲望，一个近似不知天高地厚的欲望。好好拼拼，把这个叫感觉的家伙扒出来，连长没有揭开感觉的面纱，就已是枪王了，要是自己运气好找到感觉，那就是枪王的枪王。一想到有希望超过连长，弄个枪王的枪王当当，华良有点不知自己姓什么了。这种自信，甚至是狂妄，其实不是什么坏事。不为别的，就为做个合格的枪迷，华良也要横下一条心，和感觉来场较量。

我中有枪、枪中有我、人枪合一的感觉，华良像和尚念经在不停地自言自语。从这以后，只要一有空闲，哪怕是喘口气的当儿，这词语都会迅捷地跳进他的脑子里，并不停地打转。

哟，稀客，稀客，华良一进伙房，炊事班长郭东扬着菜刀嚷着。

眼前舞着一把刀，十分地晃眼，华良倒吸了一口凉气，摇着双手说，班长，班长，怎么了？

在新兵连，没有人不认识郭东的。炊事班长，在新兵连属于那种位卑权大的兵。他稍微一关照，勺子一长眼，新兵的肚里就能多些油水。郭东本来也不认识华良，几百号兵，他想认三个月也没办法全能叫上名。认识

252

华良，是因为华良在一次民主生活会上说新兵连的伙食跟他家的狗食差不多。甚至不如。有人挑自己的毛病，这人自然刻在他心头。郭东没难为华良，他不是那号人。再说了，这新兵连的伙食，确实是不太好，他也有意见。上头就拨那么一点生活费，不像在基层，还有些乱八七糟的补助，自己有天大的本事还不是干着急。

星期天帮厨，是部队的一大传统。新兵一入伍，对这项传统领会尤其深刻，行动也是神速。尤其是那些训练成绩不怎么样的新兵，更是如此。这叫迂回战术。

华良从未帮过厨。一到星期天，伙房里人满为患，干的没有看的多。但看，也等于帮厨，只要进了炊事班，没干也是干了，下周的光荣榜上名字准少不了。华良不想凑这份热闹来虚的。即使真是来帮厨，他啥也不会。在家里，尊为小皇帝。厨房里的活，没有他会的。

洗完衣服写完信，华良又开始琢磨人枪合一的境界，琢磨来琢磨去，脑子就被搅糊了。信步溜溜的华良，第一次进了伙房。

望着华良一脸的紧张表情，郭东才意识到是自己手里扬着的刀，把华良吓着了。

习惯动作，没别的意思，我得干活了，郭东落下刀切萝卜丝。

伙房挤满干着的、看着的新兵，华良看来看去，找了又找，没自己干活的空儿，也没自己能干的活儿。就这样退出去，又不太好。呆呆地站着，更不好。他现在真是进退两难。这尴尬，多年以后，他还时常想起。之所以常常想起，是因为有了这尴尬，他才一步步走进了那充满神奇的人枪合一的境界。人要是好运来了，遇上啥事都能有收获，有时还是惊奇的、莫大的收获。越是想起这难堪的一幕，他越是相信这话是真理。

是郭东的刀功，解除了华良为难的危险。华良把伙房上上下下左左右右前前后后扫描了好几个来回，目光比瞄靶时还精确。最后，他被郭东切萝卜丝的动作给吸引住了。

郭东的手腕不停地抖动，菜刀不停地跳动，这动作在华良看起来，不像是切菜，倒像是乐手在摆弄响叉。动作完美得几乎无可挑剔，节奏、韵律的美感，给人一种享受。案上的萝卜丝根根都是同一个宽度，排列得比兵们走的队列还整齐。

班长，你这刀功真是绝了，华良走近郭东，像欣赏舞蹈一样看着。

没想到你嘴也有甜的时候，不赖，真不赖，不过，说我刀功好，我不敢领情，就我这点活儿，一般一般，还算不上刀功。郭东抬起头笑着说。说归说，手里的刀可没停。

这切菜跟打靶一样，不看着怎行？华良连忙提醒班长道，班长，你留神，刀不长眼，可别剁到手指头。说着，华良用手指着刀。

这要是切到手指头，我这活也就白练了。郭东仍旧抬着头。为了显示显示，他的动作反而快了起来，刀起刀落似乎已没有了间隙。华良看看近乎模糊的刀，再看郭东神态自若地看着自己的样子，心里迷糊起来。

你不看刀，怎么不碍事？怎么切下的萝卜丝还是一样大小？

练出来的啊！

练，怎么练？

你没听说熟能生巧吗？这手一熟，眼睛就不用看了。

是有熟能生巧的说法，可你到底是怎么练的？

练手感。

手感？

这你都不懂，手感就是手的感觉。唉！你怎么忽然对这有了兴趣，是不是想当炊事员？

郭东知道华良这号兵不会有这想法，只是逗他玩而已。

手感？手的感觉？感觉？华良默默地站在那儿，反复地说着这几个词组，目光变得呆滞起来。高速旋转的思维，在努力地将这些词组和他这些天的一直玩味的射击要找感觉、我中有枪、枪中有我、人枪合一的几个词组对接。

怎么啦？华良！郭东看着发呆的华良，不知道出了什么事，停下问道。

华良的脸上出现了少有的沉着和冷静，眉头不时地打皱。

这华良怎么怪怪的，我又没说什么，他咋的会变成这样？郭东一时不知怎么办才好，只好默默地看着华良。

班长，你给我讲讲这手感——手的感觉到底是怎么一回事？

陡然间华良眼里闪着灵动的光泽，一把抓住了郭东的上衣。

你干什么？干什么？郭东一手拨开华良抓衣服的手，连着退了好几步。

华良发觉自己失态了，连忙道歉，并把自己所想的一股脑儿地倒给了郭东。

弄清了原委的郭东，反倒喜欢上了华良的这股钻劲。他索性拉着华良走出伙房来到炊事班里，面对面地坐着。

谈别的，郭东没多少兴趣，也谈不出个所以然来。要他谈刀功，没问题。只可惜平常没人愿意听，现在送上门来一个忠实的听众，他开始淋漓尽致地发挥自己的专长。

要说，我只能说刀功，不合你的口味，对你没啥用处，你可不要怪我，是你要我说的。这刀功啊，讲究的是手感，如果每次刀落得都靠眼睛看，那不能叫刀功，充其量只是个切菜的。刚才我说了，手感，就是手的感觉。刚开始切菜时，要用眼睛看着刀该往哪儿落，一刀，两刀，三刀，每一次的间隔是一样的，也就是说移动的距离是一样，如果你留心肌肉的感觉，你就会发现，前一刀和后一刀是一样的。找到这种感觉，记住这种感觉，在下次运刀时运用这种感觉，那么眼不看刀照样落在你想落的地方。用我们的行话说，这就叫心中有刀，刀随人愿。这样说你不太相信，也不好理解。那就换个说法。正步训练你们都搞过，按照动作要领，要求踢出去的脚的脚底离地面二十五厘米，步幅七十五厘米，每分钟步速为一百一十二步至一百一十六步。刚开始训练时，班长用尺子替你们量高度，高的低一点，低的抬高一点，步幅按照地上的划线来，步速由班长提醒。现在你们的正步练得基本上符合要求了。你想想每次踢正步，你凭的什么控制高度、步幅、步速，凭的是感觉，凭肌肉的感觉，这和切菜是一样，只不过，一个用手，一个用脚……

要不是有炊事员来叫郭东去掌勺，他还得讲下去。

郭东出了宿舍，华良一个人坐着。他在细细思索郭东的这番话。

外面天气真好，阳光虽说不是很热，但还是穿透严寒，温文尔雅地挂在树梢上，柔酥酥地铺在地面上。整个新兵连大院里，整齐划一的队列，嘹亮的口令声口号声都在做休整，以便积蓄力量，在下一个训练日倾泻。训练场上，有几个兵在比画着，自己给自己开小灶。最引人注目的是晒衣场。那一排排列队的军装，已被兵们洗去汗水和疲惫，懒洋洋地晒着太阳；平日里整得像豆腐块一样的被子，此刻露出了本来面目；晒衣台上的解放鞋，似刀削的队形，大胆地喷吐汗臭味。

星期天的新兵连，一反往日的粗犷豪壮，宁静得很，透出平和的一面。

熄灯号过后，整个新兵连都开始进入准睡眠状态。这是条纪律。睡不着，也得躺在床上。刚到新兵连时，华良和兵们一样，睡不着啊！在家里，想玩就玩，困了才睡觉。眼皮不打架，睡什么觉？上了床，也没有闭眼就睡的。弄本武侠小说翻翻，听听录音带，等视觉、听觉都撑不住了，就在书香、乐曲中不知不觉地一觉到天亮。现在可倒好，睡觉和训练一样，就寝号预备，熄灯号开始，人整个成了个定时开关。书没法看，随身听不让开，带耳机也不行。这种睡法多数新兵都不习惯。

幸好这样的日子拖得并不长。最多也就三天。三天绰绰有余。从早上到晚上连轴转的训练，一切都得上规矩，上厕所拉屎也不例外。拉直了皮，打垮了激情，抽尽了力气，到了晚上脚都懒得洗，倒头就睡，甚至在倒的过程中，已是进入睡眠状态。当然了，脚还得洗，偌大的一个宿舍里，排长、班长在洗脚，有兵在跟着洗，你不洗，面子上过不去，不想洗也得体面地完成这个过程。

星期天晚上是个例外。闲散一天，胡思乱想了一天，到了晚上不安分的念头全交给了像老鼠叫的床板。班长、排长的咳嗽声，是个休止符。然而片刻的沉寂之后，一切又恢复如初。如此循环往复，直至深夜。

华良躺在床上，瞪着漆黑的屋顶，双手枕在脑后，他在消化郭东那套关于感觉的理论。他不太喜欢想问题，更不愿意想不通时硬逼着自己去想。这世上，想不通、弄不明白的事多得很，白费那劲干啥，通不通三分钟，三分钟一过，他就能自我解脱。上了床，他更不会去想，那影响睡觉的情绪。人躺着，思维反而活跃，思路也变得敏捷，一生中许多重大问题都是借着躺在思考的。这话华良听说过，似乎也相信其自有一定的道理。但他不愿意这样。睡觉就是睡觉，用思考来熬自己，是对自己不够意思。

当了兵的华良变了。想家，想三个月新兵连生活，想三年的军旅生活，想以后的人生之路，他不想也得想。身不由己啊。

射击场上杜木关于感觉的说法，深深地烙在华良的脑海里。从那以后，感觉无休止地纠缠他。让他苦恼的是，想来想去愣是没理出一点眉目来。

直至吞进了郭东的那套理论，他隐隐约约之中发现了感觉的影子。灵光一现，思维的通道也许就会在瞬间被打开。华良在苦苦地寻找这一刻。对他来说，这一刻是无比辉煌的。

躺着不行，侧着也不行。那就干脆趴在床上，双肘立起，左手握弹匣，右手抓握把，右手食指扣扳机。想象之中，他手里有支八一式自动步枪。

折腾了好一阵子，华良依旧一无所获。他有点沮丧，并开始怀疑起自己的智商来。

情急之下，他想到了睡在下铺的苗景山，苗景山在家是搞体育的，兴许知道。

苗景山，苗景山，华良捏着嗓子脑袋伸出床沿落在床下叫道。

干什么？苗景山没好气地问道。他心里正烦着呢。这些天来，睡在上床的华良，像着了魔，把床晃得像小船似的，他是醒着时脑里是糨糊，睡又睡不实。

华良不知这些，急切问，你知道感觉吗？肌肉的感觉？

感觉，就是你睡在上头，我感觉天要塌，地要裂，至少也是七八级的地震。你小子就不能安稳点？苗景山从床上坐了起来，额头几乎碰到了华良的下巴。

对不起，这都是让感觉给迷的，我是说你知道肌肉的感觉是咋回事吗？华良调皮地做了个敬礼的动作算作赔不是。

苗景山头一昂，玩体育的，不知道这，笑话，天大的笑话！

那你给我说说，华良明显是种哀求的口气。

要听，明天抽空我给你细说，这会儿我要睡觉了。苗景山说完，没等华良是个什么态度，又重新躺下。

华良知道苗景山的脾气，再磨下去也是白搭。这个死苗景山，跟我卖起关子，吊我的胃口。他心里骂一句，无奈地恢复了双手抱头的睡姿。

这时，宿舍已是鼾声四起。独特的催眠剂，惹得华良打起了哈欠。

睡吧，只有等明天了。

课表上，明天上午是射击预习。

起床，出操，叠被子，打扫卫生，洗脸刷牙，排队吃饭，操课，早上的时间金贵。一项项内容衔接得水泄不通。上厕所得来回跑步。

新兵连的新的一天，就在这紧张中拉开了序幕。新兵们都成了上紧发条的钟，搭上弓的箭。

上了射击场，一声卧倒的口令之后，华良总算逮着了向苗景山请教的机会。破译感觉密码的渴望，时时在灼烧他的心。

苗景山的口才的确不赖，说起来摇头晃脑，唾沫四溅。要不是在训练，他会手嘴并用，好好地给华良上一堂有关肌肉运动感觉的专业课。

华良听得出奇地认真，生怕自己的疏忽，漏掉一个极为关键的细节。一个专家，一个谦虚的学生。苗景山和华良双双沉浸在一种自娱快慰之中。

苗景山是尽了力，他把肚子里与感觉有关的知识都掏给了华良。

怎么样，听明白吗？苗景山演讲完，以这话作为结束语。

他努力抑制自己心中的狂喜。有生以来，头一回当老师，他不能不欣喜。

不错，不错！受益匪浅。华良脸上写满谢意。他是在打马虎眼。头几句他听着新鲜，后来的虽说苗景山讲得有水平，但其中道理和精髓与郭东的说法如出一辙。新瓶装旧酒，这点辨别能力华良还是有的。

靠别人，是没指望了。

华良还是有办法的。他趁课间休息时，向杜木要来固定架，将瞄准好的枪固定好。重新趴好。他握着枪闭着眼睛体会在正确瞄准下自己的手，甚至是身体的每个部位都处于一种什么状态。

拆去固定架，将枪的下护木从靶台上移开，凭着感觉找到枪口与靶子之间所应构成的角度。接下来便是调动肌肉使枪口保持这种角度。

杜木来检查华良预习情况时，第一枪，华良没敢放肆，老实实地瞄准，到了第二枪，他一瞥杜木，见杜木的注意力全集中在瞄准镜上，就闭起了眼睛，凭着刚刚领悟的感觉完成瞄准，空枪击发。四发都是如此。

你小子有点天赋，这五次击发要是来真的，一准儿都是十环，不过可不要骄傲。杜木又在华良的脑门上来了一下。成功已在向华良招手。他喜不自禁地哼出一句，跟着感觉走——

射击场上彩旗飘扬。新兵连的射击考核，终于让新兵们的企盼成为现实。

在去射击场的路上，兵们的口号震天撼地。个个由于过度的兴奋加上喊番号，脸涨得通红。

华良却有种说不出的滋味。

一切都已布置好。军械员两手拎着二十支枪，向靶台走去时枪与枪之间的碰撞声格外刺耳。

这些枪都经杜木亲手校过的，没有一支存在质量问题，谁打不好，没别的理由，只能说明自己瞄靶不过关，枪法臭。

军械员，你他妈的把枪当作烧火棍了，手底下给我有点数，这枪要出了问题，看我不劈了你。杜木手指着军械员，高声地骂道。

杜木的气还没消完，军械员已把枪一支支安置在靶台上。动作，是比刚才温柔多了。

一组二十人，华良排在七号靶台。

排着队接过军械员发给的装有五发子弹的弹匣，华良走向自己的靶台。

目标胸环靶，距离一百米，卧姿装子弹。杜木的这种口令的味道撒在射击场上，是再合适不过。

卧倒，装子弹，出枪，华良的动作如行云流水。

开始射击，杜木一声吼叫。

新兵第一次打靶，是打一枪，报靶兵用报靶牌报一次靶，以提醒射手调整校正瞄准点。华良省去了这一程序，在别的靶台的枪声还没响时，他的五发子弹就飞了出去。

靶壕里伸出的报靶牌连着报出了十环、十环、十环、十环、九环的成绩。

这让杜木目瞪口呆，僵在那儿半天没吭气。这小子日后可了不得了，看样子我这枪王该让位了。杜木心里先是惆怅后是兴奋。

第一组打完了，第二组上。

杜木下完开始射击的命令后，向华良走去。他要向华良表示祝贺。华良打的成绩，除了他，他们所在部队还没有人问津过。

报告连长，这枪没准星，七号靶台的新兵扭头嚷了一句，脸上的表情让人莫名其妙。他心里更是莫名其妙。

扯淡，怎么会没有准星？杜木大步赶向七号靶台。

是没准星嘛！七号靶台的新兵觉得很委屈，眼眶里都湿淋淋的。

杜木操起枪一看，准星果真不见了，再一看断口，锃亮崭新。他妈的，准是军械员这小子干的好事。杜木心里窝着一团火。

不对呀，没准星，刚才华良怎么打的？杜木不得不怀疑起华良来。尽管，他心里一百个不愿意。事实，摆在眼前，他也由不得自己。

华良，过来，再打一次，把枪校一下。杜木人虽粗，心眼还是有点。

华良一直泡在胜利的喜悦中，对周围发生的一切浑然不知。听到杜木让他校枪，他喜得一个冲刺飞到靶台。

叭，叭……，华良起身拍拍尘土，等着报靶。

四十九环！

这事就神了。

杜木再次拿起枪，指着准星断裂处说，华良，没准星你是怎么瞄的。

我没瞄呀！没准星？华良这才注意到这支枪没准星。

走

火

已是深夜。

　　西北风狂奔乱嚎，恣肆地撕咬着夜幕下的一切。偶尔休整，喘出的粗气，也会把每一个角落塞得严严实实。重重的夜色，阻挡了视线的出击。可有个地方，却是灯火通明。看守所的监区。监房围成一个方的院落，三米高的围墙安着一米多高的电网又围成一个更大的院落。偌大的监区内，只有两个人是醒着的。两名荷枪实弹的武警战士。这时候，如能埋在暖烘烘的被窝里，拥抱那甜美的梦乡，就是享用不尽的幸福。哨兵唐克非透过监视窗俯看着睡得像死猪的在押犯人，心头涌出一股不满，犯罪的，这会儿在享受，而我这等光荣的武警战士，却在活活受罪。不满冻结成无奈，职责又将这无奈融化。寒冬的夜里上哨，唐克非把能穿的衣服都套在身上，脚上蹬着大头棉皮鞋，军用棉手套裹着手。军用品，有其特殊的地方。这棉手套就是一例。一般的棉手套，只给大拇指住单间，而军用的却为食指也留一个单间。用途十分广泛，最主要的就是能够使食指随时完成扣动扳机的指令。有些老兵上哨时，把毛毯折一折包在身上，罩上棉大衣，用武装带捆紧，实为御寒的良策。唐克非不愿意这么做，暖和固然好，但万一有什么意外情况发生，如此装束怎可行动自如？误了大事，可不是玩儿的。

　　又一阵寒风发起猛攻，唐克非左手拽了拽大衣的领口。耳朵太冷。戴的是棉帽，可耳朵不能捂。上哨，尤其是夜间上哨，对听觉的要求很高。一丝一微的动静都不能放过。用手套捂一捂，算作是安慰。事实上，也只能是安慰。刚捂捂就得移开，不顶屁用。左手有这样小范围活动的机会，

265

右手不行。右手挑着枪背带呢。一个多小时下来，右手好像有些麻木了。唐克非把枪交给了左手，腾出的右手死劲地甩动。这枪是支老枪。上哨用枪一般都是固定的，正常情况下，每年校一次。由此一来，这支老枪，资格虽老，但吃进去的子弹、吐出的弹头却是最少的。护木由于频繁地触摸，虽有些划痕，却幽幽发亮。枪口在唐克非的鼻尖前晃过，一股淡淡的枪油味溜进他的鼻孔。这支枪从未真正派上用场。在哨位上少说服役了二十年，陪伴了一茬又一茬的哨兵，但没捞到过一次真正发射的机会。半次也没有。这是一种悲哀。是枪的悲哀，也是哨兵的悲哀。英雄无用武之地，其存在的价值也就大打折扣了。唐克非把枪口定在眼前，轻声道，伙计，但愿我俩之间的缘分能有一个辉煌的瞬间。唐克非从上哨的第一天起，就自觉地接受了老兵的一种说法，上哨最怕的不是在押犯人逃跑，而是他们不跑。三年在哨位上，倘若没有惊险奇观，那多淡！！

砰！

一声突如其来的枪响，撕裂了寒风，划破了厚重的夜幕。

枪走火！

唐克非在刹那间，僵成冰块。

带班员赵晓声闻声而至时，枪、人都已凝固，唯有枪口冒着缕缕青烟。批评，已没有必要，说几句安慰的话，又想不出词儿。赵晓声不知该怎么办。

赵晓声憋了好一阵子，才开了口，怎么搞的？

我也不知咋弄的，唐克非支吾道。

枪走火，可是大事故，这回你惨了，赵晓声脱口而出。

那怎么办？唐克非求救的目光让赵晓声的心情也降至冰点。

办法有，赵晓声这时也顾不了那么多了，他从贴身的口袋里摸出了一粒子弹，把这子弹装上，把枪口擦一擦。私藏子弹，不但违反纪律，而且犯法。赵晓声的这粒子弹是射击训练时悄悄留下的，当时，他只觉得冒险弄粒子弹，怪有意思，没想到今天派上了大用场。

唐克非身子微微一震，这样行吗？

有什么不行，枪里子弹不少，谁还能说你枪走火，赵晓声有点为自己想出的高招得意。

干部问起来，怎么办？

没事的，再过会儿，迎新年的鞭炮声多着呢，你说是鞭炮响，谁还会问？

队长那么精，肯定要露馅。

你别傻了，他也不想是走火，天知，地知，你知我知，咱俩不松口，谁会撬咱们的嘴？

这样不好吧？

有什么不好？

惹了祸，拼死地捂，总归不好。

你想处分！？

不想。

那不就成了。

我主动承认走火，再不受处分，那不更好。

你别做梦。

犯了错总得给个改过的机会吧。

你这错太大。

又没有损坏，就是浪费了一颗子弹。

你是真不懂假不懂，枪走火，是事故。中队出了这样的事，一年的工作都泡汤，队长的晋职也鸟了，到那时，他不死整你才怪呢！你倒是快点。

267

赵晓声把子弹硬往唐克非手里塞，时间不等人。

唐克非没有接。

远处传来一阵急促的紧急集合的哨音。

稍顷，监区周围的各个制高点已被兵们占领。也就在这时，鞭炮齐鸣，百姓在喜迎新年。

中队长徐东光带着几个兵冲进了监区。一身警服空空荡荡的，左手拎着武装带、枪套，右手的五四式手枪握得死紧。徐东光感觉到右手掌心和右食指已渗出汗。他是除唐克非和赵晓声之外，第一个听到枪声的。也许，还有人听到枪响，那些人要么以为是鞭炮，要么因为没有过于留心或者高度敏感，没当一回事。徐东光不会。无论睡得怎样沉，电铃声和枪声，都会使他旋即进入临战状态。手底下的兵，看着上百号的在押人犯，谁知道啥时会有事。他这个当队长的，也不容易。支队长、参谋长是怕深更半夜电话响，一拿起电话，第一句就是出了什么事。中队干部怕夜里的电铃声和枪声。监区里发生在押人犯逃跑之类的紧急情况，这两种声音才会在长久的寂寞之后爆发。有了这种声音，人跟触电似的，翻身下床。衣服能穿多少是多少，赶紧提枪往监区冲。

今晚上对徐东光尤为关键。

日子特殊。

十二月三十一日。

过了午夜十二点，一年的工作才能算了结。每年这时候，上至支队长，下至中队长都倍受煎熬。全年安全无事故，是争创先进中队的硬件条件，不过杠，你再有天大的能耐也是白搭。过了年一开春，支队将调整一批干部。徐东光由正连直接提为正营，就任支队副参谋长，已有了头绪。用支队长的话说，该做的工作，我们都做了，而且通了，剩下的就靠你自己了。

没别的，把中队带好，别出事。上头有精神，中队主官连续三年带出标兵中队，破格提拔。这精神似乎是专为徐东光生的。第一年，他和原先的指导员合力拼得了一个"标兵中队"称号，第二年和现任的指导员丁哲又保住了这一称号。今年是第三个年头。支队、总队的考核组都是满意而归，还有什么说的。没什么关卡了，只是时间问题。数着指头过日子，等呗！

按照执勤规定，枪响一声，是鸣枪警告兼报警。徐东光一路疾奔，心中尚存侥幸。哨兵成功制止一起犯人逃跑事件，可为中队的全年工作锦上添花。进了监区，远远看着两哨兵呆立着，他知道不好。赵晓声瞧见徐东光，忙跑步迎了上去。

唐克非依然像石雕一样竖着。

什么情况？徐东光问道。

赵晓声装着啥事都不知道的样子，什么情况？

徐东光看着赵晓声，他开始怀疑是自己的神经过敏，把别的响声当作了枪声。真是这样，是我他妈的紧张分分的。

刚才好像有枪响，徐东光要进一步核实一下。

赵晓声说，噢，我也听到了，那是鞭炮声，我看是老百姓放的。赵晓声这兵当得油，他了解干部的心态，尤其是徐东光。

徐东光现在耳里都是噼哩啪啦的鞭炮声，他相信了。没事就好，说完，他转身就走。赵晓声看着自己的掩护成功了，回过头来向唐克非使眼色，以示胜利。

枪响之后，唐克非经历了惊慌、恐惧、悲哀、愧疚一直到意识一抹光的过程。这过程时间短，可在他的心理历程上却很长。枪走火通天！他情愿让子弹穿过自己的手掌，不，心脏也行。赵晓声的主意，他不能采纳。枪走火，他是无意识的，隐藏过错是有意识的，这是两种不同性质的问题。他畏惧处分，但他更不愿让另一种耻辱伴随自己一生。这走火，能大能小，我主动承认了，也许队长能网开一面，不处分我。唐克非在赵晓声和徐东光讲话的工夫，打定了主意。

看着徐东光要走，他忙喊道，队长。

什么事？徐东光侧过身问道。

唐克非深吸了一口气咽下满口唾沫，不是放鞭炮，是枪走火。

说完这话，他有种莫名其妙的快慰。

徐东光心头一战，说什么？

唐克非一字一字地说，我的枪走火了。

不会吧？！徐东光不相信。

真的，弹壳还在，唐克非把弹壳举得高高的。

走火！

徐东光这才感到身上只穿着单薄的警服，周身发寒。枪走火，硬碰硬的事故，没有一点回旋的余地。飞出的弹头，没有击中靶子，但却打穿了徐东光的心。本是有限的杀伤力，却超极限地发挥，将倾尽心血构建的希望大厦炸得血肉横飞。赵晓声原以为徐东光会暴跳如雷，破口大骂。徐东光是只凶猛的雄狮，这在支队是出了名的。这回，赵晓声失算了。徐东光的脸阴沉沉的，透射出一种让人浑身战栗头发晕腿发软的凶光。眼里喷出的火，在唐克非的脸上剜过来剜过去。徐东光再怎样冲着他来，唐克非都不在乎。他已没了反应。我要是狠狠地训你一顿，你反倒觉得舒服，我这样一声不吭，啥话也不说，你才真正领受到痛苦的滋味。徐东光先是压抑后是强迫自己打消了向唐克非发起暴风骤雨般训斥的念头。他要让唐克非自个儿折磨，这是一种最为有效简单的处理方法。这样的方法，也是最为残忍的。平常，徐东光不忍心把手底下的兵往死里整。谁来当兵，都不是容易的事。十八九岁的小毛蛋子，在父母身边还嗲声嗲气的，一到部队啥事都得自己办，管你在家里是不是小皇帝。兵们思想上长毛，一不留神犯了错，徐东光批评得是相当严厉，

270

那是心里上火，生怕没把兵管好，难以向兵们的家长交代。刀子嘴菩萨心，当干部或多或少都有这种管理方法。今天不行了。唐克非的行为，已超过了批评批评了事的程度了。让我的好事黄了，你他妈的也没好果子吃。唐克非的脑子里是一片空白，徐东光这当队长的脑子里是理不清的枝枝节节。说什么都不足以表达他的气愤、恼怒和悲哀。干脆不说。面对唐克非，他既怜悯又痛恨。他怕这样下去，他会无法控制自己，让自己的行为走火，便夺过唐克非的枪扔给了赵晓声，你们这班哨提前下哨，听候处理。徐东光冷冷地说了这一句后，扬手向四周的兵们做了个撤的手势。他感到极度地虚脱，回去吧，甭管睡得着还是睡不着，都得躺下。一切的希望，都已随着枪声失去。部队在操场上聚集，兵们并不知道究竟发生什么事。徐东光按惯例做了简单的讲评。他没说是枪走火。

对兵们来说，这是一场虚惊。只当是一次方案演练而已。被拉出被窝，在寒风中抖乎了一阵子，滋味不好受，但徐东光的一句明早不用出操了，又让兵们亏少赚多。睡个懒觉，在这寒冷的冬季，是最大的恩赐。有了这份恩赐，兵们自然没有什么牢骚。抓紧回去钻被窝吧，有什么话明天再神侃。现在最重要的事件主要是趁被窝里还有热气，尽快续上做了一半的梦。

几个跟着徐东光进监区的兵，也没敢说出事件的真相。队长不说，谁敢说，最起码今晚上不能说。

营区又恢复了应有的状态。

从哨位到宿舍，这段五百米不到的路，唐克非整整走了半小时。上哨前，他还想，自己能上年终的最后一班哨，伴着心爱的钢枪迎接新年的到来，是难得的幸运。当兵的岁月，极其短暂，如若没有足可以珍藏一生的回忆，会后悔终生的。唐克非是揣着兴奋走上哨位，抑制住兴奋接过钢枪的。

肩头的枪，已交给了下班的哨兵，心中的兴奋也已随风而逝，一块巨石压在他的心头。中队的"标兵中队"称号，中队长的副参谋长职位，都因为他没能守住这最后的两小时而成为泡影。罪人啊！来当兵，多半是为了回去能安排个工作的。现在退伍返乡安置难哪，虽说上头有精神，"优秀士兵"、功臣应该优先安置，可到下头落实起来时就变味了。表现好的，尚且如此，要是自己背个处分回去，更是没有指望了。人家本来就不乐意给你安排工作，有了堂而皇之的把柄，你还有什么想头？他越想越害怕。他甚至有点后悔没听赵晓声的。赵晓声悄悄地跟在唐克非的后头。他理解唐克非此时的心情。这种事摊到谁的头上，都是万箭穿心。他怕唐克非受不住这突如其来的极其沉重的打击而想不开，那样，事可就严重了。唐克非驻足仰望混浊的天空，长叹一声。他稍稍缓过劲来，他知道现在光是责备是没有用，最重要的是怎样去弥补。

到了宿舍门口，唐克非抬头朝徐东光的宿舍望去，一片漆黑。也不知道队长是不是睡着了，唐克非真想去向队长请罪。最终，他还是没去。队长熄灯，就是不想见他。他不甘心，死死地抱着也许中队能放他一马的幻想不放。

徐东光没有睡。他和衣躺在床上。他要是能睡着，那才怪呢。

赵晓声困得要死，缩着身子对唐克非说，别想那么多，早点睡吧。赵晓声还想说这是你自找的，但他没敢说，他怕唐克非受不了这刺激。唐克非一笑，没事，你睡吧，我想一个人待会儿。赵晓声实在是耗不下去了，一头钻进宿舍。

唐克非先是坐在宿舍前的台阶上，后又进了学习室，把自己融进了黑夜和孤独之中。

这一夜，徐东光和唐克非都没合眼。

第二天，天刚麻麻亮，唐克非就忙着打扫卫生。这是他有生以来最勤快的一个早晨。叠被子，整理床铺，洒水拖地。起床号响时，他一个人把整个营区都搞得干干净净。

徐东光一直在二楼阳台上，望着在营区内干这干那的唐克非，表情异常地冷漠。

唐克非知道徐东光在看自己。他越干越有劲，到后来，干脆脱去棉袄，脸上的汗也舍不得去揩。他希望自己的表现能够为徐东光去火退烧。

早饭刚过，兵们都知道了昨晚紧急集合的真实内幕了。

上午的操课内容被徐东光临时调整为学习条令，其用意不言而喻。

兵们在就走火事件发表意见的时候，徐东光拿起电话向支队长报告情况。电话的那头，沉默了有好大一会，才传出支队长没有任何感情色彩的话，好好总结教训，把善后工作处理好。

是要处理，徐东光放下电话，在打处分唐克非的腹稿。丁哲探家，明天到假，他不回来，中队党支部没法形成决议。徐东光把自己一个人关在队部里，香烟一支接一支地死抽。

一个上午，他没开队部的门，憋着一泡尿，愣是没尿意。抽烟，接电话，只有这两件事做。给支队长的电话打了没半小时，队部桌上那部黑色的电话就响个不停。先是机关干部打来，向徐东光表示慰问，再后来是兄弟中队主官打来的，在详细核实消息的可靠性后，温和地安抚徐东光。妈的，徐东光接完一个电话，都要吐出这两个字。探听、安慰都是假的，看我笑话才是真的。徐东光想象得出那帮对自己眼馋已久的中队主官，在打电话时是一种什么样的心态，什么样的表情。

唐克非把条令从头到尾一字不落地学了一遍后，开始写检查。满满十张纸一挥而就，满纸哭诉泪。

拿着检查进了队部，唐克非泪流满面。徐东光强忍着怒火让唐克非把走火前后经过说一遍。枪走火能有什么经过，唐克非没法开口。徐东光一跺脚，你倒是给我说呀。唐克非不说经过，只是一个劲儿哭。你哭有个鸟用，徐东光一拍桌子，你给我回去听候处理，告诉你听，处分是轻的。徐东光是下定了决心要把唐克非往死里整。

午饭时间没到，丁哲回来了。

徐东光有点奇怪，这回怎么提前回来了？丁哲说，我也不知道，只觉得这次探家心里一点都不踏实，这不，待不住就回来了，中队没啥事吧？徐东光说，还真让你感应到了。接着他把能说的能知道的都统统甩给了丁哲。

唐克非的情绪现在咋样？丁哲问道。

徐东光惨然一笑，情绪还能咋样，要死不活的。

事情调查过吗？

还有什么好调查的，只等着你回来给这龟孙子处分。

光处分也解决不了问题。

狠狠地治治他，就是解决问题的关键所在。

老徐，稍安勿躁，现在我们需要的是冷静。唐克非这战士平常的表现还是不错的。出了这样的事，谁心里都不好受。

是啊，被这熊兵一搅和，什么都完了。

也不能这么说。

事实本来就是这样，不弄他，我心里这口恶气没处出。

好了，你的心情我理解，可我们现在不能凭感情用事。

这不叫感情用事，这叫依法惩处。

还是让我先找唐克非谈谈再说吧。

也好，不过，你谈也是白谈。

丁哲先是找来赵晓声了解情况。赵晓声说，我什么也不知道，等听到枪响赶去时，只见唐克非定在那儿，后来，问他什么，他都不说，刚才我还找过他，他只是哭，什么都不说，我都急死了。赵晓声没说那些他应该说的细节。倘若说了，他也得倒霉。丁哲见没什么好问的，便让赵晓声叫唐克非来见他。

赵晓声刚出门，唐克非的班长吕兴海就风风火火地来了，他上气不接下气地说，指导员，指导员，不好了，唐克非上了铁塔。

唐克非被徐东光撵出后，已绝望至极点。他要找个地方，好好地哭一场，发泄发泄。班长吕兴海不知什么时候站在了他身边。

克非，别这样，吕兴海双手搂着唐克非的肩头。

唐克非猛地抱住吕兴海放声大哭。他有好多话想对吕兴海说，可内心的痛苦他没法对谁说。吕兴海也落泪了。他不明白，这么好的个兵，怎么让他碰上了这事，不是说苍天有眼吗？

唐克非哽咽道，班长，队长他也太凶了。

也不能怪队长。

可也不能怪我呀，枪，是自己要走火，我没招它惹它。

接受这个现实吧，以后再努力。

真要处分我？

大家都没办法。

处分不记档案，行吗？或者现在记档案，以后我退伍时再把它去掉，行吗？

谁都不敢这么做。

铁塔在营区的西北角，是中队无线对讲机发射塔。净高五十多米。唐克非实在不敢想象自己背个处分后会是个什么样，与其背个处分回去丢人现眼，还不如死了干净。他认为这是最好的选择。人走火，比枪走火的后果严重得多。

朔风猎猎，衣服被舞得噼里啪啦响。唐克非平常最怕冷，这会儿他不怕，一个人到了连死都不怕的地步，他还能怕什么，没什么可怕的，他只觉得嗓子里有血腥味儿。他一脚踩着，一手抓着，做好了随时纵身一跳的准备。

丁哲和徐东光下来时，兵们都已聚在塔下乱哄哄嚷着，劝唐克非不要做傻事。

唐克非见丁哲和徐东光都来了，便大声说，队长，指导员，我没别的要求，只求你们别处分我，只要不处分我，让我做牛做马都行，背上个处分，我这辈子就算完了，你们答不答应？

人不咋样，威胁起来还有一套，在部队，你能吓谁，徐东光气得真想举一杆枪把唐克非当只鸟放一枪。他举起右手刚想吼，丁哲悄声道，老徐，还是我来吧。

唐克非，你不要这样，有什么事下来咱们好好谈。爬那么高很危险的，大伙儿都替你担心呢。

指导员，你别骗我，我不会下来的，除非你当着大家的面，答应不处分我，要不然，我只有一死了之，唐克非说着，换了只手抓铁塔。铁塔冰凉，他的手有些麻木。

唐克非提出的这个要求，让丁哲无法答复。犯了这么大的错，不处分不可能。可这样一来。事情会闹得更大。凡事都是这样，只要不死人还好说，一旦有人死了，那什么都死了。答应吧，分明是说谎，虽然在这危急情况下，施展一下骗术也未尝不可，大家都能理解。可是骗只能骗一时，哪能骗一世，况且用这种方式对付自己的兵，不是他丁哲的做法。

就在双方僵持不下的时候，看守所的张所长来了。他看了一眼塔上的兵，没有认清是谁，也没细想，他以为中队又在搞什么训练呢？

张所长笑盈盈地拉住徐东光的手，徐队长，好事来了。

好事？徐东光以为张所长在开玩笑，可一看，不像，便说，这会儿，还能有什么好事？

昨晚，你们一哨兵放了一枪，是吧？张所长问。

消息真快，你听谁说的？徐东光问道。

张所长有些迷糊，怎么，你不知道？这种事你跟我打埋伏干什么？这就是你不对了，昨晚你就该和我交换这种情况。

交换情况？徐东光还在迷糊，交换什么情况？

张所长笑了笑，行了，你们哨兵唐克非制止了一起犯人逃跑事件是大功一件，可不及时和我们通气恐怕有违原则吧？

犯人？逃跑？制止？你到底要说什么，徐东光有些不耐烦了。

张所长止住了笑，你真不知道？怪不得，我也在纳闷，刚才我们提审犯人时，得到一个消息，说九号的死刑犯昨晚企图逃跑。我们在审那死刑犯时，他说他昨晚十一点多，确实是跑了。他从后窗爬出监房上围墙，可在要翻越围墙时，一声枪响把他吓得掉到了地上。被哨兵发现，他想是跑不了，又只得赶紧从原路潜回监房。后来……

兵们都被张所长的话吸引住了，这事太神奇了。

在铁塔上的唐克非见没人理他，急了，指导员，你到底怎么说？

张所长听出是唐克非的声音，忙仰头说，小唐，你还不下来，这回你交上好运了，要立功了。

徐东光接着说，你小子赶紧下来，要不然，我真要处分你了。

不知所以然的唐克非还是不下来。

277

丁哲忙喊道，唐克非，你下来吧，我答应不处分你了，不但不处分而且要给你记功。

急剧的变化，让唐克非措手不及。

死刑犯怎么能出监房的？准备怎样越过带电网的围墙？又是怎么在无人知道的情况下返回监室的？徐东光没有去考究这其中的细节。他应该考究的，这多少都证明了执勤工作中还存着许多不安全因素。可他现在哪有时间去办这件事。他做的第一件事是向支队长报告，这是头等大事。枪走火的事故属于误报，中队哨兵发现逃跑的死刑犯，按照值勤程序鸣枪警告，挫败了死刑犯的逃跑企图。神速变化，让一向宠辱不惊的支队长也难以接受。徐东光不说假话，看来，真是误报。支队长只对徐东光说，下次不要再冒冒失失了，我要的是精确无误的情况。

处分，不会了，记三等功，跑不了。

丁哲这才决定给唐克非好好上一课。这等时机，最合适洗脑子。有喜悦的心情做铺垫，怎么严肃都没问题。当然，丁哲对兵们一向是和风细雨。政治指导员，要的就是婆婆嘴。中队长就不一样了，硬派角色，一热一冰，搭配合理。

丁哲进队部时，徐东光正叼着烟，脸上美滋滋的。老徐，解放了。

谁说不是，唐克非这小子居然还有这一手。

我看这事不简单，找唐克非好好谈谈吧。

什么不简单？谈，是要谈，不过，这回让我出马。

丁哲笑而不语。

唐克非是苦着脸进队部的。枪响与死刑犯逃跑的事，虽然大伙都说得有头有脸有眉毛有胡子，但他知道那是胡扯。赵晓声对他说，瞎猫碰个死耗子，你小子有福气，沉住气，你只要不戳破，就是天衣无缝。

徐东光一见唐克非进来了，忙起身拉了一张椅子，坐，我们的大功臣。

唐克非不领情，我爱站着和领导说话。

都过去了，别再较劲。

还没过去呢！

你制止犯人逃跑，早该说，有意说走火，图什么？

我没说谎，就是走火。

别瞎说，死刑犯都招认了。

我没瞎说。

你把事情的经过详细写一下，中队得给你报功。

没什么好写的。

唐克非同志，你这种态度不太好，对中队造成多大的灾难，你自己也不愿意处分，现在真相出来，你又不承认，为啥？

为了真正的事实真相。

这样不好。

什么不好？

你这不是有意给自己，给中队抹黑吗？你没毛病吧？

毛病？你才毛病？

怎么这样，你？

我是枪走火，你呀，整个人都走火！

唐克非说完掉头就走。

跋：

日常之外的日常生活

那年冬天的那个晚上，县人武部招待所里不太明亮的灯光下，一个十八岁的小伙子正在笨拙地忙活。他身上的武警服装是刚领到的，手里的被子也是刚领到的。再有一个多小时长途车就要出发了，可他一接过被子就想打成标准的背包。几经折腾，后来在接兵干部的指点下，他终于背起还算有点模样的背包上了车。是的，这小伙子就是我，我一直认为我的从军是从那晚学打背包开始的。

　　新兵连生活总是难忘的，我喜欢说新兵连是军人的童年时代，我还喜欢说新兵连是军人最为重要的成长期。进入营门，丢开过往的非营区生活体验和规则，一切处于断奶状态，一切从零开始。从新兵开始，以后是当兵两年回家，是转士官，还是考军校提干，充满无限的挑战和可能。因而在我看来，只有以真正的新兵身份经历的新兵集训，才是真正意义上的新兵连生活。那些带着干部或学员身份的，不在此列。

　　我在武警县中队两年多的时间里，除了日常训练和看押勤务，还经常参与抓捕、追捕、押解、警卫、武装巡逻、处置突发事件以及处决犯人时的绑架手等任务。其间，中队让我当文书，我居然提了条件，我说我最不想当文书，我当兵是来训练、练武和执行各类军事性任务的，如果非要让我当文书，那我不离开战斗班。除我之处，所有人惊讶我的条件，幸好中队干部很理解我，说我不能一个人占两个位置，但可以在做好文书工作之余参加战斗班的训练和勤务。后来在已收到入学通知后，我明知不能参加支队的军事大比武，但还主动带比武班训练。在我到军校的半个月后，比武班获得了支队大比武第一名。荣誉与我没一丝关系，但我很高兴。

军校毕业后，我在特战队当排长三年，还带领比武排夺得支队大比武总冠军。后来的近十年，虽然我到支队当新闻干事、宣传股长，但期间我争取了许多挂职、蹲点的机会，或在中队当队长，或参与阶段性的训练或特殊勤务，而平常的下基层，只要逮着机会，我总会混在兵堆里和大家一起训练。那年我是宣传股长，扛着摄像机随追捕小分队跟踪拍摄。目标是持刀杀人者，在一个山脚下，我远远瞧见一个极像目标的身影，便不由自主放下摄像机冲了上去。我抓住了四处逃窜的杀人者，失去了一条好新闻。但我很兴奋。

我喜欢训练场，喜欢执行战斗性的任务，与我内心的军事情结有关，也因为我喜欢与兵们在一起。在没写作前，我常常白天用长焦镜头远远地拍兵们的训练和日常生活，深夜时钻进自制的暗房冲洗照片。这些偷拍的照片，留下了兵们自然的表情和行为，是我心中真正兵的样子。而开始写作后，我只要伏于案前，兵们似乎我就在周围。我在以与兵们聊天的方式写下一行行文字，开讲一个又一个故事。这样的感觉真好。

我始终认为没有上过战场的军人是不完整的，军人因战争而生，而军人的终极目标是消灭战争，这不是悖论，而是军人之所以为军人的价值所在以及生存态势。我也深知，血性是军人的本色。在战场上，在边远之地，在那些绝境之中，强烈的冲突和巨大的反差，有助于最大可能地呈现军人的勇敢和牺牲，大写军人特殊的特别的性情和精神。这样的文学作品，我爱看。我喜欢激烈的大运动量的训练，向往战斗性极强的军事任务，甚至看电影，我也偏爱战争、动作、警匪等题材。

然而，我的军旅文学创作最迷恋兵们的日常生活。我曾以散文的形式广泛且颇具深度地关注营区和兵们的生活日常，从兵们的常用词语、顺口溜到各种军用品以及准军用品，从兵们日常行为到个性鲜明、兵味十足的人物，我醉于书写营区的生活细节以及其里所蕴含的文化。

"兵们"和"兵味"，是我最常用的两个词语。写实性的散文，我爱用兵们和兵味。虚构性的小说，其中的人物我都视作为我生活中的士兵兄弟，并让醇厚且意味深长的兵味一直荡漾于叙述之中。

多数军人是十八岁即入伍，带着非成人性视野和生命体验来到营区，但这并等于他们与世隔绝。正如那营门总有敞开的时候，那营区的院墙并不是很高，外面的世界会以各种方式来到军人身边。然而，军人的生活又是相对独立的，营区世界是自成一体的。所谓于寻常之中见奇崛，处于营区日常生活中的军人，是军者又是人者，但并非简单的军与人的叠加。军人也是人，这话没错，但并非军人的本质。

因为一身的军装，因为营区，军人的日常生活有别于营门外的世界。"引而不发"，是和平年代军人的坚守，更是生活状态最真切的表述。无处不在的军旅文化的浸润，铁一般的纪律和特殊规则的约束，命令意识和服从意识等的规范，军人的日常生活有着非同一般的境遇和图景。那些极平常的军人生活细节，其实蕴藏太多的意味，关键词为"养成"。比如队列训练，既是纪律意识和团队精神的训练，也是军人自我形象和气质的培养，这些都是战斗力生成的关键路径之一。被子，是军人素养浓缩性的显影。叠被子，讲究三分叠七分整。叠，需要宏观地把控、雄力地折压。整，如大姑娘绣花般心细手巧，轻轻地抹，细致地捏。把柔软的被子叠成棱角分明的豆腐块，既要求兵们刚与柔、粗犷与纤细的完美统一，又在暗示兵们，军人就该可把一切阴柔锻造成阳刚。在我看来，叠被子几乎穷尽了军人应具备的战略和战术素质。或许正因为如此，当年我用近两万字写军人与被子的长篇散文，依然觉得只是触及了皮毛，有太多的内容未能诉诸笔端。

兵味，更多的是无法言明只可心领神会。所以，当军人身着便装走进

285

大街小巷的人流，当军人退役后走上社会岗位后，人们总会说，这人是军人，这人当过兵，这人身上的兵味真浓。是啊，有了当兵的历史，便在生命中烙下了如胎记般的印迹。其性情、为人处世和工作作风，都会有抹不去的军人特性。

有关营区生活，我印象最深的不是那些紧张的甚至有生命危险的任务，不是那些有如实战的对抗性训练，而是瞄靶练习和四百米障碍训练。我们那时的射击瞄靶多是在五公里武装越野或高强度的战术训练之后，为的是提高极限运动之后的射击精度。射击讲究用心瞄准，无意击发。瞄准时需要静气屏气，保持身心的瞬间平和，手指扣动扳机则是悄然之中完成的。这是锻炼军人战场上的心理和生理的自我调节能力，也是对军人日常生活的熏陶。四百米障碍由跨桩、壕沟、矮墙、高板跳台、云梯、独木桥、高墙、低桩网等障碍物所组成，这是战场所需行动能力的综合提炼，那一个又一个障碍也是军人日常生活所遭遇困难的隐喻。当年，四百米障碍也是我调理情绪的绝好去处。心情不好时，跑上一回，一切都可治愈。当然，攀登、索降、倒功等诸多训练，我也会常想起。是的，训练场上的一切，在很长时间里成为我回忆营区生活的主要部分。

随着我对营区的想念愈加强烈，记忆发生了一些变化。这些具实的画面渐渐潜入我的记忆深处，不再经常性地浮现。我还会时常想起营区生活，但训练和执行任务的细节和过程多半开始被忽略被遗忘。营门内的日常生活，占据我回忆的制高点和主场域。我爱想起那些营区里或走或跑，或坐或立，或休息或戏耍的兵们。他们每个人都是我，我又不是他们中的任何一个人。有意思的是，有太多的真实场景日渐模糊，兵们和营区都具意象之味和精神之质。自我的言说和对他者的讲述，都像是在写小说。而当我读自己的军旅小说时，反而觉得这才是我军旅生活的纪实。这其中到底发生了什么，为何会有如此的虚实之变，我没有搞懂。这其实无从思考，只有在生活中才能体味，只有在写作中才能无意识地诉说。

我的新兵连和老连队的营房早已不在了，取而代之的是烟火气息浓郁的生活小区和居民楼。震天撼地的呼号、森然的队形和摸爬滚打的身影已经隐去，迎来的是老人的漫步、孩子们的顽皮以及窗户里那些温馨的灯光。

北　乔

2022 年 9 月 27 日于京北阳光草堂

287